10/18

12, AVENUE D'ITALIE. PARIS XIIIe

Sur l'auteur

Parolier, comédien, scénariste pour le grand écran et la télévision, nègre, rewriter dans de nombreux magazines people, auteur de textes radiophoniques, directeur d'une usine frigorifique, Yves Josso a exercé bien des métiers ! Il a aussi publié des carnets de voyage aux éditions Équinoxe en 2005. Il signe le quatrième volet des trépidantes aventures de Clémence de Rosmadec, une jeune peintre bretonne, à la fin du XIXe siècle.

YVES JOSSO

L'ASSASSIN DES CATHÉDRALES

INÉDIT

10/18

« Grands Détectives »

créé par Jean-Claude Zylberstein

Du même auteur
aux Éditions 10/18

ÉTÉ MEURTRIER À PONT-AVEN, n° 4020
LA NOYÉE DU PONT DES INVALIDES, n° 4021
LES CAPTIFS DE CORNOUAILLE, n° 4243

ISBN-978-2-264-05169-1

CHAPITRE PREMIER

Quimper, samedi 16 août 1890.

Caché derrière les colonnes, l'homme progressait vers la chaire avec d'infinies précautions. Il ne lâchait pas des yeux la lourde silhouette du prêtre et celle, menue, de sa sœur.

À soixante-trois ans, Eugénie de Rosmadec ignorait tout de l'amour entre un homme et une femme. Nulle étreinte n'avait mis son corps en émoi ; nulle promesse n'avait fait battre son cœur.

Quarante ans auparavant, son aigrefin d'époux s'était esquivé sans la prendre, le soir même de leurs noces. Il s'était enfui sur la pointe des pieds, emportant tous les titres, bijoux et lingots d'or qui constituaient sa dot, alors que, craintive, elle l'attendait dans le grand lit à baldaquin que ses parents, selon son vœu, lui avaient offert. Elle aimait la magnificence de ce ciel en tissu piqueté d'étoiles bleues sur un fond blanc.

Il lui semblait que cette tenture dressée au-dessus d'elle et de son mari la préserverait du monde extérieur lors d'ébats qu'elle redoutait autant qu'elle les attendait. Certaines lectures, des contes qui n'avaient rien de licencieux dans lesquels l'héroïne, princesse romantique de préférence, soupirait et se pâmait dans les bras d'un don Juan tant espéré, avaient éveillé sa curiosité. Le prince de ses rêves, cette nuit-là, ne vint pas lui rendre visite et se comporta envers elle comme un malfrat de la pire espèce.

Eugénie était donc demeurée vierge et sa méfiance envers les hommes, tous les hommes excepté son frère Julien, chanoine, n'avait fait que croître avec les années. Sa pureté n'était pas l'accomplissement d'un vœu, seulement un mauvais tour que lui avait joué le destin.

Tout ce qu'elle aurait pu offrir à un mari de qualité, elle en avait fait don à quelqu'un qui jamais, elle en était persuadée, ne pourrait la décevoir : Dieu. Après avoir hésité à entrer dans un ordre religieux pour y devenir l'épouse du Christ, elle avait choisi de seconder son frère cadet, Julien, dans l'exercice de son sacerdoce, comme au quotidien. C'est ainsi qu'elle tenait son appartement dans la maison des chanoines située sur la place Saint-Corentin, s'occupant des repas comme du ménage. Son grand bonheur, cependant, était de se rendre utile à toute l'existence matérielle de ce grand vaisseau amarré au long d'un quai de l'Odet depuis le XIIIe siècle sous le règne de saint Louis : la cathédrale Saint-Corentin.

C'est dans cet édifice que se déroulait sa vraie vie, là qu'elle s'épanouissait, faisait se côtoyer l'extase mystique et les travaux les plus humbles. C'était elle, et elle seule, la « sacristine en chef » ainsi que l'appelait le chanoine avec une tendre bonhomie, qui régnait sur l'ordinaire ; elle qui s'occupait de fleurir la nef ; de l'achat et de la surveillance des centaines de bougies qui vacillaient dans les chapelles ; elle encore qui veillait à la propreté du linge sacerdotal, nappes et napperons, couvrant les autels. Mais la tâche qu'elle appréciait le plus était sans nul doute celle de la fermeture du lieu saint. Elle savourait ces soirs où, une fois que les derniers paroissiens et touristes avaient quitté l'église, M. le curé donnait le signal du départ. Les chanoines, les vicaires, pressés de regagner le presbytère, leur séminaire ou leur logement en ville, le suivaient de peu. Alors, Eugénie se sentait, à juste titre, indispensable. Pour un peu, elle aurait pleuré de joie chaque fois qu'on lui confiait une telle mission.

Et voici qu'en cette fin de journée du 16 août 1890, elle avait eu le plaisir d'entendre son frère lui demander :

— Dis-moi, Eugénie, peux-tu, ce soir encore, fermer TA cathédrale ?

— Oh, que oui ! mon bon Julien, tu sais bien que je prends là quelque satisfaction inavouable, mais que je te dirai en confession, tu peux me croire ! Je suis fière que vous ayez tous, de Mgr Lamarche[1] au plus jeune de nos séminaristes, tant d'égards envers ma modeste personne.

Elle tapota sa robe de satin noir, embrassa la petite croix en argent qu'elle portait au cou, et secoua le pesant trousseau de clefs accroché à sa ceinture avant de se redresser avec fierté.

— Seulement, ne t'attarde pas, Eugénie. Tu as besoin de te reposer après les fatigues d'hier…

Elle l'accompagna jusqu'à l'ouverture donnant sur la rue du Frout et ferma doucement la porte derrière lui. Elle se contenta de baisser le loquet et commença son *petit tour*. Elle était seule – du moins le croyait-elle – et appréciait ce moment de grâce. Elle jeta un

1. Jacques-Théodore Lamarche. Évêque de Quimper de 1887 à 1892.

coup d'œil à la sacristie et à la pièce mitoyenne réservée aux chanoines.

Elle revint sur ses pas et entreprit de descendre le bas-côté vers le portail ouest. Parvenue au pied de la statue de saint Corentin dont elle caressa le pied avec amour et respect, son sourire se figea. Elle eut le pressentiment d'une présence qui n'était en rien divine. Elle chassa vite cette curieuse impression et s'en alla vérifier que les deux portes de la façade ouest étaient correctement verrouillées. Elle remonta alors le vaisseau central à petits pas, levant plusieurs fois les yeux pour admirer la voûte haute de vingt mètres. Elle secoua les battants de chêne de l'issue collatérale nord débouchant sur l'évêché, adressa un baiser à la statue de sainte Catherine dans sa niche du contrefort, à gauche.

Tandis qu'elle se dirigeait vers le maître-autel, elle crut percevoir un bruit sec, comme celui d'une chaise qu'on déplace ou qui tombe…

Elle tressaillit. Serait-ce possible que quelqu'un, un pauvre hère peut-être assoupi dans quelque recoin, se soit laissé enfermer ? Mais non, c'était invraisemblable. Les séminaristes avaient fait, comme chaque soir, leur ronde chapelle après chapelle, ouvrant même les confessionnaux pour voir si personne ne s'y était caché, puis ils lui avaient dit poliment bonsoir avant de s'éparpiller sur la place.

Elle haussa les épaules. L'âge sans doute…

« Après les fatigues d'hier », avait dit son frère. Il est vrai qu'elle n'avait pas chômé en ce jour de l'Assomption, mais quel plaisir avait été le sien de fêter l'élévation de la Sainte Vierge par les anges qui la montaient aux cieux !

Quelle émotion de voir cette longue procession de fidèles de tous âges, de toutes conditions, richement ou sobrement vêtus, animés par la même ferveur, affluer de la ville et de ses environs pour la grand-messe. Magnificence de ces chasubles brodées d'or, de damas ou de soie scintillant à la lumière des candélabres et des lustres de cristal…

La vieille fille lissait de ses mains bien à plat la nappe immaculée de la majestueuse table ornée d'émaux et de pierreries quand, de nouveau, elle crut entendre un bruit insolite, comme si un objet, de métal cette fois, roulait à terre. « Ah, c'est un peu fort, tout de même ! »

Faisant taire la peur qu'elle sentait monter en elle, elle alla vérifier une fois encore que les verrous du portail latéral nord étaient bien poussés. Rassurée, elle en effleura les armoiries sculptées et alla s'agenouiller à même les dalles froides du transept où elle avait, ce soir-là, décidé de se recueillir.

Tout à ses dévotions, elle ne vit pas l'homme qui, après l'avoir observée un instant, pénétrait à pas de loup dans la sacristie.

Comme à son habitude, Eugénie débuta sa litanie en demandant à Dieu de protéger sa famille, celle des Rosmadec, à commencer par sa mère. Celle-ci, douairière autoritaire, mais éprise de justice et d'humanité, régnait sur La Josselière, un manoir ancestral situé au fond de l'anse de Poulguin, à huit kilomètres de Pont-Aven.

« … mon Dieu, allégez les maux que son grand âge lui fait subir, et pour son bien, incitez-la à renoncer à l'usage du tabac et à ses trop nombreuses pipes quotidiennes. »

Madame Mère, ainsi qu'elle voulait être appelée, montrait en effet un respect aveugle à la tradition tout en affichant parfois quelque extravagance. Ainsi, à la mort de son époux Adolphe, vingt-quatre ans auparavant, elle avait fait main basse sur les pipes de l'armateur défunt et s'était mise à fumer comme la cheminée d'un vapeur. Elle faisait ainsi perdurer sa présence.

« Alexis… »

Eugénie eut un sursaut en prononçant le prénom de l'aîné de ses trois frères, un architecte qui aimait la taquiner, la bousculer dans ses certitudes et la choquer si souvent :

« Faites, mon Dieu, qu'Alexis se montre un peu plus charitable envers moi, mais surtout cesse de chanter devant ses filles des couplets appris à l'École des beaux-arts, voire dans des lieux de plaisir de Paris : honte, honte, péché, péché ! Si, dans le même temps, vous pouviez demander à sa femme, Lysandre, d'oublier quelques instants sa musique et la préparation des récitals qu'elle donne aux quatre coins du monde, pour préserver ses trois enfants des dangers de la vie citadine, je vous en serais ô combien reconnaissante. »

Vint le tour de son frère François, médecin parisien :

« … Jésus, Marie, Joseph, exaucez les vœux de ce brave garçon, de sa femme Isabelle et de leurs deux jeunes enfants, dont j'ai oublié pour le moment les prénoms, mais par pitié, dites-lui de cesser de vouloir m'examiner. Le chirurgien qui devait m'opérer, il y a trois ans, en sait quelque chose : j'ai refusé tout net ! »

Eugénie eut une petite grimace de souffrance et changea de position. Elle se meurtrissait volontairement les genoux, mais c'était pour elle une douleur délicieuse qu'elle offrait au Ciel.

Tandis qu'elle abordait avec le Très Haut l'épineux problème de boisson de Julien, le visiteur crocheta en un tournemain la serrure du placard renfermant une partie du trésor de la cathédrale. En découvrant les dizaines d'objets de culte, en or, en argent ou en bronze qui étaient soigneusement rangés sur les étagères, il émit un court sifflement admiratif. Pour commencer, il se saisit d'un ostensoir qu'il plongea dans un grand sac en toile de jute.

La vieille demoiselle, elle, tentait d'excuser auprès de Dieu le vice de son cher Julien.

« Comprenez-vous, je ne lui apporte pas de grandes distractions. Je ne le fais pas rire, je l'ennuierais plutôt. Il est vrai, je le confesse, je suis un peu rabat-joie. Mais que voulez-vous, je ne vais pas me mettre à danser le *franche cancanier*, ou je ne sais trop quoi, sous le prétexte de l'éloigner de ses démons ! »

Après sa mère, ses frères et ses belles-sœurs, Eugénie *s'occupa* de ses trois grands neveux. Elle ne s'attarda pas sur le sort de l'aîné. Jean était parfait. Gai, déférent avec elle, cet enseigne de vaisseau de vingt-cinq ans était la coqueluche de la maisonnée. Il avait, chose exceptionnelle, amené cet été-là un ami de la Navale prénommé Rodolphe et issu d'une très respectable famille. Le jeune homme, et comment s'en étonner, dévorait des yeux depuis son arrivée, il y avait huit jours, la belle et talentueuse Clémence de Rosmadec. « Oh, comme cela ferait un beau couple ! » s'extasiait la tante pour elle-même. Elle savait bien pourtant que sa nièce à la longue chevelure rousse et aux yeux verts ne s'intéressait qu'à la peinture et à la sculpture. Et c'est cela qui l'inquiétait. Elle n'aimait pas la savoir quotidiennement en compagnie de ces peintres qui faisaient tant de bruit à Pont-Aven. Il y avait parmi eux un certain Gauguin dont elle semblait s'être entichée, depuis quatre ans déjà. Un homme marié, père de famille irresponsable qui, d'après Clémence, ne vivait que pour la peinture, à défaut de vivre par elle. « Mon Dieu, mon Dieu, faites que ma nièce si sensible, si pure, ne cède pas aux instances de cet homme ou de l'un de ces jeunes rapins sans morale qui gravitent autour de lui ! Faites, je vous en conjure, qu'elle reste pure pour Rodolphe, son futur époux ! »

Eugénie étouffa un petit rire.

« Voilà que je l'ai déjà fiancée ! Avouez que je vais vite en besogne ! Il est vrai qu'elle court sur ses vingt-trois ans. Il ne faut pas trop attendre… »

La sacristaine soupira. Le souvenir de sa nuit de noces l'assaillit une fois de plus. Elle tenta de le chasser en orientant sa prière du côté d'Albertine, la benjamine des Alexis de Rosmadec. C'est qu'elle aurait bientôt quinze ans. Ce n'était plus une gamine. D'ailleurs, l'avait-elle été ? se demandait sa tante. Dès qu'elle avait su parler, elle avait montré des dispositions hors du commun pour les choses de l'esprit. Elle savait tout sur tout, retenait intégralement ce qu'elle lisait une fois seulement et était capable de le réciter sans hésiter sur un mot. Par ailleurs, elle avait un véritable don de voyance qui inquiétait ses parents, tant il amenait chez elle des crises de nerfs incontrôlables. C'est pourquoi Eugénie implora son Dieu de veiller sur sa jeune nièce.

L'amour qu'elle portait à sa famille ne lui fit pas pour autant oublier les fermiers de La Josselière, Ernestine et ses deux enfants, Gildas et Hélène, mais aussi Gwenola, sa belle-fille, et son petit Tugdual de dix-sept mois. Depuis toujours et encore davantage depuis que le chef de famille avait péri en mer, il y avait quatorze ans, ils faisaient réellement partie de la famille. Madame Mère les avait aidés à surmonter les mauvais coups que le sort leur avait réservés.

Puis la brave demoiselle décida qu'il était temps de quitter la cathédrale pour aller préparer le repas de son frère. Plus elle tarderait, plus il se livrerait en toute impunité à sa faiblesse : la boisson. Son devoir était de l'en empêcher.

Elle crut voir une forme traverser le rai de lumière qui barrait le seuil de la porte commandant l'accès à une sortie et à la sacristie. Qu'était-ce donc ? Elle haussa à nouveau les épaules. « Voici que j'ai des visions, maintenant ! Il va bien falloir que j'obéisse à mon frère François et que je me résigne à porter des bésicles, un lorgnon, des lunettes, ou je ne sais trop quoi… »

Un fracas se fit entendre et Eugénie s'accrocha à un banc, tremblante comme une feuille. Cette fois encore, elle tenta de se persuader que ce n'était rien, peut-être un de ces sales pigeons qui entraient par le portail le jour et qui, enfermés, se cognaient aux vitres en cherchant la liberté.

Il n'en demeurait pas moins qu'en s'approchant furtivement de la sacristie, Eugénie avait peur.

Un moment, elle pensa courir jusqu'au portail du transept, sortir dans la rue et appeler à l'aide. Mais elle se retint. Des gens malintentionnés, et il y en avait tant, auraient tôt fait de dire qu'à force de passer ses journées en contemplation, elle avait perdu la raison et voyait le démon partout. Oh, elle les connaissait, ces esprits forts qui l'appelaient entre eux : « la reine des bigotes » et même, les infâmes, « la punaise de sacristie » !

Non, elle ne pouvait pas risquer les moqueries de ces impies. Il lui fallait agir seule. La devise de son grand-père, général d'Empire, vint soudain lui donner du courage : « Face au danger, l'indifférence, face à la peur, le sang-froid, face à la douleur, le mépris. »

Eugénie releva la tête comme un vrai petit soldat et, d'un pas résolu mais le cœur battant fort, elle marcha crânement vers la sacristie.

Le spectacle qui l'attendait dans l'annexe sacrée de son église la figea sur place. Les portes du « placard aux trésors » qu'elle appelait plus pompeusement « le reliquaire » béaient et un homme, tenant d'une main un grand sac à demi plein et de l'autre le calice d'or de Monseigneur, la regardait en ricanant.

Horrifiée et insoucieuse du danger, elle se précipita vers lui en hurlant. Vaine intervention ! Elle eut beau pousser des « Mécréant ! », « Impie ! », « Profanateur ! », « Sacrilège ! » en tentant d'arracher le plus précieux des objets de culte de la cathédrale, elle ne réussit qu'à attiser la colère du voleur. Il l'avait saisie au cou, le serrait et la secouait comme un prunier. Courageuse, Eugénie se défendait et tentait de labourer de ses ongles le visage de l'homme pour lui faire lâcher prise. Le scélérat, rendu furieux par ces griffures, la gifla avec violence.

— Ferme-la, vieille taupe, ou je t'étrangle !

Mais Eugénie s'accrochait au calice. Elle tomba et entraîna le chenapan dans sa chute. Ils roulèrent l'un et l'autre par terre, corps contre corps. La malheureuse luttait toujours. Son adversaire lui saisit les poignets. Elle sentit l'homme peser sur elle. Voici qu'il fouillait sa robe, pensa-t-elle. Elle tenta de le repousser de ses genoux et émit des hurlements de désespoir. Exaspéré, le vaurien lui posa la lame de son couteau sur la gorge et, pour ne plus l'entendre, fit de sa main un bâillon. Mal lui en prit, elle le mordit de toutes ses forces. Il grogna de douleur.

— Tais-toi, charogne ! Tu vas me laisser faire mon travail ! Non ? Eh bien, tu l'auras voulu !

Il saisit le calice qui, durant la lutte, avait roulé sur le parquet et lui assena un coup entre les deux yeux, puis un autre sur le dessus du crâne. Le sang ruissela sur le visage de la vieille fille qui n'offrit plus aucune résistance.

— *Gast de kaoc'h*[1] *!* On dirait que j'y suis allé un peu fort. Elle avait qu'à pas…

Il se releva, s'épongea et s'aperçut que ses joues saignaient. Furieux, il donna de grands coups de pied dans le corps inerte de sa victime. Puis, recouvrant son calme, il enfouit sans véritable hâte le reste de ses prises dans son sac. D'un pas déterminé, il s'en alla à la recherche d'autres richesses qu'il rassembla à côté des premières. S'apercevant que la statue en bois polychrome de saint Corentin était tout à fait transportable à bras d'homme, il la fit basculer de son socle sur son épaule, sans se soucier de la beauté de ses habits sacerdotaux rouges et dorés, ni de sa tiare. Dans une chapelle voisine, il s'empara sans autre forme de procès de trois autres merveilles : les statues, en bois polychrome elles aussi, de saint Yves et du Riche et du Pauvre qui l'entouraient. Il exécuta un dernier et rapide tour de la basilique pour faire main basse sur tout objet de culte susceptible d'avoir quelque valeur. Il ne se trompait pas hélas ! car ce qu'il dérobait valait une fortune. Il groupa tout ce butin à proximité de la porte donnant sur la rue avant de retourner à la sacristie, l'air soucieux. Il y dénicha une grande malle en osier qui ne contenait que deux vieilles soutanes. Il la traîna jusqu'à son magot qu'il fourra dedans. Puis il revint vers sa victime. Étendue sur le parquet ciré, elle ne montrait plus le moindre signe de vie. Il s'agenouilla auprès d'Eugénie et coupa de son couteau la ceinture qui retenait son trousseau de clefs. Maladroit, il érafla la cuisse de la vieille fille. Il se redressa et la regarda, perplexe. Allait-il la laisser là ? Mais si,

1. Putain de merde !

dans la demi-heure, quelqu'un la découvrait et donnait l'alerte ? Cela ne lui laisserait que peu de temps pour disparaître. Il fallait la cacher et s'évanouir dans la nature.

Il traîna la malheureuse vers le placard qu'il venait de dévaliser. Il hésita à l'y enfermer, y renonça. Une bien meilleure idée lui vint. Il se saisit du corps, le chargea sur son épaule et, d'un pas lourd, rejoignit l'allée centrale de l'édifice…

Une fois sa besogne faite, il entrouvrit la porte et agita son mouchoir. Une carriole s'ébranla au coin de la rue de la Mairie et vint se ranger sagement le long de la cathédrale, masquant aux passants cette entrée. Le conducteur rejoignit son compère. Les deux hommes ne prirent pas longtemps pour charger leur butin et le recouvrir de la paille qui jonchait le plancher. Avec le plus grand soin, le meurtrier referma le lourd battant à l'aide des clefs d'Eugénie qu'il conserva avant de monter à côté du cocher.

La voiture descendit au petit trot et sans encombre la rue du Frout.

Parvenu à la hauteur de l'école normale d'institutrices, le deuxième larron sortit une bouteille de sous son siège et la tendit à son voisin qui en but plusieurs lampées avant d'émettre un bruit de gorge satisfait.

— Et que'que t'aurais dit si un corbeau t'avait d'mandé c'que tu foutais là ?

Le scélérat sortit un papier de sa vareuse et montra une liste des noms.

— J'aurais dit que c'était le chanoine de Rosca…, non, de Rosmadec qui m'avait donné l'ordre d'emporter tout ça pour révision ou réparation et que sa sœur avait surveillé le chargement…

Ils rirent en se tapant sur les cuisses et en se donnant des bourrades. Ils recouvrèrent leur calme et burent encore…

— Tu l'as bien arrangée, la vieille bique ?

— Un peu trop, pour sûr.

— Morte ?

— J'crois ben. C'est sa faute, aussi. Elle avait qu'à pas ! Non, c'est vrai ça, elle avait qu'à pas.

CHAPITRE II

Julien de Rosmadec s'éveilla en sursaut dans le grand fauteuil à bascule du salon.

Il eut un moment d'humeur contre lui-même en regardant la bouteille de rhum et le verre vide posés sur le guéridon. Il s'étonna d'être dans la pénombre. Pourquoi, diable, Eugénie n'avait-elle pas allumé les bougeoirs ? Pourquoi l'avait-elle laissé s'assoupir avant le repas du soir ? Sans doute était-elle trop occupée dans sa cuisine à préparer le repas. Il se leva en soupirant et appela sa sœur d'une voix douce. Il n'obtint aucune réponse et passa dans le vestibule de leur appartement. Habiter avec sa sœur dans cette maison des chanoines était un privilège, mais comment aurait-on pu le leur refuser, puisque c'était l'évêque Bertrand de Rosmadec qui avait posé la première pierre de la façade occidentale le 26 juillet 1424 ? Eugénie aimait à le rappeler à la moindre occasion. Les chandeliers n'étaient pas allumés. Il poussa la porte de l'office et réitéra son appel sans plus de succès. Une sourde inquiétude monta en lui. Quelle heure pouvait-il bien être ? Il passa à nouveau dans l'entrée, battit le briquet et alluma un bougeoir qu'il tendit vers la haute horloge dont le bruit sec et régulier du balancier lui parut à cet instant lugubre.

« C'est pas Dieu possible ! 10 heures ! Mais d'ordinaire, elle dort déjà à cette heure-ci ! Peut-être est-elle souffrante. »

Le chanoine se dirigea vers la chambre à coucher de son aînée et frappa. N'obtenant nulle réponse, s'attendant au pire, il poussa doucement la porte. La pièce était vide. Il visita sa propre chambre. Vide aussi. Il fit un tour complet de l'appartement : pas âme qui vive. Il descendit l'escalier, craignant de la trouver évanouie à la suite d'une chute, mais là encore nul signe de sa présence. Lui de nature optimiste et peu enclin à l'inquiétude se trouvait tout désemparé. Après avoir cherché en vain un message qu'elle lui aurait écrit pour expliquer son absence, il marcha en rond, les mains derrière le dos, et se servit un dé d'alcool qu'il avala d'un trait pour décider ce qu'il convenait de faire. Il boutonna le haut de sa soutane qu'il avait libéré afin de prendre ses aises, écrivit un mot qu'il posa bien en évidence et sortit.

À grandes enjambées, il se dirigea vers la cathédrale. Il en fit le tour et constata que chacun des portails était bien fermé. Sa sœur était donc sortie de l'église. Rien ne servait d'y entrer. Il revint sur ses pas et secoua à nouveau la porte de la rue du Frout qu'elle empruntait toujours. Il pensa un instant se rendre l'évêché tout proche y prendre un jeu de clefs de rechange, mais s'en abstint devant l'évidence de ses déductions : « La cathédrale est close, et pas seulement au loquet. Jamais Eugénie ne s'enferme ainsi quand elle est seule dans Saint-Corentin. Elle craint toujours un malaise qui lui retirerait la force de faire jouer les serrures. Elle est donc quelque part en ville. Mais où ? »

Il se frappa le front, sûr d'avoir trouvé la réponse à sa question. Sa sœur, toujours prête à voler au secours des indigents, était sûrement allée rendre visite à la jeune veuve Pichard, qui avait tant de mal à nourrir ses cinq enfants. Sans doute ses prières l'avaient-elles incitée à lui porter un panier de provisions bien rempli. Cette démarche généreuse, cependant, n'expliquait pas un retour si tardif. Elle lui servait avec une exactitude et une régularité qui l'honoraient son dîner à 7 h 30. Et il était plus de 10 heures ! Il décida cependant d'aller chez cette pauvre femme. Son mari maçon avait trouvé la mort le mois précédent en tombant d'un échafaudage dressé pour la construction du scolasticat de la rue de Kerfeunteun.

Julien revint sur la place Saint-Corentin, s'engouffra dans la rue Kéréon puis dans celle du Chapeau-Rouge, avant de longer le cimetière par la rue Saint-Marc. Il allait d'un bon pas, se souvenant fort bien de la maison où il était venu bénir le cercueil lors de la levée du corps.

Il y avait de la lumière. Julien frappa. La femme Pichard lui ouvrit et, levant sa bougie, reconnut, stupéfaite, le chanoine de Rosmadec.

Non, mademoiselle n'était pas venue la voir de la semaine.

— Y a rien de grave, au moins, monsieur l'abbé ? Il ne lui est pas arrivé du mal ? Vous avez besoin de mon aide ?

— Non, non, rien du tout, pensez donc ! Elle a dû aller chez… je ne vois trop chez qui, à vrai dire. Bonsoir, ma fille, dormez dans la paix, je vous bénis vous et vos enfants. À bientôt.

La jeune veuve, intriguée, regarda Julien s'éloigner dans la nuit.

Il était comme une âme en peine, ne sachant où mener ses pas. Aller au commissariat de police ?

Allons donc, si Eugénie avait eu quelque accident sur la voie publique, il en aurait été prévenu depuis longtemps.

Il repassa chez lui, en profita pour se verser un petit rhum d'encouragement et repartit à la recherche de sa sœur mystérieusement disparue.

Il traversa la place Saint-Corentin et, presque à son insu, se retrouva bientôt devant l'hospice. Il en poussa la porte. Sœur Madeleine, qui le connaissait depuis une bonne vingtaine d'années, se précipita à sa rencontre, étonnée de le voir à cette heure tardive.

— Vous venez visiter un de nos malades ? s'enquit-elle d'une voix feutrée.

Il exposa le but de sa visite. Non, la sœur n'avait pas vu Eugénie depuis au moins cinq jours, ce qui n'avait rien d'étonnant : elle avait dû avoir beaucoup à faire pour préparer la cathédrale à fêter l'Assomption de la Vierge…

Lisant l'inquiétude sur le visage du chanoine, elle partagea ses craintes. Elle aimait tant la vieille demoiselle que de l'imaginer courant un danger lui fit se tordre les mains.

— Personne ne lui veut du mal, elle est si bonne ! se récria-t-elle.

Julien, assommé par cette disparition incompréhensible, décida de rejoindre son domicile après avoir salué la sœur tourière.

Elle le rattrapa dans la rue.

— Avez-vous songé, mon père, à passer chez les Quefoulec ? Nous avons eu le père Louis plusieurs fois ce mois-ci. Il était vraiment dans un triste état. J'entends encore le Dr Lamarrée lui dire à sa sortie : « Cessez donc de boire autant, monsieur Quefoulec, sinon, c'est au cimetière Saint-Joseph que nous vous reverrons. » Je sais que Mlle Eugénie avait promis d'aller lui rendre visite deux fois par semaine pour l'aider à devenir sobre. Quelle illusion ! À mon avis, c'est prêcher dans le désert que de faire la leçon à un homme pris dans les filets de l'alcool. Les mailles en sont si serrées que…

Julien ne l'écoutait plus. Sœur Madeleine savait-elle qu'il aimait lui aussi, d'une façon maladive, la dive bouteille et, en toute hypocrisie, profitait-elle de l'occasion pour lui tenir un sermon moralisateur ? Qu'importe, il décida d'aller faire un tour chez les Quefoulec qui habitaient non loin de là, rue du Pont-Firmin, à côté de la gare.

Pour se venger de la leçon que venait de lui assener la religieuse, il observa les alentours, tira une fiole de gnôle de dessous sa soutane et en but la moitié avant de poursuivre sa route.

Il allait dans la nuit d'une démarche peu assurée. Il avait beau chercher, il ne comprenait pas ce qui avait pu arriver à Eugénie. En traversant l'Odet, la vision du corps de sa sœur flottant entre deux eaux lui apparut soudain. Ce n'était pas possible ! L'aurait-on agressée, lui aurait-on volé sa bourse avant de l'étrangler et de la jeter dans la rivière ? Il y avait tant de voyous, de voleurs, de brigands dans Quimper, la nuit !

« Allons, tu te montes la bobèche ! Ce sont des canards que tu vois là, de simples canards. » Il s'étonna cependant de remarquer que l'un de ces volatiles avait deux têtes. « Enfin, si Dieu a voulu qu'il naisse ainsi, c'est son affaire ! » Cette éventualité le fit rire. Et il en riait encore nerveusement en parvenant chez le père Quefoulec. Il y avait de la lumière au rez-de-chaussée. Il s'approcha de la fenêtre donnant sur la rue pour voir le bonhomme et sa femme, assis en face l'un de l'autre, avec entre eux deux une bouteille d'eau-de-vie. Julien trouva la force de ne pas frapper à la porte. Il savait fort bien qu'il ne saurait résister aux verres qu'on lui tendrait. Sa sœur n'était pas avec ces braves gens. C'est tout ce qu'il voulait savoir. Il retourna chez lui, espérant encore qu'Eugénie y serait revenue. Il s'aperçut alors qu'il avait faim. N'ayant jamais préparé un repas de sa vie, il se contenta d'une tranche de pain et d'un morceau de lard. Après quelque hésitation, il posa devant lui une bouteille de vin. Une heure plus tard, il s'effondrait sur la table.

Le jour était levé depuis longtemps quand il s'éveilla. Eugénie n'était toujours pas rentrée. Il était 7 heures moins le quart. La première messe allait être dite. Et si le prêtre qui le premier avait ouvert la cathédrale avait trouvé quelque indice ? Sans même prendre le temps de se rafraîchir, de se raser ou de se coiffer, il courut à Saint-Corentin. Les deux portes de la façade étaient grandes ouvertes. Il s'y engouffra. De jeunes séminaristes couraient en tous sens, inspectaient les chapelles. Des exclamations véhémentes et indignées s'élevaient dans la sacristie. Il s'y précipita pour y découvrir deux jeunes vicaires et le chanoine, curé-archiprêtre, Alphonse-Louis-Marie de Penfentenyo qui regardaient autour d'eux avec stupeur. Les portes du placard serrant le « trésor de la cathédrale » étaient béantes et n'abritaient plus rien. Calices en or, ostensoirs, ciboires et autres objets de culte précieux avaient disparu. Des habits sacerdotaux jonchaient le sol. Le ou les voleurs avaient fait main basse sur des dizaines de chasubles tissées d'or ou de fils d'argent.

Julien, les yeux rougis, décoiffé, l'air fou, se précipita vers l'archiprêtre. Il était méconnaissable. Il balbutiait.

— Ma sœur… Où est-elle ? Agressée, tuée ? C'est-elle qui est restée la dernière, qui a fermé la cathédrale…

Un prêtre lui désigna des chaises renversées et murmura assez sottement :

— Il y a eu lutte.

Tous étaient stupéfaits et interrogeaient Julien du regard. Sa mise les intriguait.

— Je l'ai attendue toute la nuit. Elle n'est pas rentrée. Aucun signe de vie… Qu'ont-ils pu lui faire ?

— L'enlever ? suggéra un séminariste.

Julien le regarda, éberlué.

— Avez-vous fouillé la cathédrale de fond en comble ?

— Nos séminaristes s'y emploient et font l'inventaire des objets volés. La statue de saint Corentin est introuvable, dit le curé d'un ton lugubre.

— Celle que préférait, je veux dire préfère, ma sainte sœur Eugénie. Ah, les vandales ! Mais elle, qu'est-elle devenue ? Elle, si bonne, si dévouée…

Des séminaristes revenaient de la sacristie en disant ce qu'ils avaient remarqué : un tronc brisé, un ciboire envolé, le crucifix de la chapelle…

— Et rien, pas une trace d'elle ? se lamentait Julien. Je vais la chercher moi-même. S'ils ne l'ont pas enlevée. Mais comment auraient-ils pu le faire en plein jour ? Elle est ici, j'en suis sûr !

— Nous avons passé toutes les chapelles au peigne fin.

— Pas si fin que ça, votre peigne : êtes-vous montés dans les clochers, avez-vous inspecté les grandes orgues ? Non ? Eh bien, moi, je vais le faire. Vivante ou morte, je veux retrouver ma sœur !

Il avait crié et s'en étonna lui-même.

On le vit s'éloigner à grands pas dans le vaisseau central avant de s'apercevoir que les paroissiennes prenaient place dans les premiers rangs et attendaient que l'office commençât.

L'archiprêtre décida de leur dire ce qui s'était passé et de leur demander de prier au cours de la messe pour Mlle de Rosmadec disparue, enlevée, morte peut-être…

Un hurlement de rage venant des grandes orgues lui répondit et les fidèles découvrirent le chanoine qu'ils aimaient tant qui vociférait de son balcon improvisé.

— Elle n'est pas morte, vous m'entendez ? Je vous demande de récolter dans notre ville tout indice permettant de la retrouver. Son enlèvement, du moins son agression, a dû survenir ici, hier, en fin d'après-midi aux alentours de 7 heures du soir… Je vous en supplie, aidez-moi, priez, priez pour elle ! dit-il dans un sanglot.

Accablé de fatigue, il fit signe à l'organiste de jouer. Il n'en pouvait plus. Les têtes qui s'étaient tordues vers lui au cours de sa harangue fixaient à nouveau l'autel où se disait la messe.

Dans le silence qui se fit au moment de l'eucharistie, une nonne du couvent du Sacré-Cœur, revenant de la sainte table et agenouillée non loin de la chaire, crut entendre une plainte. Ses compagnes se regardèrent, intriguées. Elles aussi avaient entendu ce faible gémissement. Bientôt, ce furent de petits cris qui s'élevèrent dans le silence de la cathédrale.

La supérieure fit signe à ses religieuses de rester à leur place et se laissa guider par ces sons plaintifs. Alors que toutes la suivaient du regard, elle alla ouvrir la porte d'un confessionnal, revint sur ses pas et demeura l'oreille tendue au pied de l'escalier qui montait à la chaire. Un nouveau cri, plus franc cette fois, lui sembla venir d'en haut. Déterminée, tenant sa robe à deux mains, elle gravit les neuf degrés de la tribune… et poussa un hurlement de terreur qui se répandit dans l'édifice.

Ce fut Julien qui comprit le premier. Faisant fi de toute retenue, il courut vers la chaire et s'agenouilla bientôt à côté de sa sœur. Pauvre poupée de chiffon laissant apparaître une jambe ensanglantée sous sa robe déchirée, Eugénie de Rosmadec gisait là, inerte.

Son frère la retourna doucement pour découvrir les horribles plaies de son visage martyrisé, presque méconnaissable. Ses yeux étaient clos.

— Son état est désespéré ? demanda la mère supérieure.

Julien se tourna vers elle et ne put retenir ses larmes.

— Je le crains…

Avec délicatesse et amour, il prit la malheureuse dans ses bras, se redressa et descendit l'escalier, épaulé par des prêtres.

L'officiant avait interrompu sa messe et c'est une petite foule qui accompagna la pieuse femme vers la sacristie où on la déposa sur la grande table de chêne où depuis des années elle prenait un profond plaisir à plier ou déplier les linges immaculés de l'église. Un jeune séminariste qui étudiait la médecine posa son oreille sur son cœur, lui prit le pouls et se releva.

— Elle vit !

Le docteur arriva bientôt et le confirma : Eugénie avait survécu aux coups sauvages portés par son agresseur. Mais pour combien temps ? Il émit l'hypothèse que si elle ne sortait du coma qu'au bout de trois jours, elle en garderait plus tard des séquelles.

Julien prit l'homme de l'art fermement par le bras et le regarda plein d'espoir.

— Vous allez la sauver, n'est-ce pas, docteur ? Promettez-moi que vous allez la sauver !

— Je ne promets rien, monsieur l'abbé. Il faut la porter à son domicile. Je vais passer à l'hôpital pour demander au chirurgien de venir l'examiner à son tour. Il se prononcera, l'opérera peut-être. Une hémorragie interne n'est hélas pas à exclure. Mais laissez-moi la panser.

On lui obéit et tous s'écartèrent, hormis une sœur infirmière qui entreprenait déjà avec douceur de nettoyer à l'aide d'un linge humide le visage de la sacristaine.

Le médecin releva la robe de la victime et constata que la blessure de sa cuisse était superficielle.

Une confortable berline qu'un abbé était allé chercher en courant chez Lebrun, le loueur de voitures tout proche de la place Saint-Corentin, vint se ranger le long de la cathédrale. Julien et le séminariste apprenti médecin y montèrent avec leur fardeau. Le docteur grimpa dans son cabriolet. La foule des vicaires et des fidèles groupés dans la rue du Frout vit le lugubre cortège traverser la place pour atteindre la maison des chanoines dans la lumière dorée de ce petit matin d'été.

Le curé pria ses ouailles de reprendre leurs places afin qu'il achève sa messe.

Mgr Lamarche, prévenu de la mise à sac de son église et de l'agression de sa sacristaine, sonna le rappel de tout son clergé et tint à diriger lui-même une longue prière commune dite pour la survie d'Eugénie de Rosmadec.

CHAPITRE III

— Bon sang de bon sang ! C'est qu'elle est lourde comme une ânesse morte, votre malle, les gars ! s'exclama le grand René.

Le cocher avait garé sa voiture juste devant le guichet de réception des bagages de la gare de l'Ouest. Il était sacrément fort, mais il suait sang et eau en ce petit matin du dimanche 17 août à aider ses deux compères, Loïc le Breton, et Henri, dit Riri, qui venaient de récupérer leur malle et leurs bagages enregistrés in extremis, la veille au soir à Quimper.

Il releva sa casquette d'un coup de pouce, montrant un nez camus enfoui dans de grosses joues couperosées. Ses yeux petits et ronds n'exprimaient rien, si ce n'est une bêtise lourde et butée. Les deux autres quant à eux n'avaient pas meilleure mine.

Loïc était de taille moyenne et ses lèvres minces semblaient ne jamais pouvoir s'ouvrir sur le moindre sourire.

Riri, quant à lui, bien que de la même taille que son compère, était bien plus épais. Tout respirait en lui la force brutale. Sa constitution faisait penser qu'il serait bien difficile, si on devait l'affronter à la lutte, de le faire bouger d'un centimètre, tant ses pieds semblaient soudés au sol.

Une fois la malle et les deux gros sacs chargés, le conducteur crut bon de répéter :

— C'est pas pour dire, mais elle est aussi pesante qu'une ânesse foudroyée, insista-t-il en montant sur son siège où le rejoignirent Loïc et Riri.

— Comme un veau d'or plutôt ! s'esclaffa ce dernier. C'est de la camelote sérieuse, pas du toc, mon poteau. Que du vrai, pas une once de faux : or, argent, bronze, diams, du pur, du bon, du lourd ! On en mangerait si c'était pas si dur…

Loïc lui donna un coup de coude dans les côtes.

— Tu la fermes, tu veux ? Méfie-toi des oreilles qui traînent.

— Ben quoi, on est entre nous, pas vrai ? À ce propos, si on en mettait un peu de côté avant de refiler le magot au singe ? J'ai une planque en or. C'est sur le chemin. Cinq minutes pour mettre notre part à l'abri et fouette cocher…

Le gros René émit un grognement réprobateur et Loïc, sachant qu'il était l'âme damnée du patron, enguirlanda l'imbécile.

Il leva la main comme s'il voulait frapper son comparse.

— Ce genre d'embrouille, on le fait quand on est seul, pas à trois…

— T'as pas confiance en nous ?

— Pas la moindre. Et en moi, t'aurais confiance ?

Le gros homme réfléchit un instant puis s'avoua vaincu.

— T'as raison, à dire vrai, non.

Le cocher éclata de rire. On pouvait voir trembler ses joues alors qu'il caressait de son fouet les flancs de ses chevaux pour les mettre au trot dans le boulevard du Montparnasse.

— Alors, tu vois, faut pas tenter le diable en le tirant par la queue, poursuivit Loïc.

— Tu jactes quoi, là ?

— Le français, pauvre pomme ! Mais te casse pas les méninges.

Riri se renfrogna. Il n'abandonnait pas son idée.

— N'empêche, ça serait du tout cuit. T'es pas une taupe, moi non plus, et René non plus, hein, René ? Il y verrait que du feu, le patron, vu qu'il sait même pas sur quoi qu'on a fait main basse.

— Sur quoi *j'ai* fait main basse, moi. Pas toi. Et puis, comme d'habitude, tu réfléchis pas, Riri… Pas plus tard que demain, tu penses bien que l'inventaire de notre cargaison sera minutieusement rapporté dans le détail par tous les journaux. Alors M.M. comparera ce qu'on lui a livré avec la liste des torche-culs. Et s'il s'aperçoit qu'il lui en manque, qu'est-ce qu'il décidera, le patron ? Tu l'as déjà vu en colère M.M. ? Tu l'as déjà vu sortir son surin ? Il nous égorgerait comme des porcs, tiens !

Le gros René opina du chef.

— Ça, pour sûr, il nous raterait pas… et moi non plus je te raterais pas, Riri. J'ai jamais trompé M.M. et je m'en porte bien.

Le gros homme se trouva stupide tout à coup d'avoir proposé ce marché. Et si ses deux complices le vendaient ? Ils en seraient bien capables… Il se fit tout miel.

— T'aurais pas dû te donner la peine de venir nous chercher avec ton carrosse, René, on aurait pu prendre un fiacre…

— Ordre de M.M., énonça-t-il, laconique, en descendant le boulevard du Port-Royal.

À nouveau Loïc se mit en colère. La nuit passée sans réussir à dormir agissait sur ses nerfs.

— Mais, triple buse, tu penses bien que les argousins vont tout faire pour nous foutre la main dessus ! Ils sont déjà en chasse. Si je n'avais pas eu l'idée de planquer la vieille, ils prévenaient par dépêche leurs collègues et n'avaient plus qu'à nous cueillir à notre descente du train. Vu ? Quand ils sauront qu'on a débarqué à Paris – et ils l'apprendront vite, ces fumiers ! –, ils vont interroger les cochers et les compagnies de transports !

Il se tourna sur son siège et frappa sur le toit de la berline.

René approuva et extirpa de sa poche une flasque de cognac pour apaiser les esprits. Il en but une large rasade et la fit passer.

Riri but, secoua la tête et prit un petit air malin qui lui allait très mal.

— S'cuse, Loïc, j'avais oublié que tu l'avais supprimée, la bigote…

Avec une rapidité inouïe, Loïc sortit son couteau et en posa la pointe sur la gorge de son compagnon qui ne bougea plus.

Riri se demandait s'il allait sauter en marche pour échapper à ce dément. Il le savait capable de tout dans ses moments de crise.

Le cocher tira sur les rênes et immobilisa sa voiture à l'angle du boulevard Saint-Marcel.

— Ou vous arrêtez de faire les zouaves, ou je vous fous dehors et vais remettre tout seul votre trésor à M.M. Mes chevaux n'obéissent qu'à moi. Si vous voulez, je mets ma voiture en travers de la rue jusqu'à ce que les argousins arrivent et nous demandent de quoi qu'est-ce. Ils découvriront votre trésor et alors… à la grande cabane, mes frères ! À votre santé, les aminches ! Je peux vous y déposer tout de suite. Un détour de rien du tout… quatre cents mètres à peine. On vient de passer à côté de la taule de la Santé, si j'avais su…

Ses deux passagers le regardaient, surpris par son calme et son autorité.

— Tiens, on dirait qu'y a du flicard dans l'air ! D'où qu'ils sortent, ces deux oiseaux-là ? Range ta lame, Loïc.

Aussitôt, Loïc enfouit son couteau dans son pantalon et regarda derrière lui.

— Où ils sont tes zouaves ?

— Ils viennent de se cacher derrière un arbre. C'est sûr, ils nous surveillent…

— Bon, allez, reprends la route, René. On réglera ça une autre fois, moi et le gros.

Riri avait recouvré son aplomb et il hésita à prendre son voisin à la gorge. Il se contenta de contempler ses énormes battoirs qu'il ouvrit et referma en soupirant.

— C'est ça, le Breton, on se retrouvera un de ces jours. L'ennuyeux pour toi, c'est que maintenant je suis prévenu que tu n'es qu'une sale petite gouape.

Ils passèrent le pont d'Austerlitz et se retrouvèrent dans un quartier qu'ils connaissaient bien tous les trois.

À cette heure matinale les lieux étaient presque déserts. La berline, cependant, dut éviter trois couples de marlous et leurs protégées qui dansaient un quadrille accompagné par un gamin tournant un orgue de Barbarie. Tout ce joli monde était saoul d'alcool et des fatigues de la nuit.

Riri et Loïc n'avaient qu'un rêve : dormir dans un vrai lit aux draps parfumés. M.M., après leur cassement[1] réussi de la cathédrale, leur offrirait bien le gîte et la femme qui va avec. Entre autres commerces, leur patron entretenait une compagnie de jeunes et jolies filles, ce qui n'était pas le cas, loin de là, des

1. Argot : cambriolage.

autres maisons de tolérance du quartier. Il menait son affaire avec sa femme, une ancienne pierreuse qui avait su monter les degrés de la débauche pour atteindre cette *situation* si recherchée de mère maquerelle.

La voiture de René s'engagea dans la rue Sainte-Marguerite. La voie s'étirait sur seulement trois cents mètres entre la rue de Charonne et celle du Faubourg-Saint-Antoine. Elle était sordide ; elle ne connaissait aucune ronde de sergents de ville. Ceux-ci estimaient sans doute que la majorité de ses habitants était trop corrompue pour qu'on pût même verbaliser. Ou alors, cela aurait exigé des policiers en grand nombre pour embarquer barbeaux et prostituées. En haut lieu, on ne s'était pas encore résolu à lancer une opération d'une telle envergure. Il est vrai qu'il n'était pas facile de faire le tri dans cette population disparate. Parmi la centaine d'immeubles que comptait « la Marguerite » trente faisaient office d'hôtels à la nuit tenus par des cabaretiers ou gargotiers de tout poil qui cachaient les chiffonniers et malfaiteurs en cavale ou désirant se mettre à l'ombre pour laisser passer l'orage.

C'est sous le porche d'une belle demeure qui ne devait pas avoir beaucoup plus de vingt ans que René fit s'engouffrer sa berline. Les lourds battants de chêne se refermèrent aussitôt derrière la voiture. La cour intérieure abritait plusieurs hangars où s'entassaient des meubles et objets hétéroclites, fruits des larcins innombrables commis par les hommes du propriétaire, le redoutable Marcel Mercator dit M.M.

L'homme ne croyait ni à Dieu ni à diable. Il se souciait comme d'une guigne de la justice des hommes. Du moins était-il suffisamment retors pour en jouer à sa manière. Il était de ces individus toujours prêts à donner à la police les renseignements dont elle avait besoin pour éclaircir une affaire. Dénoncer tel ou tel confrère en filouterie ne lui posait aucun problème. Et afin que les inspecteurs ferment les yeux sur ses trafics, il leur permettait de les ouvrir en grand et gracieusement sur les créatures dont il faisait commerce.

À la tête d'un petit cheptel de filles perdues, il attirait vers sa maison des hommes de toutes conditions, réservant les plus jeunes – certaines n'avaient pas quinze ans – aux clients aisés.

Mais ses occupations ne s'arrêtaient pas à l'exercice de ces galanteries tarifées. Il était aussi receleur d'objets de prix, volés dans les musées ou les églises, et avait sous sa coupe une petite armée de fournisseurs et de revendeurs. De la graine de potence qui n'hésitait pas à jouer du couteau ou d'une arme à feu pour se tirer d'une situation hasardeuse.

D'où lui venait ce patronyme de Mercator, il n'en savait trop rien, le latin n'étant pas sa langue favorite[1], il ne s'en souciait pas.

On le savait capable de faire disparaître à jamais les insoumis. Il n'avait de considération que pour René en raison de sa force, mais aussi parce que ce séide lui avait une nuit sauvé la vie dans un guet-apens tendu par quatre souteneurs du quartier. Son cocher et homme de main avait écarté avec une rapidité peu commune le couteau qu'on allait lui planter dans le dos.

La berline était à peine immobilisée que M.M. sortit dans la cour. C'était un colosse dont la seule vue faisait peur. Non qu'il fût laid, il avait même une certaine beauté avec ses cheveux roux noués sur la nuque, et son visage aux traits réguliers, criblé de taches de son. Mais c'étaient ses yeux d'un bleu intense qui

1. *Mercator, oris* : marchand, trafiquant.

terrifiaient ses interlocuteurs. Il était impossible de croiser son regard sans se sentir paralysé : M.M. semblait lire en vous et on ne pouvait lui dissimuler quoi que ce fût.

C'est pour ces raisons que Loïc, avant même de pénétrer dans ce repaire, était décidé à ne rien lui cacher de son aventure quimpéroise. Il lui faudrait relater ses exploits dans les moindres détails. Mais auparavant, il espérait l'éblouir par la magnificence de son butin. Il ne se trompait pas, son chef ne put retenir un sifflement de satisfaction en soulevant le couvercle de la malle. Il prit un calice en or, le fit tourner dans ses mains, l'approcha de ses lèvres et lui donna un baiser avant de pousser un rire sardonique.

Il plongea à nouveau les mains dans le coffre et examina avec attention d'autres richesses. Après chaque exclamation de joie, il tendait le ciboire ou le crucifix admiré à Riri qui, avec un soin exagéré, le déposait sur une longue planche montée sur tréteaux.

Quand Loïc sortit des deux grands sacs les statuettes en bois polychrome, Mercator rugit de plaisir et frappa l'épaule du Breton pour le féliciter. C'était la première fois qu'il voyait son chef le gratifier d'une telle marque de complicité et il en aurait rougi s'il avait su encore rougir.

Ce premier inventaire effectué, M.M. emmena les trois compères dans son salon.

— Allez, Loïc, raconte-moi un peu comment ça s'est passé.

L'homme narra ses prouesses sans oublier de mentionner l'épisode dramatique de la sacristaine.

Mercator lâcha un juron.

— Et tu l'as bien amochée, la vieille ?

Le tueur se méprit sur le sens de la question et répondit très vite, comme pour s'excuser.

— Enfin, oui, je l'ai cognée un peu, mais elle devrait s'en sortir.

— C'est bien ce qui m'inquiète. Tu l'aurais butée, je serais plus tranquille. Si elle en réchappe, cette carne, elle pourra dire à quoi tu ressembles : ton portrait va se mettre à tourner chez les condés.

Loïc voulut se reprendre.

— Enfin, je crois bien que j'lai quand même trucidée…

M.M. posa son regard fixe et lourd sur lui et il se tut.

— Faudrait savoir… En tout cas, maintenant va falloir qu'on expédie très vite quelques autres affaires à Paris ou ailleurs pourvu que les églises aient un trésor accessible. Avant que tous ces curetons montent des tours de garde ou consolident leurs serrures, va pas falloir traîner. Tiens, René, va chercher le Professeur. D'après ce que j'ai entendu dire, il devait finir la nuit avec la grosse Yolande, chambre numéro 8. Il va nous dire par où commencer. Je veux mettre toutes mes équipes sur le coup. Qu'on frappe un peu partout et en même temps.

René quitta le salon et emprunta un couloir menant au bâtiment qui occupait la façade et toute l'aile gauche de la cour intérieure. Là, il pénétra dans *le palais de ces dames* ainsi que l'appelait le truand. La maison de tolérance était dirigée par Solange, l'épouse de Marcel, que les filles appelaient *Madame* avec déférence et parfois, pour certaines, venant de la banlieue, *maman maca*[1], comme on nommait au-delà des Fortifs les tenancières.

Loïc et Riri, épuisés par leur voyage et la peur qu'ils avaient eue de se faire prendre avant le départ du train pour Paris, n'aspiraient qu'à dormir, de pré-

1. Entremetteuse.

férence en agréable compagnie, mais M.M. ne l'entendait pas ainsi. Qu'importait leur fatigue ? Ils contribuaient à le rendre richissime. Ils auraient leur part et lui baiseraient les pieds de reconnaissance. Ils étaient effondrés dans les fauteuils crapauds recouverts d'un velours rouge criard que le maître de céans trouvait du plus grand chic. Il tira un cordon et leur fit servir une collation en attendant la venue de son conseiller ès escroqueries.

Deux ans auparavant, le Professeur, de son vrai nom Norbert Bourgeat, avait trempé dans une sale affaire tout à son déshonneur.

Il enseignait alors l'histoire à Louis-le-Grand, le très huppé établissement du Quartier latin. Il jouissait d'une excellente réputation auprès de ses collègues et du proviseur. Enthousiaste, brillant, il savait comme nul autre rendre plaisantes et faciles à retenir certaines pages du passé. Féru d'histoire de l'art et particulièrement de l'art sacré, il était pour tous un puits de connaissance qu'on venait consulter quand la mémoire faisait défaut. Qui plus est, cet homme de trente-six ans avait un physique agréable. Très grand, il avait des traits fins qui contrastaient avec une bouche aux lèvres rouges et charnues, et des cheveux noirs dont une longue mèche venait caresser le visage allongé. Cet homme avait tout pour plaire et son talent de pédagogue était si reconnu que le censeur du lycée lui demanda de devenir le précepteur de sa fille. Une très jolie adolescente romantique de seize ans. Il s'en acquitta de si bonne grâce qu'il séduisit la demoiselle. Tant et si bien que le ventre de celle-ci s'arrondit de visible façon. N'étant pas décidé à épouser cette donzelle dont l'innocence était pour lui synonyme de sottise, il eut l'invraisemblable culot de nier sa paternité. Pis, il affirma qu'on devait chercher le coupable parmi un élève des classes préparatoires aux grandes écoles, facilement identifiable selon sa description.

Du jour au lendemain, on le pria de cesser ces leçons si particulières. Il y consentit « avec soulagement, car il n'est pas bon pour l'homme de qualité de se heurter au mur de la médiocrité », déclara-t-il avec muflerie.

On lui reprocha son manque d'honneur, il en ricana. On lui demanda de quitter son poste d'enseignant au lycée, il s'y refusa.

Il apparut enfin aux malheureux parents que celui qu'ils avaient porté aux nues était un bien triste sire.

Deux clans s'étaient créés parmi des lycéens désinvoltes : celui des Jekylliens et celui des Hydiens[1]. Mais assez vite on n'osa plus plaisanter du comportement insensé de cet homme et de sa si soudaine transformation.

Ses confrères furent eux aussi stupéfaits de le voir désormais afficher pour eux la plus grande indifférence, voire le plus profond mépris.

Puis, un beau jour, Norbert Bourgeat disparut.

Il n'était pas loin pourtant. Il s'était contenté de franchir la Seine pour offrir ses services et sa culture à Marcel Mercator. Il avait connu la maison que tenait sa femme lors d'une soirée mouvementée, plus de dix ans auparavant, et, dans le plus grand secret, y était revenu depuis lors une fois par mois. Client privilégié, il était un peu devenu le fils que la mère maquerelle regrettait de ne pas avoir eu. De son côté, il appréciait l'espèce de tendresse que lui prodiguait son hôtesse, qui avait senti combien ce brillant professeur pouvait être seul. Persona grata, c'était à lui qu'on demandait conseil pour se mettre en règle avec

1. Évocation du fameux récit fantastique *Docteur Jekyll et Mister Hyde*, de R.L. Stevenson, paru en 1886 et qui avait vite connu un grand succès.

la loi et les obligations afférant au commerce du stupre vis-à-vis de la préfecture de police. Peu à peu il s'était rendu indispensable à la bonne marche de la maisonnée et les douze pensionnaires lui portaient un respect et une admiration sans bornes qui ressemblaient bien à de l'amour. Elles suivaient ses conseils lorsqu'un différend surgissait entre elles. Et chaque fois qu'un problème se posait, Madame, comme si son habitué avait qualité pour rendre la justice, disait : « Demandons donc au Professeur ce qu'il en pense. »

Aussi avait-il tout naturellement trouvé asile chez ses amies de la rue Sainte-Marguerite lorsque le monde des honnêtes gens lui avait tourné le dos. Amant attitré de la tenancière, cela ne l'empêchait pas, et elle n'y trouvait rien à redire, de rompre la monotonie de ses nuits avec l'une ou l'autre des jeunes protégées.

Bien vite, Marcel Mercator comprit tous les avantages qu'il pourrait tirer des connaissances artistiques et culturelles du Professeur. Jusqu'alors il n'était qu'un simple brocanteur stockant et écoulant des objets chapardés par un des chiffonniers du quartier. Il en avait assez de travailler avec ces pouilleux qui ne savaient pas faire la différence entre une pièce de valeur et un objet de pacotille. Il avait entendu dire que la mode était chez les antiquaires, et chez leurs clients européens ou américains, à tout ce qu'on pouvait trouver comme ornements d'église. Il voulait lui aussi profiter de ce marché nouveau et florissant, et y faire fortune. Le Professeur écouta ses propositions avec un grand intérêt et accepta par jeu de devenir le conseiller de cet homme sans scrupule. Les bouquinistes des quais de Seine lui fournirent un choix très varié de livres et de documents sur les trésors des églises et des cathédrales. Il s'y plongea avec amusement.

Il polit ses connaissances en se rendant à la Bibliothèque nationale pour y consulter des ouvrages introuvables mais riches d'enseignements.

Grâce à sa culture, il eut vite fait de dresser l'inventaire d'une bonne centaine de lieux saints apparemment faciles d'accès et surtout débordant de richesses correspondant à ce que les antiquaires recherchaient.

Dès lors M. Norbert, promu conseiller de M.M., vécut comme un coq en pâte.

C'est lui qui avait décidé que le premier fait d'armes des hommes de main du patron aurait pour cadre la cathédrale Saint-Corentin de Quimper. Il en avait étudié les plans et savait où se trouvaient non seulement le trésor, mais aussi des statuettes, des tabernacles, des tableaux… Tel un général avant une bataille, il avait fait répéter à Loïc la marche à suivre. Il lui avait désigné sur une gravure représentant l'intérieur de la basilique les emplacements des objets à dérober. Dans la foule des postulants à ce genre d'opération de haut vol, M.M. avait choisi l'association Loïc-Riri, l'un pour sa ruse, l'autre pour sa force. Qui plus est, le premier, originaire de Pont-l'Abbé, connaissait parfaitement l'ancienne capitale de Cornouaille et parlait le breton. Il saurait se fondre dans la foule des citadins mieux qu'un Parisien n'aurait pu le faire.

C'est dans un peignoir en soie chamarrée, les pieds glissés dans des mules brodées de fils d'or, que le Professeur rejoignit M.M. et les deux voyageurs.

Le receleur l'entraîna dans la remise où étaient installés les objets de prix et les lui présenta d'un geste théâtral.

M. Norbert ne put retenir un rire de satisfaction avant de les saisir avec délicatesse pour les mieux observer.

— Beau travail ! Tout s'est bien passé ?

Mercator haussa les épaules.

— Une sacristaine un peu trop curieuse a reçu un coup sur le blair.

Le Professeur perdit brusquement de sa superbe. C'était une opération qu'il avait organisée et voici qu'il y avait eu violence… Il ne s'agissait plus d'un jeu de l'esprit. Il tenta de dissimuler la peur qui s'infiltrait en lui. Une peur irraisonnée. Le théoricien était devenu complice.

— Et maintenant ?

— On pourrait oublier la Bretagne pour un moment.

— Difficile, j'ai, sur vos conseils d'ailleurs, envoyé Marco et deux équipes en Bretagne et bien d'autres aux quatre coins de France. Il m'est impossible de les joindre pour leur dire de faire marche arrière.

— Contentons-nous de Paris, avança le Professeur.

— C'est grand Paris, il est vrai qu'il y a beaucoup d'églises…

Le Professeur eut un sourire de mépris.

— Que diriez-vous de Notre-Dame ?

M.M. laissa échapper un juron dont l'à-propos fit rire le Professeur.

— Notre-Dame ? Nom de Dieu, Notre-Dame !

CHAPITRE IV

— Tante Eugénie a été assassinée !

Les mains en porte-voix, Albertine hurlait en direction du *Nadounick*, la chaloupe sardinière de la famille de Rosmadec.

L'embarcation de 11,25 mètres de long progressait à faible allure dans l'anse de Poulguin pour rejoindre sa cale de Kerochet, au fond de cette ria de l'Aven.

Les occupants du voilier ne semblaient pas entendre les appels de l'adolescente de quinze ans qui leur faisait de grands signes. Pas plus qu'ils ne percevaient son affolement. Pourtant, son costume de bain à rayures bleues et rouges, qui moulait son corps élancé, était reconnaissable de loin. Cette indifférence à son égard alors que l'heure était grave la rendait furieuse.

Alexis, son père, adossé au mât, tenait le rôle de chef d'orchestre et battait la mesure. Il accompagnait de sa voix puissante sa fille Clémence, son fils Jean et l'ami de celui-ci, l'enseigne de vaisseau de première classe Rodolphe Frilay. Tous hurlaient plutôt qu'ils ne fredonnaient *Valparaíso*, une chanson de marins du début du siècle.

Le vent était si mollasson qu'Albertine aurait voulu qu'ils sortissent les avirons pour faire avancer ce foutu bateau dont la voilure faseillait. Mais non, ils tiraient leurs petits bords avec nonchalance. Fiers de leurs manœuvres, ils se souciaient d'elle comme d'une guigne. Albertine tenta à nouveau d'attirer leur attention. Elle cessa de s'égosiller et les attendit, furieuse, les poings sur les hanches.

La lumière de cette fin d'après-midi d'août avait perdu de sa violence et caressait d'une douce lueur dorée les gros blocs de granite gris échoués de part et d'autre du bras de mer. Si Clémence chantait, et elle chantait à tue-tête, elle goûtait dans le même temps avec ses yeux de peintre les teintes changeantes qui couraient sur l'eau et passaient de l'ombre à la lumière au gré de la course de nuages légers. Il était 7 heures du soir. Dans une dizaine de minutes, la mer serait pleine.

L'équipage semblait ravi de sa virée. On avait présenté Le Pouldu et ses plages à Rodolphe. On s'était baigné puis on était allé admirer l'embouchure de la Laïta : une promenade que toute la famille affectionnait depuis toujours.

Aujourd'hui, Clémence n'avait qu'un seul regret : ne pas avoir vu et embrassé son ami Gauguin. Il peignait quelque part sur la côte, mais elle ne savait où. Elle n'avait pas voulu faire attendre ses compagnons, mais s'était promis de revenir, seule cette fois, de le chercher et de le trouver.

Albertine recommença son appel sans le moindre succès.

La chaloupe accosta enfin. Albertine se saisit d'une aussière que lui lançait sa sœur et l'attacha à un anneau du quai. Son frère crut bon de lui jeter un maquereau fraîchement pêché.

— Tiens, attrape, c'est gratuit !

Elle fit un bond de côté, évita le poisson et croisa les bras, ulcérée. Jean tenta de la dérider.

— Pas frais, mon poisson ?

Clémence comprit sur-le-champ que sa sœur était bouleversée.

Elle sauta sur le quai, la prit dans ses bras et l'embrassa.

— Qu'est-ce qu'il y a, Albertine ?

L'adolescente la regarda dans les yeux et, la gorge nouée par l'émotion, elle répéta ce que tout à l'heure elle criait :

— Tante Eugénie a été assassinée !

Et elle éclata en sanglots.

Tous se figèrent, interdits et silencieux. Enfin, Alexis, grave, s'approcha, prit à son tour sa fille dans ses bras et, d'une voix pleine de tendresse, l'interrogea.

Elle dit ce qu'elle savait, c'est-à-dire pas grand-chose.

— Une dépêche de Quimper envoyée par oncle Julien disait selon Maria à peu près ceci : « Eugénie agressée à Saint-Corentin par un voleur. Est entre la vie et la mort. Prions pour elle. »

— Ah, le salaud ! Si je le tenais ! rugit Jean.

Ils remontèrent à pas lents l'étroit sentier bordé de pins qui surplombait l'Aven pour rejoindre l'allée de châtaigniers menant à la chapelle puis au manoir de La Josselière.

Clémence jeta un coup d'œil à son père. Son visage d'ordinaire si jovial était grave et empreint d'inquiétude. Cela rappelait à sa fille aînée son air triste et décontenancé quand Albertine avait été frappée de mutisme, deux ans auparavant, lorsqu'elle avait vu Hector, poignardé, se traîner dans le vestibule du manoir pour y mourir[1]. Décidément, le sort s'acharnait sur la maisonnée des Rosmadec !

Alexis prit la main de sa benjamine qui marchait à son côté.

— Comment ta grand-mère a-t-elle supporté cette épouvantable nouvelle ?

Albertine haussa doucement les épaules et serra la main de son père.

— Comme à son habitude, papa, je suppose. Mais je n'étais pas avec elle. Maria était à son côté. Elle est venue me prévenir alors que j'allais me baigner. Elle m'a dit qu'une fois encore Madame Mère avait caché son chagrin derrière sa colère. Pour me donner du courage et que j'en prenne de la graine, elle a ajouté tandis que je vous guettais sur la jetée : « Madame Mère a tenu tête. Elle a jeté loin d'elle la dépêche, a frappé le sol de sa canne et s'est exclamée : “Eugénie, ma propre fille ! Ah, le misérable, il sera châtié !” » Puis, elle m'a ordonné d'aller vous chercher. C'est tout ce que je puis vous dire, papa. Je suis restée en bas à guetter votre retour.

Madame Mère attendait son monde dans le grand salon. À côté d'elle se tenait sa belle-fille Lysandre, assise très droite dans un fauteuil Louis XVI. Elle ne semblait pas comprendre pourquoi elle était là plutôt que derrière son piano.

Alexis et ses trois enfants se précipitèrent pour les embrasser, mais Madame Mère les repoussa doucement.

— Allons, pas d'effusions inutiles. Nous nous embrasserons quand notre Eugénie sera tirée d'affaire. Car elle s'en sortira, n'est-ce pas, Clémence ?

1. Voir *Les Captifs de Cornouaille*, 10/18, n° 4243.

La jeune fille sursauta et, secouant sa longue chevelure rousse qu'elle n'avait pas pris le temps de rassembler en chignon, regarda son aïeule avec ses beaux yeux verts.

— Mais comment le saurais-je ? Je ne suis pas devineresse, bonne-maman. Demandez plutôt à ma sœur, c'est elle la…

Elle s'interrompit en voyant qu'Albertine était sur le point de connaître une de ses crises. Elle se tordait les mains, les passait sur son visage, l'air égaré. Clémence la prit aux épaules et entreprit de la calmer en lui parlant à l'oreille tout en lui caressant le dos, ainsi que le lui avait recommandé le professeur Charcot après avoir fait sortir Albertine, sous hypnose, de son mutisme. L'adolescente se mit à pleurer et à répéter à plusieurs reprises la même phrase :

— C'est ma faute ! Cela fait huit jours que je sens qu'un drame rôde autour de notre famille ! Je le savais, je le sentais et n'ai rien dit de peur que Jean ne me traite de sorcière et que vous tous ne me preniez pour une folle ! Mais j'aurais dû parler ! Tante Eugénie et notre oncle Julien auraient pu se tenir sur leurs gardes… Je suis responsable de la mort de ma tante !

On se récria. On l'entoura.

— Allons, tu sais très bien que nous prenons très au sérieux ta clairvoyance. N'est-ce pas toi qui as indiqué comment démasquer les voleurs du Caravage, il y a deux ans ? Toi encore qui m'avais avertie du danger que je courais à Paris quand je poursuivais les assassins de mon jeune modèle… et cette autre fois, alors que tu n'avais que onze ans…

— Tais-toi, tais-toi, Clémence ! Tu me retournes le couteau dans la plaie. C'est vrai que j'ai vu qu'un danger nous menaçait. J'aurais dû en parler et je m'en voudrai toujours de ne pas l'avoir fait.

Madame Mère frappa le sol de sa canne.

— Je suis sûre, Albertine, que tu vas être très utile à ton aînée dans l'enquête qu'elle va mener pour retrouver ce criminel. Je crois, nous croyons tous en ton don. Seulement, il nous fait un peu peur, c'est tout ! Cette faculté que tu as de retenir tout ce que tu entends, tout ce que tu lis…

— C'est vrai, bonne-maman, intervint Jean avant de s'adresser à sa jeune sœur : Si je t'ai blessée en te traitant, pour rire, de sorcière, crois bien que je m'en veux. Non, désormais je t'appellerai « Notre encyclopédie ambulante », ça te va ?

Albertine lui sourit à travers ses larmes, se moucha et inspira un grand bol d'air.

La grand-mère continua de donner ses directives.

— Allons, allons, mon enfant, tu vas à nouveau guider ta grande sœur jusqu'au criminel et…

Clémence, sans cérémonie, coupa la parole à son aïeule.

— J'apprends que vous me chargez de l'enquête… Très bien, c'est très flatteur, mais nous n'avons pas le temps de pleurer notre tante que déjà vous me lancez à la poursuite du meurtrier.

— Ma petite-fille, qui t'a dit que ta tante était morte ? Elle est peut-être juste dans le coma…

Alexis, cette fois, n'avait pas le cœur à approuver sa mère. Il affichait un visage triste et sombre.

— Juste dans le coma ! Comme vous y allez, mère !

— Il est vrai que la dépêche de ton frère Julien ne nous apprend pas grand-chose…

Clémence saisit ce moment pour tenter de résister au vœu de sa grand-mère de la voir redevenir détective.

— Je crois que, dans un premier temps, il serait bon de laisser la police de Quimper faire son travail. Je crois savoir qu'il y a là-bas un commissaire, des inspecteurs et des auxiliaires fort capables. Je n'ai aucune raison de douter de leur professionnalisme…

— Que me chantes-tu là, Clémence ? Je t'ai connue plus clairvoyante et plus… disons, dévouée, dans d'autres pénibles circonstances. Le sort de ta tante t'importerait si peu ? Et depuis quand ferait-on confiance à des fonctionnaires sans talent, hormis celui d'inculper des innocents ? Souviens-toi du juge Pommart qui avait jeté notre Gildas en prison. C'est toi qui l'en as sorti, que je sache ! Tu ne m'as jamais déçue, Clémence, et je n'ai nulle envie que cela se produise. Maintenant, si tu ne veux pas faire pour Eugénie ce que…

Clémence sentit la moutarde lui monter au nez. Elle savait bien que sa grand-mère était une très bonne comédienne capable, en outre, de démagogie, de flatterie, pourvu que cela servît sa cause, mais là, elle dépassait les bornes en mettant son honneur en jeu. Du haut de ses vingt-trois ans et de ses connaissances artistiques, elle n'était plus une enfant. Elle savait où était sa vie. Certainement pas dans un bureau de la Préfecture de Paris ! Son ambition était de devenir un des peintres remarqués de sa génération. Ni plus, ni moins.

Pour l'heure elle n'avait qu'une envie : rejoindre à Pont-Aven ses amis peintres et aller voir Paul Gauguin au Pouldu pour se fier à ses conseils, lui qui suivait son travail depuis quatre ans déjà. Non et non ! Elle ne poserait pas une fois encore ses pinceaux pour redevenir la « peintre professionnelle et détective amateur » que sa grand-mère évoquait.

Eulalie de Rosmadec était persuadée que Dieu, et elle l'en remerciait chaque jour dans ses prières, avait doué ses petites-filles de véritables pouvoirs magiques.

Sûre d'elle-même et d'être obéie en toute circonstance, la douairière n'avait pas remarqué la colère froide qui agitait Clémence. Si l'autorité de la vieille dame n'était jamais remise en cause, mais agaçait souvent, aucun de ses proches n'aurait voulu la contrarier. Tous, les siens, comme les fermiers et ceux qui travaillaient sur le domaine de La Josselière, lui reconnaissaient un cœur en or et un sens de l'équité qu'ils admiraient. Et chacun pensait à ce moment précis qu'il ne fallait pas la bousculer, ni se dresser contre sa volonté. Son unique fille était entre la vie et la mort. Son chagrin était immense, même si elle tentait de le dissimuler derrière une froideur dont personne n'était dupe.

Alors que Clémence préparait les arguments de son refus, Maria entra dans la pièce. Elle s'approcha de la douairière et lui tendit un plateau d'argent.

— Une nouvelle dépêche qui vient d'arriver, Madame Mère…

D'une main ferme, la vieille dame l'ouvrit, ajusta son lorgnon, et lut son contenu d'une voix qui ne tremblait pas :

— *Prions tous pour elle ! Eugénie a eu le crâne et le visage fracassés. Elle allait fermer la cathédrale. Est toujours dans le coma. Aucun indice sur le meurtrier. Si jamais Clémence…*

Madame Mère lâcha le message, baissa brusquement la tête. Son menton se ficha dans sa poitrine. On redouta un malaise, mais elle se reprit.

— Le texte s'arrête là. Pauvre Julien, il n'a même pas pris soin de signer. Il doit être dans un état, mais dans un état ! Enfin, si Dieu l'a voulu ainsi pour nous mettre à l'épreuve, nous et notre Julien…

Elle se mura quelques instants dans le silence, puis fixa sa nièce sans rien dire.

Madame Mère avait perdu toute sa superbe. Elle n'en était que plus émouvante. Clémence n'hésita plus. Si c'était oncle Julien qui l'appelait au secours…

— Je pars pour Quimper dès demain matin.

— Je vous accompagne.

Tous les regards se tournèrent vers Rodolphe qui rougit aussitôt. Il balbutia quelques mots d'excuse.

— Enfin, si vous le voulez bien…

Voyant l'embarras de sa fille, Alexis le remit poliment à sa place en déclarant que c'était lui, en tant que frère aîné de la victime, qui se devait d'aller l'assister sur son lit de douleur.

Madame Mère, oubliant un instant la tragédie, approuvait la proposition de celui qu'elle appelait déjà « le prétendant ». La spontanéité du camarade de son petit-fils à Navale lui plaisait beaucoup. Il est vrai que l'enseigne de vaisseau Rodolphe Frilay, que Jean avait amené à La Josselière à la faveur de leur permission d'été, avait bien des atouts. Il était *très comme il faut*, bien élevé, solidement bâti. De plus, il avait communié à la messe dite par Julien dans la chapelle du manoir le dimanche précédent. Et pour achever ce portrait idyllique, Eulalie de Rosmadec avait réussi à lui trouver d'hypothétiques ancêtres communs avec sa branche maternelle. « Quel beau mari il ferait pour Clémence ! » s'était-elle dit en remarquant dès le premier jour combien il paraissait fasciné par l'intelligence et la beauté de sa petite-fille !

Une petite-fille qui, lui semblait-il, n'était pas indifférente au charme du jeune homme, même si elle était liée à Paris, depuis le début de l'année précédente, à Gilles Martinelles. Après avoir accompagné Clémence dans sa dernière enquête[1], l'étudiant en médecine était tombé follement amoureux.

Jean ignorait que le cœur de sa sœur était déjà pris. Aussi, comme bien des frères aînés, il souhaitait pour

1. Voir *Les Captifs de Cornouaille*, *op. cit.*

elle une union *sérieuse* et craignait qu'elle ne s'amourachât d'un de ces rapins farfelus qui tournaient autour d'elle, à Pont-Aven comme à Montmartre.

Madame Mère tira une dernière bouffée de sa pipe et la déposa sur un plateau, soupira et fit un petit geste pour qu'on l'en débarrassât.

— Maria, mettez donc ce calumet de la paix et toutes ses sœurs loin de ma vue. Cachez-les où bon vous semblera. Je ne les toucherai plus avant que ma fille ait recouvré la vie, la parole et sa tête. Puisse cette privation être entendue de là-haut !

Elle passait ce contrat avec Dieu chaque fois qu'une catastrophe venait frapper un de ses proches et ses enfants et petits-enfants savaient le sacrifice qu'elle faisait là en mettant son plaisir dans l'attente de jours meilleurs.

Lysandre se pencha vers sa belle-mère.

— Je ne vous suis d'aucune utilité, m'autorisez-vous à reprendre mon piano ?

— Allez, ma fille, allez retrouver votre musique. Nous savons que l'homme, comme la femme d'ailleurs, ne se nourrit pas seulement de pain et votre art en est l'illustration, mais rejoignez-nous tout de même pour le dîner.

Lysandre regagna son Pleyel.

Les *Variations sérieuses* en *do* mineur op. 54 de Mendelssohn s'élevèrent bientôt dans la vieille maison.

Madame Mère hocha la tête :

— Comme ce début est lent, mélancolique, presque mou ! regretta-t-elle avant de s'extasier devant des envolées qui se succédaient et qu'elle nomma « ritournelles », ce qui aurait sans doute décontenancé sa bru.

Après Fauré, Chopin, et six mois de repos, la concertiste préparait un « récital panaché » comme elle disait, qui avait pour compositeurs Mendelssohn, le divin Mozart, Liszt, Chopin et Glinka, que la châtelaine découvrait cet été-là.

Graves, silencieux, envahis par la musique, les hôtes de La Josselière communiaient dans une prière muette.

CHAPITRE V

Sortirait-elle du coma ou s'éteindrait-elle dans peu de jours ?

Les médecins ne cachaient pas leur inquiétude.

Clémence et son père poussèrent la porte de la chambre où Eugénie reposait. Assise à son chevet, sous la fenêtre, une sœur blanche[1] d'une cinquantaine d'années égrenait son chapelet. Julien tournait le dos au couloir et, le menton enfoncé dans sa poitrine, semblait dormir du sommeil du juste. Il se réveilla en sursaut en entendant sa nièce et son frère surgir dans la pièce.

Ne prenant pas le temps de l'embrasser, Clémence tenait déjà la main de sa tante. Elle scruta son visage. Un pansement important couvrait le haut de sa tête. Son nez et son arcade sourcilière gauche étaient gonflés, suturés et leur aspect était assez impressionnant. Ce qui étonnait surtout Clémence, c'était la douce lumière qui nimbait les joues et le bas du visage d'Eugénie. Jamais elle n'avait vu une telle blancheur. La jeune peintre fut surprise face à cette figure qui n'exprimait rien : ni douleur ni sérénité. Elle ne put

1. On appelait ainsi les Filles du Saint-Esprit, dépendant de la congrégation de Saint-Brieuc.

s'empêcher de la comparer à des masques mortuaires dont elle avait vu des reproductions, celui de Pascal, bien sûr, mais aussi ceux de saints sculptés dans le bois, la pierre ou le marbre qui ornaient nombre de chapelles, d'églises ou de cathédrales. Un air *neutre*, oui, c'était le terme qui convenait pour dire l'impression ressentie face à cette absence de vie apparente.

— Tante Eugénie, répondez-moi. Vous me reconnaissez ?

Elle était penchée sur le lit et tentait en vain de faire sortir la malheureuse de l'autre monde où elle se trouvait.

On frappa. Un chanoine introduisit le chirurgien qui avait déjà examiné Eugénie.

Julien fit les présentations et Alexis s'enquit des chances de survie de son aînée auprès du professeur. Le médecin haussa les épaules et eut une moue dubitative.

— Je ne puis aujourd'hui me prononcer, ni dans un sens ni dans un autre. Sachez seulement que ce qui me rassure est de savoir qu'elle poussait de légers gémissements quand on l'a retrouvée à la cathédrale, dix ou onze heures après son agression. Ces manifestations de vie tendraient à prouver qu'elle ne souffrirait que d'une contusion cérébrale modérée.

— Ce qui signifie ? demanda poliment Clémence.

Le praticien se tourna vers elle et ne resta pas insensible au charme de cette autre demoiselle de Rosmadec.

À n'en pas douter, l'homme de l'art se souvenait du courage et de la détermination acharnée que la jeune peintre avait montrés lors des trois affaires criminelles qu'elle avait été amenée à résoudre ces dernières années. Les journaux régionaux, mais aussi nationaux, avaient dressé d'elle un panégyrique tout à fait flatteur. À Quimper, depuis lors, chacun savait que le bon chanoine et sa sacristaine de sœur étaient l'oncle et la tante du peintre détective.

Le médecin sourit poliment.

— … Ce qui veut dire que si elle avait eu une hémorragie crânienne, elle ne serait déjà plus de ce monde.

— Mais comment saurons-nous qu'elle sort du coma ?

— Quand elle montrera davantage de signes réflexes, ouvrira les yeux, prononcera quelques mots, des bouts de phrase, même incohérents. Il est possible qu'elle mette plusieurs jours avant de vous reconnaître.

Il s'approcha de sa patiente et lui pinça l'oreille avec les ongles. Eugénie fit une légère grimace. Il poursuivit son examen en lui piquant la plante des pieds avec une épingle de nourrice que la sœur lui tendait.

Cette fois, Eugénie eut un léger mouvement de retrait.

— Excellent, excellent ! Voici des manifestations tout à fait encourageantes ! Ces réflexes prouvent que son coma est en train de *s'alléger*, si je puis dire.

La sœur blanche laissa son chapelet et tomba à genoux sur le sol carrelé de la chambre, comme écrasée par le poids d'une révélation.

— Jésus, Marie, Joseph ! Grâce soit rendue à Dieu pour Sa miséricorde ! Nous L'avons prié, Il nous a écoutés, Il nous a exaucés… Merci, docteur ! Vous avez été le maillon reliant le ciel et la terre.

Le médecin, agacé, haussa imperceptiblement les épaules.

— Je ne fais pas de miracles, ma sœur. Je ne fais que ce dont je suis capable. Cela n'a rien de surnaturel, c'est on ne peut plus concret.

La religieuse ne voulait pas abandonner son idée d'intervention divine et, le visage extatique, elle fixa Julien.

— N'est-il pas possible que la sainteté de votre sœur ait ému le Très-Haut ?

Julien ne voulut pas la décevoir. Il cligna de l'œil à Clémence.

— Allez savoir, ma sœur, allez savoir…

Alexis demanda si, hormis sa blessure à la tête, la vieille fille n'avait rien de cassé.

— Non, aucune fracture, seulement des contusions sur tout le corps, une coupure assez nette au niveau du haut de la cuisse, sans gravité, provenant sans doute d'un coup de couteau. Une chance, si je puis dire… À un centimètre près, l'artère fémorale était touchée. Votre sœur se serait vidée de son sang en quelques minutes…

Le chirurgien se retira pour céder la place à Mgr Jacques-Théodore Lamarche en personne. Il était accompagné par un jeune séminariste qui n'avait pas plus de vingt et un ans. Julien et la sœur blanche se levèrent d'un même élan. La religieuse se serait volontiers jetée à genoux devant le prélat pour baiser son améthyste, mais Julien la prit de court.

— C'est trop d'honneur, monseigneur.

Le prélat eut un geste d'impatience en flattant de la main le camail violet qu'il portait sur son rochet.

— Je connais le dévouement de Mlle de Rosmadec et, si j'ai bien compris, elle a risqué sa vie pour mettre en fuite le voleur. Sachez que ces objets de culte dérobés, malgré leur grande valeur pécuniaire, ne sont que des biens matériels, donc remplaçables, tandis que notre chère demoiselle nous est, elle, indispensable.

Il s'enquit des chances de survie de sa sacristaine, effleura ses lèvres de sa bague et la bénit. Du pouce, il traça une croix sur son front et dit sa devise à voix haute et à plusieurs reprises, *Ama et confide*[1].

— Nous lui consacrerons une prière à chacun de nos offices, jusqu'à ce qu'elle ait recouvré l'esprit, décida-t-il avant de passer la porte.

Le jeune séminariste, les joues en feu, dit à Clémence qu'il avait beaucoup d'affection pour sa tante. Si elle avait besoin d'un guide pour mener son enquête à l'intérieur de la cathédrale, il était à sa disposition.

Clémence le remercia et s'amusa de sa timidité.

Le commissaire Terrène était tout sauf un homme jovial et bon vivant. Son sérieux était presque gênant. Sa bouche ornée d'une mince moustache noire était pincée, sévère. Un casque de cheveux très blancs surplombait un visage anguleux au menton fort et aux maxillaires proéminents. Il portait un faux col haut et rigide comme Clémence n'en avait jamais vu. Un véritable manchon de celluloïd qui, montant jusque sous son menton, paraissait soutenir à lui seul la tête du fonctionnaire.

Assise sur le fond rond en cuir d'un fauteuil de bois clair, Clémence regardait le policier qui passait et repassait devant elle d'une démarche sèche, à petits pas rapides. Il fixait ses chaussures pointues, s'arrêtant parfois brusquement en face de la jeune peintre.

Elle était venue lui demander si son enquête sur l'agression de sa tante progressait et attendait patiemment qu'il cesse son manège pour poser ses questions. Mais non, il continuait à arpenter son bureau de long en large.

— Nous ferons tout, vous m'entendez, tout ce qui est en notre pouvoir, mademoiselle, pour retrouver le ou les coupables. L'affaire n'est pas simple, et je

1. « Aime et aie confiance. »

manque d'effectifs. Songez que je n'ai que dix sergents de ville pour maintenir l'ordre ou agir quand il le faut auprès d'une population de près de dix-huit mille habitants ! Et même de vingt-cinq mille si on y ajoute les communes de Kerfeunteun, Ergué-Armel et Penhars ! Notre Quimper a dans son sein des miséreux, beaucoup de miséreux. Deux mille environ. Et la pauvreté – vous étonnerai-je ? – engendre la violence, les vols, les crimes. Pas plus tard qu'avant-hier, une femme que la jalousie avait rendue folle a essayé de tuer son mari pendant son sommeil. Et alors que nous étions confrontés à cette épouvantable scène de ménage, voilà qu'un sabotier des environs vient déposer une simple plainte pour vol de sa charrette attelée d'un cheval.

« Vous l'auriez vu, il était dans une fureur ! Les deux méfaits étaient d'une importance bien inégale, ne croyez-vous pas ?

Avec un air d'innocence extrême, Clémence fixa de ses grands yeux verts le commissaire Terrène.

— Cet homme auquel on a volé sa carriole, vous avez son nom, l'endroit où il habite ?

Le commissaire la regarda, irrité.

— En quoi ce vol pourrait-il vous intéresser ?

— Comment pensez-vous que le ou les malfaiteurs de la cathédrale ont pu s'enfuir avec leur lourd et encombrant magot ? À pied, sans se faire remarquer ? Impossible. Et s'ils avaient volé une voiture pour commettre leur forfait ? Et que ce soit justement celle de votre plaignant ? Il ne faut rien négliger.

Le policier tressaillit. Voilà qu'une jeune insolente donnait son avis sur la façon d'exercer son métier. « Il ne faut rien négliger », se permettait-elle de lui recommander. Mais pour qui se prenait-elle, celle-ci ? Pour M. le maire ou M. le préfet peut-être !

Agacé, il ne lui répondit pas mais poursuivit son exposé.

— … Étant donné l'importance du crime perpétré sur la personne de Mlle de Rosmadec, j'ai voulu qu'un de mes hommes s'occupe de votre affaire et ne s'occupe que d'elle. Il s'agit du sergent de ville Guillou. C'est un très bon enquêteur, un homme de terrain, doté d'un esprit d'observation affûté. Seulement, il a un défaut : c'est un anticlérical acharné.

Clémence le regarda, étonnée.

— Mais alors, pourquoi lui avez-vous confié cette mission ? Vous n'ignorez pas que mon oncle Julien est chanoine et ma tante était… enfin est sacristaine.

— Tout d'abord, c'est le seul de mes agents qui soit libre actuellement. Pas plus tard qu'avant-hier il a démasqué un proxénète assassin d'une de ses brebis de seize ans. Le truand en était amoureux fou. Ah, passion, que de crimes on a commis en ton nom !

— Ma malheureuse tante n'était pas une brebis égarée, que je sache.

— Dieu l'en garde ! Pas un instant, je n'ai…

— Si votre inspecteur est si remonté contre le clergé, je crains qu'il ne soit pas capable de mener une enquête impartiale et qu'il ne rencontre quelques difficultés auprès des gens d'Église.

Le commissaire écarta le rideau de sa fenêtre et jeta un coup d'œil dans la cour.

— Le voici. Je crois qu'il revient de l'évêché. Ne vous offusquez pas s'il en dit pis que pendre. C'est un exalté, mais avant tout un bon bougre. Il gagne à être connu.

Le sergent frappa et, sans attendre la réponse de son supérieur, pénétra dans la pièce en jurant.

— Sacré nom de D… Oh, pardon, mademoiselle !

Le commissaire fit les présentations et s'éclipsa, les laissant seuls.

Le sergent de ville était aussi rond que son supérieur était mince. Son visage rougeaud, son ventre replet étaient le signe d'un bon vivant. Pour l'heure, s'il était d'un tempérament jovial, il le cachait bien. Il paraissait de très méchante humeur.

Clémence fit semblant de ne pas s'en apercevoir et s'adressa à lui avec une ingénuité feinte.

— Avez-vous du nouveau sur l'agresseur de ma tante ? Une piste peut-être ? Quelqu'un l'aurait-il vu s'enfuir de la cathédrale, une fois son forfait accompli ?

— Tant que ces messieurs, les curaillons, s'enfermeront dans leur mutisme et ne répondront à mes questions que du bout des lèvres, comme s'ils répugnaient à avoir affaire à moi, je n'avancerai pas.

— Que pourraient-ils savoir que vous ne sachiez déjà ? Le voleur, caché dans l'église, attend que mon oncle en soit sorti pour commettre son pillage avant d'estourbir ma pauvre tante et de s'enfuir en l'enfermant à double tour. L'important est de trouver le voleur, de remonter sa trace… d'effectuer une enquête de voisinage.

Le gros homme ricana en se lissant les moustaches.

— Mademoiselle, j'ai certes entendu parler de vos exploits, je vous en félicite et je ne doute pas de vos compétences. Cependant, je ne puis accepter que vous me disiez ce que je dois faire. J'ai derrière moi des dizaines d'affaires obscures sur lesquelles j'ai fait la lumière. Alors…

Clémence se mordit les lèvres pour ne pas exploser de colère.

— Je me suis mal fait comprendre, monsieur l'inspecteur : je voulais simplement savoir si quelque témoin qui aurait vu le ou les malfaiteurs s'enfuir de l'église s'est fait connaître.

— Personne pour l'instant, mais mon travail ne fait que commencer.

— Et vous avez commencé par l'évêché... Soupçonneriez-vous Mgr Lamarche ?

Le policier ne sembla pas s'apercevoir de l'ironie de Clémence.

— Lui, en personne ? Non, répondit-il avec le plus grand sérieux. Je pencherais plutôt vers un des chanoines dont la maison se trouve sur la place Saint-Corentin. Autant dire qu'il n'y a pas un grand chemin à parcourir pour venir faire un mauvais coup et s'en retourner cacher le magot dans leur forteresse.

Clémence était ébahie.

— Vous savez sans doute que mon oncle et ma tante habitent dans cette maison. Auraient-ils d'assez mauvais amis pour que l'un d'eux assassine ma parente ? Soupçonneriez-vous un chanoine ?

— Et pourquoi non ? Ce n'est pas parce qu'ils portent une robe qu'ils sont par là même innocents ! J'allais dire « bien au contraire ». Car le comportement qu'ont eu le prince et tous les corbeaux que j'ai pu rencontrer ce matin dans sa volière ne les lave pas, tant s'en faut, de tout soupçon ! Ils se sont murés dans le silence, comme si soupçonner l'un des leurs était un acte diabolique. Or, pour moi, un homme qui se tait est déjà un suspect. On dirait que tous ces abbés, ces curés, ces je ne sais trop quoi se liguent contre moi pour me cacher la vérité.

— De quelle vérité parlez-vous, monsieur l'inspecteur ?

Il la fixa un instant, interdit.

— Eh bien, celle qu'ils connaissent, mais me taisent. Quand je leur dis, ce que j'ai le droit de supposer, que l'auteur du vol et de l'attentat contre votre tante pourrait être un des leurs ou quelque familier de la paroisse, ils poussent des cris d'orfraie. Pour eux, de l'évêque au plus jeune des apprentis curés que j'ai interrogés, je fais fausse route. Or, moi, je crois que je tiens là une piste. Ils ne comprennent rien à rien, ces maudits oiseaux de malheur !

Clémence ne prit pas la peine de s'offusquer.

— Vous avez interrogé mon oncle, le chanoine Julien de Rosmadec ?

— Succinctement. J'étais de permanence hier quand il est venu nous informer du drame. Il était très secoué et je le comprends. Je n'ai pas voulu le malmener, mais je compte bien le revoir dès que sa sœur sera tirée d'affaire.

Décidément, l'inspecteur Guillou n'avait pas fini de la surprendre. Voici que cette fois il se montrait humain envers un homme d'Église. Cette attitude incita Clémence à lui demander la raison de sa haine envers les représentants de la religion catholique et pourquoi il pensait que l'auteur pouvait être un des leurs.

L'agent fronça les sourcils, ce qui fit apparaître une ride profonde juste au-dessus de ses yeux. Il parut hésiter, émit un gros soupir qui fit trembler ses lèvres.

— Cette haine, puisque vous l'appelez ainsi, me vient d'un drame, et je dis bien drame, récent et lamentable, survenu dans ma famille. C'est un de mes jeunes neveux qui en a été la victime. Ce garçon a aujourd'hui quatorze ans et est encore sous le choc causé par un prêtre qui a eu et a toujours des agissements coupables envers les enfants auxquels il fait le catéchisme. Il s'agit, et pourquoi ne pas le nommer, de l'aumônier du lycée de la Tour d'Auvergne qui avait et a encore la confiance de ses supérieurs et des parents des élèves. Or ce chanoine du chapitre cathédral, le chanoine Thomas[1], enfermait, et enferme sans doute toujours, des jeunes garçons dans la sacristie de la chapelle de l'établissement scolaire pour se livrer

1. L'abbé Thomas sera démasqué dix-huit ans plus tard par des policiers en civil cachés dans la sacristie. Arrêté pour « excitation »

sur eux à des pratiques que la morale réprouve, c'est le moins qu'on puisse dire. Quand le jeune homme s'en est confié au principal, celui-ci n'a pas voulu le croire et l'a même condamné à une pénitence carabinée pour avoir eu des « pensées impures », comme ils disent, et par-dessus cela il a été accusé de « médisances perverses ». Mais le pire, c'est que ses parents non plus ne l'ont pas écouté et l'ont soupçonné de voir le mal partout. Ç'a été un coup terrible pour ce garçon et, depuis lors, il est atteint de troubles psychologiques graves. C'est à devenir fou justement ! Je me bats de toutes mes forces pour faire arrêter ce sale bonhomme, mais il faudrait le prendre en flagrant délit. D'autres témoignages d'enfants seraient aussi nécessaires. Hélas, les garçons que j'ai interrogés préfèrent garder le silence. Ils ont peur du renvoi ou d'être traités de fabulateurs, c'est un comble !

Clémence ouvrait de grands yeux. C'était la première fois qu'elle entendait accuser un homme de Dieu du péché de luxure. Depuis toujours, elle considérait les prêtres séculiers ou réguliers, non pas comme des êtres parfaits, mais presque parfaits. En tout cas des hommes au-dessus de tout soupçon de ce genre. La bonté de son oncle Julien n'était-elle pas exemplaire ? Certes, il avait un défaut, celui de trop aimer la dive bouteille. Mais si c'était un vice, il n'était que peccadille par rapport à celui dont l'aumônier était accusé.

(c'est ainsi qu'on disait pour l'« incitation » d'aujourd'hui) de mineurs à la débauche, il avouera ses méfaits avec force détails et déclarera les pratiquer depuis plus de vingt ans. Il sera incarcéré à la maison d'arrêt de Quimper avant d'être interné comme malade mental le 27 juin 1908. Il mourra le 17 septembre de la même année.

L'inspecteur n'en avait pas fini avec ses griefs contre le clergé en général. Voilà qu'il exposait à la jeune peintre les hauts faits d'un autre abbé du diocèse. Mais en matière de vols d'objets de culte, cette fois.

— Vous avez entendu parler, je suppose, de l'abbé Charles Guilvinac'h ?

— Pas le moins du monde.

— Évidemment ! L'affaire a été à demi étouffée par l'évêché, comme à son habitude. Mais enfin, la presse en a un peu parlé tout de même : ce bon pasteur était kleptomane. Il avait à son actif le pillage de plusieurs chapelles isolées et même d'églises ainsi que de presbytères du Finistère. Des statues de saints en bois polychrome, des peintures, des ex-voto, des reliques même se sont envolées et le contenu de nombreux troncs bien sûr : disparus dans la nature, ou plutôt dans une cache par lui seul connue. Eh bien, il a été confondu. Ce n'est pas moi, mais notre commissaire qui a dévoilé le pot aux roses. Il avait pris un petit trafiquant en pleine activité. Il dérobait une de ces jolies maquettes de bateaux qui sont suspendues au-dessus de l'allée centrale de certaines chapelles. Bien cuisiné, le voleur révéla qu'il travaillait pour le compte de ce fameux abbé Guilvinac'h et désigna l'endroit, ou du moins l'un des endroits, où le saint homme cachait son trésor. Celui-ci ne put nier l'évidence et écopa de deux ans de prison. Il fut banni de sa corporation, c'est le moins que sa hiérarchie pouvait faire. Une fois sa peine purgée, il disparut de Bretagne pour se retrouver en Normandie, à Rouen, où, grand connaisseur d'art, il a ouvert un magasin d'antiquités. C'est un de mes collègues et amis de là-bas qui m'a appris le point de chute de ce Guilvinac'h. Il s'est paraît-il *reconverti*, si j'ose dire, en un commerçant au premier abord honnête.

— Mais ce père n'a jamais tué, ni blessé personne…

— Pas à ma connaissance, mais son confrère a laissé votre tante pour morte.

D'une démarche lourde, ses pas firent craquer le parquet, il alla à son bureau de chêne clair, le cogna du poing et hurla presque :

— Mais je le confondrai, je le prendrai la main dans le sac, je vous le dis. Je vous le promets ! Ah, si on me donnait carte blanche j'irais clandestinement visiter son logement. Je le prendrais en filature et ne le lâcherais pas. Ah, croyez-moi, on ne se méfie jamais assez d'un corbeau.

— Faudrait-il encore que vous l'ayez démasqué, que vous connaissiez son identité.

Il arrêta ses va-et-vient et parut redescendre sur terre. Clémence le sentit désemparé.

Mais cet instant d'accalmie ne dura pas. Il ne voulait pas en démordre.

— C'est un corbeau, je vous dis, qui a fait le coup à Saint-Corentin. Car qui soupçonnerait un prêtre en soutane d'être un voleur ? C'est tellement rassurant, n'est-ce pas, ces habits sacerdotaux ! Quand bien même un passant aurait vu un abbé pénétrer dans la basilique ou en ressortir avec une malle, jamais il n'aurait pu penser un seul instant qu'il s'agissait là d'un cambrioleur. Un prêtre possédant un trousseau de clefs de la basilique aurait fort bien pu attendre que votre oncle se soit éloigné pour pénétrer dans la cathédrale et la dévaliser.

Clémence retira son grand chapeau de paille et, sans plus de cérémonie, ébouriffa son opulente chevelure rousse.

— Et il aurait tenté d'assassiner ma tante !

L'inspecteur eut un petit rire.

— Eh oui, mademoiselle ! Il faut bien qu'il y ait un coupable, ne croyez-vous pas ?

— Mais un prêtre, tout de même, un prêtre criminel !

— Sans devoir remonter aux croisades, ils sont légion, si je puis dire, ces serviteurs de Dieu à se comporter en sauvages.

Elle fit mine de n'avoir rien entendu de cette diatribe.

— Ainsi, sachant que ma tante l'aurait reconnu, il aurait décidé de l'assassiner plutôt que de se faire accuser de larcin.

— Tout juste.

— Seulement, votre hypothèse me semble bien fragile, monsieur l'inspecteur. Si ce prêtre était un habitué des lieux au point de posséder un trousseau, il aurait su que ma tante, ce soir-là, serait la dernière à quitter la cathédrale. Il aurait alors attendu qu'elle soit sortie pour accomplir son fric-frac.

— Peut-être était-ce un prêtre mal renseigné appartenant au clergé de l'église de Locmaria qui n'a pas été visitée, elle. Il peut s'agir aussi d'un prêtre séculier appartenant à une des nombreuses communautés de la ville. Savez-vous combien Quimper compte d'ecclésiastiques ?

Clémence l'ignorait et s'en souciait peu. Elle ne pensait pas que ce fût un homme de Dieu qui ait pu commettre cette abomination. Quelque chose clochait dans les arguments avancés par l'inspecteur Guillou. Elle ne savait pas où était la faille dans son raisonnement, mais son intuition lui soufflait qu'il se trompait en cherchant exclusivement du côté du clergé. Elle émit quelques objections.

— Vous dites que ce vicaire aurait été en possession d'un des trousseaux de la basilique ? Il ne doit pas y en avoir des centaines, une dizaine, tout au plus. Cela devrait être facile à savoir.

— Une dizaine en effet, mais qui en possédait un par-devers lui, dimanche soir ? C'est à cette question pourtant simple que ces messieurs les *soutanés* ne veulent pas répondre. Il ne faudrait pas, comprenez-vous, que la police fourre son nez dans leurs affaires.

Il se mit à rire ou plutôt à ricaner. Clémence, elle, ne trouvait pas cela drôle.

— Il doit bien exister un tableau organisant les permanences et attribuant la responsabilité de la fermeture de la cathédrale pour la semaine à venir.

— Bien sûr, mais c'est ce programme-là que je me suis vu refuser à l'archevêché. Ils ne veulent pas que j'interroge la dizaine d'éventuels suspects. Rien à faire pour qu'ils me lâchent un nom.

— Vous n'êtes pas allé à la sacristie où un tableau est sans doute affiché ?

Le sergent la considéra pour la première fois comme une interlocutrice possible.

— Non, il est vrai que je n'y ai pas pensé. Mais il y a fort à parier qu'ils ont décroché cette liste.

Clémence, l'air perplexe, mordillait une mèche de cheveux.

— Je pourrais la demander à mon oncle Julien. Il me la donnera, j'en suis sûre, tout en trouvant ma démarche bizarre. Mais il aime tant sa sœur, il a si envie de connaître la vérité qu'il fera tout pour me renseigner. Vous savez, mon oncle Julien, comme toute ma famille d'ailleurs, a une confiance aveugle en moi. Ils ont tort, évidemment, mais allez donc le dire à des personnes qui ont la foi !

Clémence, après ces conversations avec le commissaire et son subordonné, se sentait en effet de plus en plus investie dans le rôle qu'on lui demandait de jouer. Elle avait répondu à l'appel de son oncle. Restait maintenant à ne pas le décevoir.

Le sergent parut pour le coup tout à fait intéressé par la proposition de sa visiteuse. Et si les journaux, se dit-il, deux et trois ans auparavant, n'avaient pas exagéré ses talents de détective, elle pourrait bien l'aider à retrouver le coupable.

Il devint sur-le-champ plus aimable et fit taire son amour-propre qui lui soufflait de ne pas s'associer à cette péronnelle en se fendant d'un compliment.

— Je ne doute pas un instant de vos talents d'enquêtrice, mademoiselle. Aussi, si vous y consentez, nous pourrions unir nos compétences.

Clémence s'amusa de ce revirement inattendu et en profita pour lui demander le nom et l'adresse de l'homme qui était venu déposer une plainte après le vol de sa charrette. Le sergent les lui apprit.

Elle accepta alors de collaborer, même s'il était un anticlérical forcené. Leur association avait quelque chose de sulfureux qui ne lui déplaisait pas. Elle ne serait pas mécontente de montrer au policier qu'il se trompait en cherchant le meurtrier chez les gens d'Église.

Clémence gagna la maison des chanoines. Comme elle y entrait, elle croisa un homme grand et fort à la barbe fleurie que son oncle lui présenta : c'était le pasteur protestant William Jenkyn Jones.

Clémence attendit qu'il se soit éloigné avant de s'étonner.

— J'ignorais qu'il y eût des protestants à Quimper.

— Rassure-toi, mais sans doute n'as-tu pas besoin de l'être, il y en a très peu. Cinquante-huit, ainsi qu'il vient de me l'apprendre. Huit Français pour cinquante Suisses. Le pasteur est un Gallois venu de Pont-l'Abbé, il y a deux ans seulement. Un homme charmant que je viens de voir pour la première fois. Il est passé prendre des nouvelles d'Eugénie et m'assurer qu'il allait prier pour son rétablissement.

Le chanoine croisa les mains sur son ventre et se força à rire.

— Je ne sais pas si Eugénie serait contente d'apprendre qu'un calviniste l'évoque dans ses prières, mais enfin, cette délicate attention ne peut lui faire que du bien. Nous avons le même Dieu, n'est-ce pas ? Le même Dieu et le même Christ. Seule la personne de la Vierge Marie crée quelques dissensions.

Ils se retrouvèrent dans le petit salon.

— Et où se trouve le temple ?

— Rue Mesgloaguen[1]. Un bien modeste bâtiment.

Alexis fit une entrée fracassante en chantant. Il revenait du bureau de poste et télégraphe, quai de l'Odet, d'où il avait expédié une dépêche à sa mère et aux hôtes de La Josselière. Julien lui sourit.

— Tu lui as dit la vérité ?

— Disons que mon optimisme naturel l'a un peu arrangée. D'ailleurs je suis sûr que notre chère sœur sortira de son sommeil dès demain matin.

Il claqua dans ses mains.

— Allez, pour nous changer les idées, je vous emmène au restaurant ce soir. Il y a de bien belles femmes dans les établissements de la rue du Parc…

Julien lui expliqua que sa présence ce soir-là dans un lieu public était exclue. Clémence l'approuva et déclara qu'elle préparerait elle-même le repas du soir. Puis son père et elle rejoindraient l'*Hôtel de l'Épée*, quai de l'Odet, où deux chambres étaient retenues. Il était en effet inenvisageable que des « étrangers » à la maison des chanoines puissent y passer ne serait-ce qu'une nuit sur des lits de fortune. Déjà, la présence d'Eugénie en tant que gouvernante de son frère faisait jaser certains jaloux…

1. Aujourd'hui, rue Kergariou.

Alexis hocha la tête et n'insista pas. Il se renversa en arrière dans le fauteuil à bascule occupé d'ordinaire par Eugénie et se mit à *penser tout haut* comme à son habitude. Il savait combien Julien était affecté par l'état de leur sœur et espérait lui changer les idées.

— Je suis revenu tout à l'heure par la place Terre-au-Duc et la rue Kéréon, et je me demandais pourquoi La Fontaine s'était moqué de notre bonne vieille ville, si pleine de caractère et de charme…

Poliment Julien redressa la tête et fit semblant d'être intéressé.

— La Fontaine, je ne savais même pas qu'il avait séjourné ici.

— Si, écoute plutôt ce qu'il dit de notre capitale :

C'était à la campagne,
Près d'un certain canton de la Basse-Bretagne
Appelé Quimper-Corentin.
On sait assez que le Destin
Adresse là les gens quand il veut qu'on enrage,
Dieu nous préserve du voyage !

Julien haussa les épaules avec lassitude. Que lui faisait le jugement du poète en de semblables moments d'inquiétude ? Il répondit cependant à son aîné avec politesse.

— Quelle mouche a donc pu le piquer pour écrire ces sornettes ? Mais enfin, bravo pour ta mémoire, Alexis.

Il se leva et alla chercher des verres et une bouteille de bordeaux. Clémence se retint de dire « Déjà ? », comme l'aurait fait à n'en pas douter sa tante Eugénie. Elle ne put s'empêcher de penser que son absence allait permettre à son oncle de se livrer à ses libations sans crainte de reproches.

Il leva son verre à la santé d'Eugénie et félicita Alexis. Clémence leva les yeux au ciel.

— Que voulez-vous, c'est son été La Fontaine ! Dans l'espoir d'agacer Albertine qui, après Mallarmé[1], ne jure aujourd'hui que par Rimbaud, mon cher père potasse ses classiques. Je me demande s'il ne passe pas ses nuits à réviser !

Elle embrassa vivement son père et sortit pour « faire un tour de cathédrale ».

Elle se dirigea vers la basilique d'une démarche légère. Elle avait envie de courir, de fatiguer son corps par ce bel après-midi d'été. La mer, la nage, les exercices physiques lui manquaient presque autant que sa peinture. Que n'aurait-elle donné pour dessiner, sculpter, peindre et, une fois sa journée de travail achevée, plonger dans l'Aven du haut d'un rocher avec sa sœur ? Un instant, la silhouette de Rodolphe, le camarade de son frère Jean, lui traversa l'esprit. Il était bel homme, certes, mais ne semblait pas comprendre grand-chose à l'art, ce qui dans la famille de Rosmadec était considéré comme un crime de lèse-majesté ou du moins un sérieux handicap pour se faire accepter.

Avant de pénétrer par le portail principal de Saint-Corentin, elle aperçut de l'autre côté de la place, tournant le dos à l'Hôtel de ville, une jeune femme assise sur un pliant devant un chevalet. Une bouffée de curiosité la mena vers elle.

La peintre était aussi brune qu'elle était rousse. Sa robe légère se laissait prendre par un courant d'air venant de la rue de la Mairie et découvrait ses jambes à mi-mollet, ce qui ne semblait pas du tout l'inquiéter. Concentrée, elle ne quittait sa toile des yeux que pour saisir l'une des entrées latérales de l'église.

Clémence s'approcha et regarda au-dessus de son épaule.

1. Voir *La Noyée du pont des Invalides*, 10/18, n° 4021.

— Vous permettez ?

La jeune artiste, qui ne devait pas avoir trente ans, lui répondit par un sourire. Sa peinture ne paraissait pas se soucier de véracité ni d'exactitude dans sa façon de représenter la cathédrale. Elle voulait, semblait-il, évoquer une atmosphère particulière : sa propre vision de l'édifice qu'elle rendait bleutée plutôt que grise, floue plutôt que précise.

Clémence ne résista pas longtemps à son envie de parler peinture et de dire qu'elle aussi ne vivait que pour son art.

La jeune femme, une Roumaine, était venue avec un groupe d'amis sillonner la Bretagne pour la beauté de ses paysages et de sa lumière[1]. Elle s'exprimait avec facilité en français et, comme Clémence l'en félicitait, elle lui répondit en souriant.

— Je n'ai pas beaucoup de mérite. Le roumain comme le français sont deux langues latines. Nous avons beaucoup de mots, sinon en commun, du moins en *parenté*.

Elena prit un grand plaisir à entendre Clémence parler avec fougue de ses amis les peintres de Pont-Aven et de Paris. Si les noms de Gauguin, d'Émile Bernard, de Paul Sérusier et d'autres artistes lui étaient tout à fait inconnus, elle n'ignorait pas ceux de Toulouse-Lautrec, de Van Gogh, de Degas, de Monet, de Berthe Morisot approchés à Paris l'hiver précédent. Elle faisait partie d'une petite communauté de peintres venant pour la plupart de Bucarest et dont les plus anciens étaient arrivés en Bretagne depuis dix ans déjà.

Ayant appris que la jeune femme venait chaque après-midi travailler à cet endroit, Clémence lui

1. Une exposition *Peintres roumains en Bretagne (1880-1930)* s'est tenue avec succès au musée de Quimper du 13 juin au 4 octobre 2009.

demanda si l'avant-veille elle n'avait pas vu un ou plusieurs individus se comportant d'une façon peu ordinaire aux abords de la cathédrale.

La peintre rejeta la tête en arrière, ferma les yeux pour mieux faire parler sa mémoire et donna à Clémence des informations qui retinrent toute son attention.

— Si, si, j'ai vu deux hurluberlus (elle prononçait *hourlouberlous*), samedi en fin d'après-midi, qui avaient un comportement bizarre. Le premier, de taille moyenne, est sorti de la cathédrale par la porte là-bas…

Elle désignait le petit couloir orné de colonnettes qui va du flanc de la cathédrale à la rue du Frout.

— … a agité un mouchoir et aussitôt un type qui flânait par là a grimpé dans une carriole stationnée derrière le coin, dans la rue de la Mairie. Il a longé la place et est venu s'arrêter juste à l'endroit d'où son compère avait agité son mouchoir. Après, je ne pus rien voir de ce qu'ils fabriquaient, puisque la voiture les dissimulait aux regards.

Clémence bouillait de curiosité.

— Ils sont restés longtemps ?

— Pas plus de cinq minutes… peut-être seulement trois. Ils ont sauté dans la voiture qui a disparu dans la rue du Frout.

— Vous pourriez les décrire, ou mieux, les dessiner ?

Elena secoua la tête négativement :

— Impossible, le premier était trop loin, je n'ai vu qu'une silhouette, et le second, le conducteur, avait le visage caché par une sorte de casquette à pans. Tout ce que je puis vous dire, c'est qu'il était grand et plutôt fort.

Elle s'enquit de l'intérêt que Clémence pouvait porter à ces drôles de bonshommes et compatit en apprenant que sa tante était entre la vie et la mort à la suite d'une agression de l'un de ces drôles.

Cela faisait peut-être dix ans que Clémence n'était entrée dans la cathédrale et tout à coup lui revenaient les cours d'histoire de l'art que son architecte de père lui donnait quand elle était enfant.

Il prétendait murmurer alors qu'il parlait à voix haute, ce qui la gênait beaucoup. Des bribes lui revenaient en mémoire : « *une des plus anciennes cathédrales de Bretagne... 92,45 mètres de long pour 15,70 mètres de large...* » « *La nef, son triforium à contre-courbure... transept... La déviation de l'axe du chœur...* »

Et puis, s'il voyait son attention faiblir, il lui apprenait que les flèches hautes de plus de 75 mètres et leurs deux clochetons avaient été érigés sous la direction d'un architecte nommé Bigot[1]. Ce qui était vrai, et ce patronyme pour un constructeur de cathédrale la faisait rire.

Les vêpres étaient finies et quelques paroissiennes s'attardaient. Déjà une dizaine d'abbés commençaient à inspecter l'église avant la fermeture. Ils semblaient y mettre une conscience particulière, accentuée à n'en pas douter par le drame de l'avant-veille. Clémence haussa les épaules et eut un sourire désabusé : il y avait peu de chances que le malfaiteur revînt sur les lieux de son crime. Il devait être très loin, quoi qu'en pensât le sergent Guillou...

La jeune peintre s'arrêta un instant, dans le pourtour du chœur, devant la troisième chapelle, celle de Saint-Jean, s'inclina devant le tombeau de l'évêque Bertrand de Rosmadec dont Eugénie était très fière et

1. Joseph Bigot, nommé architecte diocésain en 1837, restaura la cathédrale jusqu'en 1892. Les flèches, très modifiées, furent érigées en 1854-1856.

revendiquait la parenté. Elle contempla la belle statue du XVe siècle avant de laisser flâner son regard sur les tableaux de Yan' Dargent : *Baptême de J.-C.* et *Prédication de saint Jean au désert.* Elle sourit dans la chapelle des Saints-Anges à la statue contre le pilier de Jean Discalcéat (le déchaussé), cordelier à Quimper au XIVe siècle, que l'on invoque lors des épidémies et pour retrouver les objets perdus. Ce saint, paraît-il, était d'une saleté repoussante et ne se lavait jamais. Il laissait courir sur son corps, en toute liberté, puces et poux, prétextant que c'étaient des bêtes créées par le Bon Dieu et qu'il s'interdisait donc de leur faire mauvais accueil.

Comme elle atteignait la sacristie, elle croisa le jeune séminariste qui avait accompagné Mgr Lamarche au chevet d'Eugénie. Il eut un moment de surprise en la reconnaissant. Il rosit, manifestement troublé par cette rencontre inopinée. Il bredouilla quelques mots. Elle crut comprendre qu'il lui proposait de l'aider à savoir ce qui avait pu se passer dans cette soirée du samedi 16 août.

Clémence accepta aussitôt. Le jeune homme lui dit tout d'abord combien il estimait la sacristaine pour sa piété, son dévouement mais aussi sa générosité. Elle s'occupait des malheureux de la paroisse – elle en trouvait de nouveaux chaque jour – et volait de l'un à l'autre pour alléger leur tâche.

Clémence fut émue et heureuse d'apprendre que sa tante ne se contentait pas d'être une dévote sévère, mais qu'elle mettait aussi les Évangiles en pratique en donnant de sa personne.

Son cicérone lui montra les emplacements désormais vides où étaient nichées des statuettes volées. Il lui désigna les tabernacles dépouillés de leurs custodes et de pavillons que les voleurs avaient sans doute utilisés pour envelopper les objets de culte. Enfin, il lui montra la sacristie et l'emplacement où avait dû avoir lieu la lutte. On avait trouvé du sang sur le parquet.

Séduite par l'amabilité du séminariste, elle lui demanda son prénom.

— Julien.

— Tiens, comme mon oncle.

« Et comme Julien Sorel », se dit-elle en aparté.

— Moi, c'est Clémence. Vous voulez bien m'appeler ainsi ?

Elle vit son visage s'empourprer.

— Je n'oserai jamais.

— Nous pouvons toujours essayer…

Trop embarrassé pour répondre à une question si directe, il proposa de refaire le trajet qu'avait dû effectuer sa tante ce soir-là.

Ils firent le tour de l'édifice par les allées latérales et revinrent dans l'allée principale qu'ils remontèrent jusqu'à la croisée du transept. Il désigna à Clémence la pierre précise sur laquelle sa tante avait l'habitude de s'agenouiller pour dire ses dernières prières du soir.

— Puis, elle a gagné la sacristie et là…

Sa voix trembla un peu en évoquant ce qui avait dû se passer.

Clémence demanda à son guide de lui montrer par quelle issue son oncle et elle avaient pour habitude de sortir. Il l'y emmena. Elle poussa le battant de chêne peint en rouge sombre et se retrouva dans l'étroit couloir extérieur qui menait à la rue. C'était donc par là que ces brutes avaient transporté et chargé les objets volés, échappant à la vue des passants.

Elle demeura songeuse en regardant la rue en pente qui se jetait dans la rue du Pont-Firmin et rejoignit le séminariste. Sa voix douce et triste la tira de ses réflexions.

— Quand elle se retrouvait seule ou avec moi, elle abaissait toujours cette petite barre mobile qui vient se loger là, lui confia-t-il en faisant jouer un loquet de métal épais. Ainsi, elle était sûre que personne ne pourrait venir de l'extérieur, même s'il possédait la clef de la serrure.

Clémence sursauta. Elle abaissa et releva le loquet plusieurs fois, secoua la porte ainsi interdite et, sans même s'en apercevoir, saisit le futur abbé par le bras et ne le lâcha plus.

— Attention, Julien, c'est très important ce que vous venez de dire là ! Si ma tante, avant-hier, a bien abaissé ce loquet après le départ de mon oncle comme vous le supposez, cela signifie que personne ne pouvait venir de l'extérieur, même avec la clef adéquate.

— C'est certain.

— Donc, le voleur était déjà dans les lieux quand mon oncle est sorti. Il pouvait d'ailleurs être dans la cathédrale depuis plusieurs heures, après tout.

— Impossible !

— Ah bon ? Et pourquoi, s'il vous plaît ?

— Chaque soir que Dieu fait, avant la fermeture, nous vérifions avec un très grand soin qu'aucune personne étrangère à la basilique ne s'y trouve, évanouie dans une chapelle, aux grandes orgues ou dans un clocher. Nous fouillons partout, vous dis-je.

— Même dans la chaire ?

— Où cela ?

— Eh bien, oui, dans la chaire. C'est là qu'on l'a découverte n'est-ce pas ?

— En effet.

— Et pourtant vous étiez nombreux à fouiller *partout* pour la retrouver avant-hier et personne n'a eu l'idée d'aller voir en haut de cet escalier… Si une sœur ne l'avait pas entendue gémir, elle pourrait s'y trouver encore. Mais morte, assurément. Si l'assassin était resté caché dans cette tribune sans être découvert ni inquiété, cela a pu lui donner l'idée d'y déposer ma tante pour reculer encore le moment de sa découverte. Cependant, vous me direz que…

— Je ne vous dirai rien du tout, je me sens bien incapable de raisonner ainsi, avoua le jeune homme piteusement.

Elle desserra son étreinte.

— Eh bien, moi, je vous dirai que le voleur ne détenait pas de trousseau. Sinon, il aurait attendu le départ de la sacristaine pour entrer ici et faire son larcin sans être inquiété.

— Cependant il aurait pu entrer lorsque Mlle de Rosmadec avait décidé de sortir. Elle aurait soulevé le loquet et se serait retrouvée face à ce bandit. Il l'aurait alors poussée à l'intérieur pour qu'elle n'ameute pas le quartier et l'aurait frappée…

— Allons donc ! Il n'aurait pu attendre sagement derrière cette porte sans être aperçu de l'extérieur. Il n'y a pas de porte à soufflet… Ainsi, l'inspecteur Guillou a tort.

— L'inspecteur Guillou ?

— Oui, le sergent de ville chargé de l'enquête. Il est persuadé que le coupable possédait les clefs de la cathédrale et donc, retenez votre souffle, qu'on doit chercher le meurtrier parmi les gens d'Église.

Julien eut un haut-le-corps.

— Parmi eux ? Enfin, parmi nous !

Il en bafouillait tant cette accusation lui semblait incongrue.

Tout à ses réflexions, Clémence ne parut pas s'en apercevoir.

— Il y a une chose qui m'intrigue dans mon hypothèse : pourquoi ce voleur n'a-t-il pas attendu que ma tante s'en soit allée pour accomplir son vol ? Il aurait eu tout le loisir d'effectuer son pillage sans avoir à s'attaquer à elle.

Julien l'éclaira sur cette question.

— Oh, cela ne m'étonne pas ! Mlle de Rosmadec est une personne si discrète, habituée qu'elle est à étouffer ses pas pour ne pas troubler le silence du lieu. Son agresseur l'a crue partie et, ne songeant plus à elle, s'imaginant libre de commettre ses crimes, il a eu la surprise de la voir surgir il ne savait d'où… Alors, pris de peur lui aussi, il l'a frappée dans l'espoir d'éliminer ce témoin gênant.

Fermant les yeux, il porta ses mains jointes à ses lèvres, comme s'il voulait prier, et se plongea dans ses souvenirs. Il releva enfin la tête et regarda Clémence en ouvrant grands les yeux, comme pour se montrer plus persuasif.

— Cela m'est arrivé fort souvent : je pensais que votre tante avait quitté l'église et je la trouvais en prière devant le maître-hôtel ou dans la chapelle de Saint-Corentin. Elle aime tant y contempler le petit retable en albâtre et les fresques de Yan' Dargent…

Clémence approuva. Mais ouvrant et refermant la porte avec délicatesse, elle ne put empêcher ses gonds de grincer.

— Et ce bruit, il aurait dû en conclure que ma tante était toujours là…

— Pas forcément. Comme votre tante a pour habitude de secouer chacune des issues pour contrôler leur fermeture, il a pu prendre ce vacarme pour le signal de son départ.

Clémence acquiesça, surprise du bien-fondé de ses conclusions. Sur ce, elle tendit la main au séminariste pour lui dire bonsoir. Il la garda plus qu'il n'était séant. Elle s'en étonna à demi.

CHAPITRE VI

— *Gast !* Pourquoi vous m'demandez ça et comment qu'vous savez qu'on me l'a volée, ma carriole ?

Le père Morvezen abandonna en jurant le sabot qu'il était en train de tailler dans une grosse bûche, puis remonta d'un coup de pouce son chapeau rond et secoua son tablier pour en faire tomber les copeaux. Il cracha un long jet de chique en se tournant à peine et, les mains plongées dans les larges poches de son pantalon bouffant, il regarda Clémence, l'air furibond.

La jeune peintre ne baissa pas les yeux. Bien au contraire, elle les posa sur lui avec insistance. Elle fronça le nez, lui fit face.

— C'est M. Terrène, le commissaire de police. Ou du moins le sergent Guillou. Il m'a dit que vous aviez déposé une plainte. C'est exact ?

— En quoi ça vous regarde, la demoiselle ?

— Je vais vous le dire : ma tante, la sacristaine de Saint-Corentin, est entre la vie et la mort. Vous ne le saviez pas ?

Il se troubla. Clémence crut le voir pâlir.

— Il se pourrait bien que ses agresseurs, qui ont dévalisé l'église, se soient servis de votre voiture pour transporter leur butin quelque part.

Le sabotier devint méfiant.

— Ils vont pas me coller un meurtre sur le dos, maintenant ! Il ne manquerait plus que ça ! Je l'ai récupérée, ma carriole, alors, on tire un trait sur l'histoire, j'y suis pour rien, moi !

Clémence fit mine de l'approuver.

— Ah, elle vous est revenue ? Alors tout s'arrange, en effet ! Et puis-je savoir où vous l'avez retrouvée ? Ça pourrait nous mettre sur la piste des voleurs.

— Et pourquoi donc ? Pourquoi que ça serait ma voiture qui aurait servi à je n'sais trop quel déménagement ?

— Parce qu'il est plus prudent de faire un mauvais coup avec une voiture volée qu'avec la sienne…

L'homme se gratta la tête, perplexe.

— Ben ça alors, ça s'rait un peu fort en raide ! C'est l'gars Bertrand, mon *mabkaer*[1], qui l'a repérée. Il est aiguilleur à la gare. Il était d'service l'autre soir. Une fois le train de Paris parti, il s'en revenait chez lui quand il a reconnu ma voiture. Mon cheval était accroché à l'anneau du café *Le Bihan*. Il y est entré pour voir si j'y étais et pour qu'on boive un coup ensemble. On ne m'avait pas vu et pour cause, j'y ai jamais mis les pieds. Mais le patron avait entraperçu un drôle de coco qui attachait ma bête avant de s'en aller d'un pas rapide vers la gare…

Clémence trouva surprenant que cet homme, qui était jusqu'alors si bourru et si méfiant, devînt loquace tout à coup. N'aurait-il pas quelque chose à se reprocher ? N'aurait-il pas prêté ou loué sa charrette au malfaiteur ? Et, malin, il aurait été porter plainte au commissariat en jouant les furieux…

1. Gendre.

Le voyant si bien disposé à la renseigner, elle lui demanda si elle pouvait jeter un coup d'œil à son véhicule.

Le savetier fit des yeux ronds.

— Ma charrette ? En voilà une idée ! L'Bertrand me l'a ramenée en bon état. Mais enfin, venez voir par ici.

La voiture était garée, dressée sur son cul, les brancards en l'air dans un coin de la cour intérieure de sa maison. Clémence tourna autour sous l'œil circonspect du propriétaire. Elle souleva et inspecta la paille qui demeurait accrochée, revint au siège du conducteur qu'elle examina. Elle saisit sous le siège un objet qu'elle montra au père Morvezen, l'air triomphant.

— Queq'c'est qu'ça ?

— C'est une custode, une boîte en argent où le prêtre garde les hosties pour les transporter quand il va donner les derniers sacrements par exemple. Je n'en ai jamais vu d'aussi petite. On les fixe aussi dans les ostensoirs pour l'adoration des fidèles.

Même si elle ne pratiquait plus sa religion avec ferveur, Clémence, éducation oblige, avait une parfaite connaissance de la liturgie catholique et des objets de culte. Il est vrai qu'avec un oncle chanoine, une tante sacristaine et une grand-mère on ne peut plus croyante, le contraire eût été étonnant.

— On a transporté des hosties dans ma charrette ?

Il avait l'air si stupéfait que Clémence jugea que sa complicité était peu probable. Bien qu'on puisse être, se dit-elle, sabotier et excellent comédien pourvu qu'il y ait gros à gagner.

Le bonhomme semblait désemparé. Il reprit le sabot commencé et se remit à l'ouvrage.

— Vont pas m'mettre ça sur le dos quand même ! répéta-t-il.

Clémence aurait volontiers jeté un coup d'œil dans le fond de son atelier et visité les remises de sa cour, mais de quel droit ? Certes, elle en parlerait au sergent Guillou, mais que pourrait-il faire ? Perquisitionner chez le bonhomme pour voir s'il n'était pas receleur ? Il y avait gros à parier que s'il avait été dans l'affaire, il aurait mis sur-le-champ les objets volés en lieu sûr. Elle le salua et hésita à se cacher pour voir si, après son départ, il allait continuer à manier la gouge ou s'il attellerait.

Il reprit son travail.

Le café *Le Bihan*, face à la gare de Quimper, était assez bien tenu et servait de salle d'attente ou d'accueil aux voyageurs de la ligne Quimper Paris.

Clémence exposa au patron ce qui l'amenait.

L'homme parut sincèrement peiné d'apprendre que l'assassin de la sacristaine avait été si proche de son bistrot.

— Si j'avais su, si j'avais su, répétait-il, je leur aurais bien serré le kiki à ces zèbres-là ! Les mécréants ! Frapper une faible femme…

Clémence lui demanda s'il pourrait lui décrire l'homme qui avait attaché à son anneau la carriole du sabotier. Il s'en sentait incapable.

— Ils étaient deux. Ils ont déchargé devant la gare une malle qui paraissait lourde et deux grands sacs, pesants eux aussi, qu'ils maniaient avec précaution. Y avait un grand fort et un plus mince. Mais ils étaient trop loin pour que je puisse vous les décrire avec précision. Quand je me suis aperçu que le petit venait d'attacher la voiture à mon anneau, je suis sorti, mais je ne l'ai aperçu que de dos car il courait vers la gare. Il avait peur de manquer le train du soir dont la machine chauffait… Je ne l'ai plus revu depuis.

Clémence le remercia et traversa la place. Oui, le chef de gare se souvenait des deux lascars avec leur malle et leurs sacs, mais il se montrait parfaitement incapable de se rappeler leurs traits. La jeune peintre insista, consciente que les dessins qu'elle avait exécutés en se fiant à la mémoire d'un loueur de voitures l'avaient mise sur la piste de l'assassin d'Hector, le courageux valet de ferme de La Josselière.

Le guichetier lui aussi était incapable de se rappeler le visage des deux voyageurs. Cependant, il se souvenait d'avoir délivré pour eux deux et leurs bagages des titres de transport pour Paris.

Cela ne signifiait pas qu'ils ne s'étaient pas arrêtés en route à l'une des stations. Ils n'auraient pris des billets de chemin de fer jusqu'au terminus que pour brouiller les pistes. Mais Clémence ne croyait pas trop à cette ruse-là.

La sœur blanche était exaltée lorsqu'elle croisa Clémence dans le salon. Elle lui prit les mains pour ne plus les lâcher.

— Elle revit, mademoiselle de Rosmadec, elle revit, vous m'entendez !

C'est tout juste si elle ne pleurait pas de joie.

— Elle a ouvert les yeux, elle a bougé ses membres… Elle revit, vous dis-je !

Alexis sortait de la chambre de sa sœur en compagnie d'un prêtre que la jeune femme ne connaissait pas.

— Clémence, je te présente le père Jean-Marie Abgrall dont on ne peut dire toutes les fonctions. C'est l'aumônier de l'hôpital, mais sa tâche ne s'arrête pas là. Il est le plus grand archéologue de Bretagne. Il est aussi féru d'histoire et de langue bretonne. C'est bien simple, il est spécialiste en tout. Sans compter que c'est un confrère architecte qui a fait ses preuves en construisant le presbytère de Poullan. Et il ne va pas s'arrêter là, crois-moi ! Il aime la beauté de notre Bretagne.

L'ecclésiastique[1] eut un petit rire et leva la main pour signifier qu'il en avait assez entendu.

— Je ne suis pour rien dans les beautés qui nous entourent. Oh ! oui ! Dieu le créateur a été très libéral et a fait preuve de largesse envers notre Armorique. Il a voulu en faire la contrée la plus belle du monde…

L'aumônier devait avoir la quarantaine, se dit Clémence. Même si ses paroles étaient banales, elle apprécia le sourire franc et sans componction qu'il arborait en entendant Alexis de Rosmadec faire sa louange.

— Notre chirurgien se montre rassurant. Il espère que demain Mlle de Rosmadec recouvrera ses facultés.

Clémence vint se pencher sur sa tante dont son oncle Julien emprisonnait la main dans les siennes. Elle l'embrassa sur le front et tenta d'attirer son attention en lui parlant. Eugénie la regardait sans la reconnaître. La patiente se mit à geindre faiblement en émettant quelques mots incohérents. Sa nièce se fit la promesse solennelle de retrouver le ou les coupables et de les jeter en prison. Une froide détermination l'animait.

1. Jean-Marie Abgrall (1846-1926) fut aumônier de l'hôpital de Quimper de 1886 à 1923.

CHAPITRE VII

À deux kilomètres de Pont-Aven, le bourg paisible de Nizon sommeillait. Il était deux heures du matin et il n'y avait pas âme qui vive à se promener par cette belle nuit d'août que rien n'aurait dû troubler.

Un homme pourtant faisait exception à la règle : l'abbé François de Chavagnac. Il ne réussissait pas à trouver le sommeil. Il avait tant de projets, tant d'âmes à remettre dans le droit chemin, tant à faire pour les indigents aussi ! La vue des malheureux en guenilles rencontrés sur les routes qui, il s'en était vite aperçu avec tristesse, préféraient le vin au pain l'avait mis dès son arrivée, deux mois auparavant, dans un état de découragement passager. Mais il était là pour agir, non pour se lamenter sur le sort de ses semblables. Il était tout à fait décidé à mener à bien sa mission : aider M. le recteur dans son sacerdoce, dans ses tâches et ses bonnes œuvres. Ainsi se réjouissait-il de pouvoir dire la messe dans des chapelles isolées, dont certaines ne s'animaient plus qu'au moment d'un pèlerinage annuel.

Trente ans, sportif, animé d'une gaieté et d'une simplicité qui avaient vite emporté l'enthousiasme des paroissiens, l'abbé avait tout pour être heureux et rendre heureux ceux qui croisaient son chemin.

Tombé du lit avant l'aube, il vint contempler son église par une fenêtre qui donnait sur la place. Il l'aimait déjà, cette chapelle vieille de quatre siècles. Il appréciait les fenêtres ogivales de l'abside, celles du collatéral nord, le petit clocher et sa grosse tour.

La sérénité du lieu, la paix qui l'avait inondé, dès le premier jour où il en avait poussé la porte, le fascinaient. Il ferma les yeux pour se transporter en pensée dans le chœur et fit une prière muette.

Quand il les rouvrit, il fut stupéfait du spectacle qui s'offrait à lui. Non, il ne rêvait pas. Un homme s'affairait sur la serrure de l'entrée latérale de l'édifice !

Il lui fallut quelques secondes pour comprendre qu'il ne pouvait s'agir que d'un voleur.

Il se pencha par la fenêtre, allait crier mais s'en abstint. Il voulait connaître l'identité du bandit. Appartenait-il à ses ouailles ?

Pas un instant il ne se dit qu'une fois neutralisé, il devrait le livrer aux gendarmes. Non, son premier élan fut d'empêcher ce rôdeur de commettre un vol. Avant même de le prendre sur le fait, il lui avait déjà pardonné.

Le jeune prêtre sortit de sa chambre et s'immobilisa. Il était en chemise. Pas question de pénétrer dans le sanctuaire dans cette tenue.

Il enfila sa soutane et s'agaça sur les boutons. Il n'en agrafa qu'un sur deux et se jeta dans l'escalier sans même prendre la peine de se chausser. Il courut vers l'église dont il poussa la porte violemment.

— Je t'ai vu, malheureux, tu es pris ! lança-t-il dans l'obscurité, commettant un pieux mensonge.

Il trouva son apostrophe inutile et assez ridicule, mais qu'aurait-il pu dire d'autre ? Il ne distinguait rien dans la pénombre.

Le jeune prêtre avança à tâtons vers un chandelier où finissaient de mourir des bougies vacillantes et, le tenant à bout de bras au-dessus de sa tête, il commença à regarder autour de lui.

Il insista :

— Si tu déguerpis les mains vides, je fermerai les yeux. Je les ferme déjà d'ailleurs, ajouta-t-il en éclairant son visage.

Il crut percevoir un bruit venant de l'autel. Il quitta l'entrée de l'église et s'en approcha.

Il n'avait pas fait trois mètres qu'il recevait un formidable coup sur la nuque. Il chancela, mais tint bon. S'il réussissait à lui saisir ne serait-ce qu'un bras, il était sûr de maîtriser son agresseur. Au grand séminaire, il était le plus robuste. Personne ne l'avait jamais vaincu à la lutte comme à la course.

Distinguant une forme sombre qui se détachait dans le faible rai de lumière tombant des vitraux, il se précipita sur elle. Une manche le frôla. Il l'attrapa et la tira à lui. Au même moment il ressentit une vive douleur à l'abdomen et y porta ses mains en tombant à genoux. L'homme s'acharna et lui trancha la gorge.

Le malheureux était déjà mort quand son assassin, un sac sur l'épaule, passa la porte de l'église et la referma sans bruit avant de disparaître dans le silence de la nuit.

Il était 6 h 30 quand le recteur de Nizon, s'étonnant que son jeune abbé ne soit pas encore descendu, alla frapper à sa chambre. N'obtenant pas de réponse, il ouvrit la porte. L'abbé n'y était pas. Le vieil homme haussa les épaules. Sans doute, son subordonné l'avait-il précédé pour ouvrir l'église et y prier avant que les paroissiens n'arrivent pour la première messe de la matinée. Pourtant, un détail l'intrigua et il revint sur ses pas. Il ne s'était pas trompé : les souliers et les bas du prêtre étaient sagement rangés sous une chaise.

Il se résolut à aller seul ouvrir l'église. Il faisait un temps pur et étincelant. Bientôt les premiers rayons de soleil frapperaient les vitraux de son église et il s'en réjouit. « Ah, nous pouvons dire que saint Amet, notre saint patron, pense à nous aujourd'hui ! Il a la bonté de nous offrir une bien belle journée ! » se disait-il en traversant la place.

Il se signa en passant devant le calvaire et se souvint avec contrariété qu'un peintre de Pont-Aven s'en était inspiré deux ans auparavant pour exécuter un tableau baptisé insolemment *Le Christ vert*. Et ce rapin irrévérencieux ne s'était pas arrêté là : il avait eu l'audace de…

Il se figea. À deux mètres de l'entrée, l'abbé qu'il aimait comme un fils était étendu, pieds nus, dans une mise débraillée sur le dallage inondé de son sang. Ses yeux étaient grands ouverts, mais fixes. On l'avait égorgé, on l'avait poignardé !

À côté de lui gisait la statue en bois polychrome de saint Amet que sa main étreignait.

Les sœurs Nedelec qui entraient en papotant à voix basse, découvrant cet horrible spectacle, s'évanouirent sur-le-champ.

Le curé tomba à genoux, la tête enfouie dans ses mains déployées.

— Mon Dieu, pourquoi nous imposer une telle épreuve ? Face à la mort de ton serviteur, je me sens démuni et désespéré. Pourquoi, mon Dieu, pourquoi ? Père, pourquoi nous as-tu abandonnés ?

Confus de répéter la parole du Christ au Golgotha, il prit le pouls de la victime et se releva, désemparé.

CHAPITRE VIII

Clémence était heureuse.

Après quatre longues journées passées à Quimper elle se retrouvait enfin parmi ses amis peintres de Pont-Aven.

Au troisième jour de son coma, Eugénie de Rosmadec avait recouvré la parole et l'usage de ses membres. Quant à ses facultés intellectuelles, on pouvait émettre quelque inquiétude. Le choc, tant physique que moral, qu'elle avait connu, avait troublé sa raison qui, depuis son adolescence, avait été qualifiée par sa famille et les médecins de « fragile ». Cela ne signifiait pas qu'on la jugeait démente, mais seulement dérangée et obsessionnelle.

On décida de ramener cette bonne Eugénie à La Josselière avec son frère Julien pour y passer la fin de l'été en convalescence.

Elle avait certes à faire dans la basilique, mais comme c'était un ordre de Mgr Lamarche, elle ne pouvait qu'obéir et chantonner prières et cantiques tout au long du jour.

Clémence pensait à cela alors qu'elle répondait aux questions polies de ses amis peintres assis à la terrasse de la *Pension Gloanec*. Tous connaissaient par les journaux le drame de la cathédrale et étaient joyeux de voir leur héroïne revenue parmi eux. Il y avait là les deux Émile, Jourdan et Bernard. Ce dernier, qu'elle avait rencontré à l'académie Cormon, boulevard de Clichy à Paris, voilà déjà quatre ans, l'avait fascinée par sa culture artistique, mais surtout par sa facilité à théoriser la peinture, à décortiquer les styles, à les classer et à dire avec aplomb vers quelles recherches on devait tendre. Elle se souvenait du jour où elle l'avait présenté à Gauguin l'été 1886. Le maître n'avait pas voulu écouter ce gamin de dix-huit ans, se réservant l'exclusivité de la pensée picturale.

Les temps avaient bien changé. Le jeune disciple était devenu un ami du maître d'autant que ce dernier était tombé amoureux transi, l'été 88, de l'émouvante Madeleine, la sœur de son jeune disciple.

Jourdan, lui non plus, Clémence s'en souvint, n'avait pas été accueilli avec chaleur par Gauguin, mais en quelques jours ce dandy de vingt-huit ans, ce fils de famille, en avait fait la conquête et devenait le plus inconditionnel des partisans. Clémence houspillait l'un, admirait la dernière toile d'un autre. Tous étaient sous son charme et tous étaient venus tourner autour d'elle à La Josselière lors des grandes fêtes joyeuses que donnait sa grand-mère. Elle se laissa embrasser par Henry Moret et Henri Delavallée avant de s'adresser à Charles Laval qui revenait d'un séjour au Pouldu.

— Tu as beaucoup peint, au Pouldu ?

— Pas mal, mais pas assez, de l'avis de Gauguin. Il me traite de fainéant. C'est assez étouffant, là-bas, tu sais…

Clémence qui n'avait qu'une envie, aller faire un tour à la *Buvette de la Plage* tenue par Marie Henry, lui demanda de lui montrer ses derniers travaux.

Il l'emmena à l'intérieur du café où Marie-Jeanne et ses servantes l'embrassèrent et lui servirent un café. La tenancière lui demanda des nouvelles de sa tante pendant que Charles installait sa toile sur une table et l'adossait au mur.

Il lui présenta un paysage d'une cinquantaine de centimètres de hauteur sur une soixantaine de largeur[1]. On voyait en premier plan une barrière enlaçant de gros rochers de granit bleuté ; en second plan un arbre et un personnage, et derrière une nouvelle barrière et deux chaumières.

— Un peu molles, tes barrières, non ? Et que fait ta petite bonne femme, là ? Elle tricote ou elle prie ? Pas mal ton arbre japonisant.

Il fit semblant de se fâcher, mais ça lui était impossible avec Clémence.

— Merci pour les compliments et pour tes réflexions ! Molles, mes barrières ! Et ma gentille bonne femme adossée au rocher : oui elle tricote et prie en même temps, là ! Quant à mes bonsaïs…

Elle lui tapa affectueusement sur l'épaule.

— Allons, je plaisantais… C'est très bien, très beau, Charles.

Elle cligna des yeux en retrouvant la lumière violente de la place et fut aussitôt entourée. C'était à qui voulait lui faire admirer ses travaux.

Émile Bernard la prit par le bras.

— Viens avec moi, il faut que je te présente ma petite Bretonne[2]. C'est un bois gravé rehaussé d'une aquarelle orange sur papier : un chef-d'œuvre, te dis-je, un vrai chef-d'œuvre !

La jeune peintre riait. Elle se sentait si bien avec ses amis retrouvés qu'elle avait oublié son frère Jean

1. *La Barrière*. Huile sur toile (H. 50,5 cm, L. 62 cm).

2. *Petite Paysanne bretonne assise avec ses oies*. (H. 12 cm, L. 16,3 cm.)

et le beau Rodolphe qu'ils avaient amené ici pour lui montrer le port et la chapelle de Trémalo. Elle avait bien tenté de les laisser seuls faire la visite, mais son aîné avait déclaré que s'il était compétent pour expliquer les particularités des chasse-marée et le trafic de tous les bateaux à quai, elle serait plus à même que lui de disserter sur les sablières, ces poutres aux gueules monstrueuses, les panneaux, mais surtout sur ce Christ du XVIIe en bois sculpté et colorié d'une troublante beauté. C'est elle, Clémence, qui l'avait fait découvrir à Gauguin. Et lui, *le maître*, l'été précédent, en avait fait son *Christ jaune* que tous ses amis portaient aux nues et dont il n'était pas peu fier.

Clémence regarda autour d'elle. Jean et Rodolphe étaient tous les deux accoudés au pont et la regardaient, attendant son bon vouloir. Elle sentait bien combien ses retrouvailles avec les jeunes rapins, leurs embrassades, leur familiarité devaient être pénibles à l'enseigne de vaisseau qui la couvait des yeux depuis quinze jours.

« Il n'avait qu'à se montrer plus entreprenant aussi ! ragea-t-elle. Voilà deux semaines qu'il me fait des compliments ridicules, joue les hommes du monde et pas davantage ! Il est pourtant joli garçon. Il a eu quelques occasions de me séduire, mais non, il a fui comme un sot, persuadé, l'innocent, que j'étais inaccessible en dehors des liens sacrés du mariage. Pauvre jeune homme ! Il est certainement loin de penser que mon beau Gildas Keroulas, le père du petit Tugdual, a fait de moi une femme sur le pont du *Nadounick* avec pour seuls témoins le ciel et quelques goélands[1]. Pas plus qu'il ne peut imaginer que cette jeune fille si belle, si pure, en un mot l'épouse parfaite d'un officier de marine (moi !) a pour amant,

1. Voir *Été meurtrier à Pont-Aven*, 10/18, n° 4020.

depuis un an et demi, le plus séduisant des étudiants en médecine de Paris : Gilles Martinelles. »

Une bouffée d'émotion lui monta au cœur et elle se sentit rosir. Gilles ! Comme elle souhaiterait le voir venir la rejoindre à La Josselière ! Elle le savait à Étretat avec sa famille… S'il ne venait pas, c'est elle qui irait ! Il lui manquait. Lui manquait-elle ?

Clémence soupira. Elle ne voulait pas contrarier son frère qui devait repartir pour Brest dans quelques jours. Elle répondit bien à regret à ses mimiques interrogatrices par un petit signe. Rassuré, il alla chercher le cabriolet.

Joyeuse, la jument préférée de Clémence, grimpait allègre et la tête haute la côte qui quittait le bourg pour s'enfoncer dans le Bois d'amour.

En guide consciencieuse, Clémence fit arrêter la voiture juste après le tournant d'où l'on découvrait la chapelle et son clocher du XVIe. Elle se souvint que c'était à cet endroit précis qu'elle l'avait présentée à Gauguin pour lui faire remarquer la curiosité de son toit aux pentes dissymétriques dont l'une touchait presque le sol.

Clémence sauta du véhicule et vanta les curieuses proportions de l'édifice qu'elle laissa sur la droite pour pénétrer par la petite porte de côté jamais fermée à clef. Elle l'ouvrit en grand pour mieux laisser entrer la lumière et s'immobilisa, stupéfaite.

— Non, non, ce n'est pas possible… Le christ, le christ a disparu ! Ils ont osé !

Les peintres étaient partis avec leur balluchon chacun de leur côté, les uns descendant l'Aven, d'autres leur préférant le Bois d'amour. Certains enfin avaient loué une voiture pour se rendre à Concarneau.

Pont-Aven était désert et aucun bruit, hormis celui du torrent glissant entre les roches, ne venait troubler le calme de la matinée.

Le bourg n'allait pas rester silencieux longtemps avec la nouvelle que Clémence et ses deux compagnons apportaient.

Ils pénétrèrent dans la cour de la gendarmerie où la jeune femme salua l'épouse du maréchal des logis Ferblon. Elle lui demanda si son mari était là et si elle pouvait lui parler.

La femme ouvrit de grands yeux.

— Ben il est pas là, il est à Nizon, pardi !

— Et pourquoi donc, un vol de poules ?

— Comment, vous ne savez pas ce qui s'est passé à Nizon ?

— Non, éclairez-nous, je vous prie.

Elle hésita un instant et haussa les épaules.

— Après tout, je ne trahis pas un secret et comme la veuve Baton est au courant, tout Pont-Aven va le savoir dans l'heure qui suit. C'est vrai qu'elle ne sait pas tenir sa langue, notre receveuse de la poste…

Contente pour une fois de tenir en haleine ses interlocuteurs, elle aurait bien continué sur le même ton si Jean n'était intervenu.

— Nous aussi, nous avons une sacrée nouvelle… et c'est pourquoi nous voudrions voir le chef de poste au plus vite.

Curieuse tout à coup, elle révéla la plus surprenante et aussi la plus dramatique des informations.

— Eh bien, il y a eu un drame, cette nuit à l'église de Nizon. Un jeune prêtre a été assassiné par un voleur. Égorgé… à ce que j'ai compris.

Les jeunes gens se regardèrent, consternés.

Jouissant de l'intérêt qu'ils lui portaient, la femme du gendarme poursuivit ses révélations.

— Mais ce n'est pas tout ! Des vandales, peut-être les mêmes, sont entrés la nuit passée dans la chapelle Saint-Fiacre au Faouët et ont volé un christ en croix ou je ne sais trop quoi… Mais heureusement ce sont les collègues de là-bas qui s'en occupent. Avec ce mort, notre brigade a déjà de quoi faire… Et vous, qu'avez-vous à m'apprendre ?

Clémence fit un geste vague de la main.

— Oh, nous, rien de comparable avec ce meurtre de l'abbé.

Elle entraîna vivement ses deux compagnons vers le cabriolet.

— Ça m'a tout l'air d'être la même signature : l'assassin de Nizon, celui de Quimper et maintenant le voleur de Trémalo et du Faouët ! s'exclama Jean.

Clémence fit la moue.

— Je ne saurais être aussi catégorique. On est sans doute en présence d'une bande organisée…

— … connaissant parfaitement la région ou du moins les églises renfermant de petits ou grands trésors, suggéra son frère.

— Probable. En tout cas, d'un ou de plusieurs voleurs assez déterminés pour tuer.

Rodolphe crut bon d'intervenir.

— C'est un fou, un détraqué, car il faut l'être pour prendre de tels risques ! Tuer pour une vulgaire statue en bois !

Clémence lui fit face avec brusquerie.

— Sauf si le jeu en vaut la chandelle. Et c'est le cas. *Ces vulgaires statues en bois*, comme vous dites, valent des fortunes. Ce sont des pièces de musée. Certains brocanteurs ou antiquaires tueraient père et mère pour être en possession de ces trésors vieux de plusieurs siècles. Et je ne parle pas des objets de culte dérobés à Saint-Corentin.

Elle revint sur ses pas.

— Savez-vous où est votre mari ? demanda-t-elle à l'épouse du gendarme.

La femme se rengorgea.

— Où voulez-vous qu'il soit ? À Nizon, pardi ! Il mène son enquête !

— Comment avez-vous appris que Saint-Fiacre avait été dévalisée ?

— Par le journaliste de Quimperlé qui est venu ici avant de rejoindre Nizon.

Clémence connaissait bien Hubert Roscoff. Ils avaient collaboré lors de sa première et de sa dernière enquête. Comme elle le remerciait de la discrétion qu'il gardait dans ses articles, il s'en était expliqué en riant :

— Vous connaissez ma devise : « Perspicace, efficace, sagace ! »

Clémence se réjouit de retrouver cet allié de qualité qui en savait peut-être davantage qu'elle sur les agresseurs de sa tante Eugénie.

Elle salua Madeleine Ferblon et se tourna vers son frère et son ami.

— Vite, partons pour Nizon.

— Vous vous moquez de moi, mademoiselle de Rosmadec ? La chapelle de Trémalo dévalisée !

— Eh oui, monsieur le juge.

— Je vais m'y rendre à l'instant. Je n'ai plus rien à faire ici. Mon enquête est finie. Et on m'attend au Faouët…

— Vous avez une idée du ou des coupables ?

— Bien évidemment.

— Et pourrais-je savoir ?

— Nous en reparlerons.

Il se dirigea d'un pas vif vers son cabriolet.

Clémence soupira. Le juge d'instruction, hélas, n'avait pas changé. L'esprit du petit homme maigrelet était aussi étriqué que sa redingote. C'était lui qui avait précipité en prison son ami d'enfance Gildas et le valet de ferme de La Josselière, le bon Hector, alors qu'ils étaient tous deux innocents. Lui les avait vus *bien évidemment* coupables. À son absence totale de jugeote il fallait ajouter des déclarations péremptoires illustrant sa certitude d'être dans le vrai. Et tout ça, *bien évidemment*, sans une once d'humour. Jamais on n'avait vu un personnage aussi sévère et austère.

Clémence se dirigea vers la petite foule qui entrait et sortait de l'église avant de se reformer autour du calvaire.

Elle pénétra dans l'église et se recueillit sur la dépouille du jeune prêtre. On l'avait installé au pied de l'autel sur une planche à tréteaux recouverte d'un drap de dentelle. Il avait les mains jointes sur sa poitrine, étreignant un chapelet glissé entre ses doigts. Sa soutane bien boutonnée laissait voir de larges taches de sang. Autour, une multitude de cierges vacillaient, mettant son visage tantôt dans l'ombre, tantôt dans la lumière.

— *De profundis clamavi ad te, Domine ; Domine, exaudi vocem meam. Fiant aures tuae intendentes*[1]…

La prière pour les défunts était montée aux lèvres de Clémence sans qu'elle la commandât. Elle ne la poursuivit pas. En quoi ce malheureux avait-il besoin de ses prières ? Il était mort d'aimer Dieu. Cela suffisait.

Clémence le regarda. Il ne devait pas avoir trente ans. Il était beau et… mort assassiné. Une bouffée de rage l'envahit. Les larmes lui vinrent aux yeux. L'enquête du commissaire de Quimper et de son inspecteur Guillou n'avait pas avancé d'un pouce. Eh bien, cette fois encore, et pour la quatrième fois,

1. « Du fond de l'abîme j'ai crié vers vous, Seigneur ; Seigneur, écoutez ma voix. Que vos oreilles soient attentives… »

Clémence, bien à contrecœur, sentit que son devoir était de démasquer les assassins. Elle n'avait pas pour eux ce que l'on appelle de la haine, et ne souhaitait pas davantage les voir punis. Elle éprouvait juste l'absolue nécessité de les démasquer pour que cessent leurs crimes.

Elle ne croyait plus en la compétence du juge de Quimperlé, le très sévère M. Pommart. Jamais, d'ailleurs, elle n'y avait cru.

« Mais pourquoi faut-il que le destin me poursuive ainsi, bon Dieu de bon Dieu ? Je suis peintre et n'ai qu'une ambition et qu'une envie : peindre. Je n'ai rien à faire des "honneurs de la Nation reconnaissante" que les journaux m'ont pompeusement attribués. La reconnaissance que je recherche, je ne veux la devoir qu'à mes pinceaux et à mon âme, pas à mes dons de détective amateur ! »

Elle rejoignit son frère et son ami qui écoutaient, étonnés, les commentaires et potins qui allaient bon train dans le groupe de paroissiens et de villageois. Les sœurs Nedelec répétaient pour la centième fois leur effroi en découvrant, « juste après M. le recteur », reconnaissaient-elles avec honnêteté, mais un peu déçues, le cadavre du jeune abbé étendu sur la dalle.

Chacun avait une opinion sur la piste à suivre pour trouver le coupable. Certains murmuraient un nom, espérant mettre la maréchaussée sur la trace de leur pire ennemi. Comme cela, par pure méchanceté ou seulement « pour lui faire une bonne blague ». Tous répétaient inlassablement que ce jeune abbé était la bonté même et que Dieu parfois devait dormir dans un sommeil profond pour laisser faire de telles horreurs.

Clémence aperçut Hubert Roscoff qui, à l'écart, parlait avec le curé. Ils se firent un petit signe.

Les deux gendarmes de Pont-Aven, le maréchal des logis Ferblon et le brigadier Bonnair, notaient avec application les bruits nocturnes que les villageois croyaient avoir entendus. Les directions prises par le ou les fuyards se contredisaient. L'un affirmait qu'un groupe d'au moins trois hommes était passé sous ses fenêtres en direction de Névez ; un autre indiquait la route opposée.

Clémence alla prévenir le maréchal des logis qu'il y avait eu effraction et vol dans la chapelle de Trémalo. Elle eut peur d'avoir été trop directe, car le gendarme laissa tomber sa mâchoire en prenant un air abruti. Son visage devint rouge, ses yeux tourneboulaient. Était-il frappé d'apoplexie ?

— Trémalo… La chapelle… Le christ ! Ah, ben alors, ben alors, ça, ben alors ! Il manquait plus que ça ! Elle est raide, celle-là ! *Gast de gast !* Bon, on n'a plus rien à faire ici. On file sur Trémalo, puis après faut que j'écrive mon rapport.

Hubert Roscoff s'approchait et Jean eut la surprise, et Rodolphe la rancœur, de voir Clémence l'embrasser avec entrain.

Elle le mit au courant de la disparition du christ de la chapelle. Il décida de s'y rendre aussitôt. Si elle voulait l'accompagner, son cabriolet était avancé. Elle accepta et alla prévenir Jean. La mine de Rodolphe s'allongea encore. Les deux officiers de marine décidèrent de les suivre, sans trop savoir pourquoi.

Clémence se hâta de saluer le prêtre et lui présenta les condoléances de toute La Josselière. Sous le coup de l'émotion, le curé ferma les yeux un instant.

— Je vois l'assassin là, caché derrière un pilier, à l'affût, espionnant mon malheureux François. « L'impie observe le juste et cherche à le faire mourir », nous dit Pascal. Hélas, comme il avait raison !

Il se ressaisit.

— Vous présenterez mes hommages à Mme de Rosmadec.

Il fit volte-face et s'éloigna à grands pas, les mains derrière le dos.

Durant le court trajet, le journaliste et sa passagère discutèrent à brûle-pourpoint de ces drames qui se succédaient.

Hubert pensait qu'il devait s'agir de la même bande que celle de Quimper, la semaine précédente.

Clémence, elle, n'en était pas sûre. Elle suggérait que l'agression de sa tante et les vols inestimables perpétrés à Saint-Corentin et relatés par les journaux régionaux et nationaux pouvaient avoir donné l'idée à des malfrats des environs de se lancer dans la bataille.

— Ces bandits veulent commettre le plus grand nombre de forfaits en un minimum de temps. Ils craignent que les paroisses ne renforcent la fermeture de leurs édifices, ou ne mettent leurs trésors en sûreté, avança Clémence. Ce n'est tout de même pas un hasard si, cette nuit, trois lieux de culte ont été visités, profanés, spoliés et cela dans un très petit périmètre. Ça sous-entend que les voleurs connaissaient parfaitement les richesses qui s'y trouvaient.

Le journaliste acquiesça.

— Oui, et il n'est pas impossible qu'ils s'emparent dans les jours qui viennent des plus beaux joyaux de Cornouaille.

— À moins qu'ils ne changent de région. Eux ou d'autres bandes qui risquent de se former et de frapper, à Dijon, à Marseille ou à Strasbourg… Elle est belle et riche la cathédrale de Strasbourg !

Hubert se tourna vers sa passagère.

— N'allez pas leur donner des idées…

Ils échangèrent un sourire un peu triste.

À Trémalo, le journaliste fit une enquête expresse. Déjà des curieux et des peintres du Bois d'amour prévenus par Dieu sait qui se pressaient dans la chapelle pour voir… ce qui n'y était plus.

Jean et son ami Rodolphe, assez embarrassés au milieu de ces gens qu'ils ne connaissaient pas, se demandaient ce qu'ils faisaient là. Ils ne se le demandèrent pas longtemps. Clémence venait les avertir qu'elle partait pour Le Faouët.

— Je viens avec vous ! lança Rodolphe avant de se mordre les lèvres d'en avoir tant dit.

Clémence sourit avec gentillesse.

— Inutile, cher Rodolphe, mon ami Hubert Roscoff me propose sa voiture.

Jean leva les sourcils.

— Et comment rentreras-tu ? Le Faouët n'est pas la porte à côté : 17 kilomètres jusqu'à Quimperlé, et encore 17, ça fait 34…

— Rassurez-vous, en passant par Pont-Aven, je vais louer un cheval au père Mathurin. Nous l'accrocherons derrière le cabriolet et fouette, cocher !

Elle sauta sur le siège à côté du journaliste et fit un petit signe d'adieu.

Déjà le véhicule s'éloignait dans l'allée feuillue et plongeait à droite dans le Bois d'amour vers Pont-Aven.

Jean jeta un coup d'œil à son ami.

Il lui sembla plus pâle que d'habitude.

CHAPITRE IX

— Que faites-vous ici, mademoiselle de Rosmadec ?

Le petit juge sautillait autour d'elle comme piqué par un nid de frelons. Clémence dans un premier temps fit mine de ne pas le voir. Il insista. Elle daigna lui répondre.

— Mais comme vous, monsieur le juge : du tourisme ! Il me semble qu'ici nous sommes dans le Morbihan, que ce lieu dépend donc de la juridiction de Lorient et non de la vôtre, celle de Quimper.

— Mais mon enquête m'autorise à aller où bon me semble.

— La mienne aussi, monsieur le juge.

La chapelle Saint-Fiacre était toujours aussi belle et resplendissait, au bout du grand pré où les hommes l'avaient posée trois siècles auparavant.

Clémence y était venue plusieurs fois durant son enfance et son adolescence. Elle admira l'élégante flèche et sa galerie flamboyante élevée en encorbellement sur la façade ouest, reliée par deux arcs-boutants à deux flèches plus petites. Mais Clémence n'était pas là, hélas, pour prendre plaisir à la beauté de l'édifice.

En ce début d'après-midi, des familles venaient faire une promenade digestive et constater de visu ce dont tout le monde parlait en ville : le vol du christ en croix.

Avant de pénétrer dans l'édifice, elle leva la tête pour admirer le porche sud.

Elle entendait la voix de son père lui faire découvrir « *la beauté délicate de cette voûte de pierre avec intrados découpé en ogives trilobées* ».

Elle fut émue plus qu'elle ne l'aurait cru par la profanation faite au magnifique jubé en dentelle de bois. Au-dessus d'une dizaine de badauds le nez en l'air tendu vers ce remarquable monument de style ogival, l'absence du Christ en son centre était comme une plaie béante. Elle se souvenait parfaitement de son torse aux côtes très apparentes et de ses longs bras émaciés, mais aussi de la paix qui émanait de son visage plein de compassion pour ceux qui l'avaient crucifié.

Clémence, sincèrement choquée, se saisit du bras du journaliste.

— Quel culot, mais quel culot sacrilège il a fallu à ces vandales pour scier cette merveille et s'en emparer ! s'exclama-t-elle foncièrement indignée. Car ils l'ont sciée et assez proprement encore, dirait-on. Des spécialistes ?

— Je me demande ce qu'ils pourront bien faire de cette pièce unique au monde…

— La revendre, cher ami, à Paris, Bruxelles, Amsterdam, Londres ou New York. Les collectionneurs sont prêts à offrir d'énormes sommes pour détenir une telle œuvre.

Clémence se retourna brusquement. Le juge Pommart l'avait rejointe et répétait sa question, fronçant nez et sourcils, ce qui lui rendait l'air encore plus ridicule.

— Je vous le demande encore : que faites-vous ici, mademoiselle de Rosmadec ?

Clémence joua les ingénues.

— Comme vous, monsieur le juge, je le redis, je mène mon enquête.

Le magistrat était accompagné d'une grande et forte femme blonde, que Clémence voyait pour la première fois. Le petit homme ne crut pas nécessaire de la lui présenter. Il semblait outré par la présence de l'artiste peintre.

— Vous devriez laisser la justice travailler. Et de quelle enquête parlez-vous, d'ailleurs ?

Hubert Roscoff s'amusait. Le juge Pommart n'était en odeur de sainteté ni chez les journalistes ni parmi ceux et celles qu'il avait fait injustement appréhender. On ne lui connaissait qu'un succès, disait-on non sans malice, c'était la condamnation d'un homme venu se livrer de lui-même à la justice pour se libérer du poids du remords d'avoir tué un voisin qui voulait lui prendre sa femme.

— Une enquête qui a pour but de démasquer ces malfaiteurs. Il faut bien que je m'occupe d'eux puisque les autorités compétentes ne semblent pas l'être.

— Je vous prierai de surveiller vos paroles. Sachez que l'agression de votre tante Mlle de Rosmadec, pour l'instant du moins, ne me concerne pas. Cela dépend du commissaire de Quimper.

— Merci, monsieur le juge, de prendre de ses nouvelles… Elle va mieux, mais elle a failli mourir, comprenez-vous, mourir… Quelle importance d'ailleurs, puisque cela ne vous concerne pas, pour reprendre vos termes si agréables à entendre. À moi de vous demander ce que vous pensez faire pour démasquer le tueur de Nizon et l'auteur de l'enlèvement du christ de Trémalo. Cette église et cette chapelle ne seraient-elles pas sur votre territoire ?

Le juge voulut s'excuser ou du moins répondre, mais il n'en eut pas le temps. La forte femme qui l'accompagnait, les joues et la voix tremblotantes, s'approcha de Clémence et lui postillonna au visage.

— Espèce de péronnelle, d'insolente ! Insulter la magistrature ! vociférait-elle.

Le juge, embarrassé, tenta de calmer sa compagne.

— Allons, calme-toi, nous nous connaissons de longue date, mademoiselle et moi.

Clémence gardait un calme olympien.

— Je n'ai pas eu l'honneur de vous être présentée, madame, dit-elle en baissant la voix. Nous sommes dans un lieu saint où le plus grand silence est demandé. Pour ma part, je sors.

— C'est cela, sortons, sortons, approuva le petit homme.

Le journaliste s'approcha d'un prêtre qui, avec force gestes, commentait l'acte de barbarie à l'intention d'un petit groupe de curieux.

Dehors, le juge Pommart fit les présentations.

— Mlle de Rosmadec… Mme Pommart…

Clémence se retint pour ne pas exploser. Comment ! Cette femme était l'épouse du magistrat ! C'était à mourir de rire.

Elle l'ignora et s'adressa à son mari.

— Avez-vous une piste, monsieur le juge ?

— Bien entendu, bien entendu.

Elle s'abstint de lui demander laquelle et le taquina.

— Ah bon ? Moi aussi. Peut-être est-ce la même.

Il hésita.

— Eh bien… commença-t-il.

Sa femme l'empêcha d'aller plus loin.

— Tu ne vas pas confier tes indices, Serge. Partons. Nous n'avons que faire de gens de mauvaise compagnie.

— Trop aimable, madame. Personnellement, il me reste quelques petites choses à étudier avant de songer à m'en aller.

Le juge n'y tint plus.

— Quel genre de choses ?

— Oh, rien… seulement vérifier qu'Adam et Ève, qu'on a eux aussi volés, n'ont pas été abandonnés quelque part alentour. Ils peuvent être tombés d'un balluchon durant la fuite des vandales. Cela nous dirait au moins la direction qu'ils ont prise.

Le juge la regarda, déconcerté.

— Quel Adam, quelle Ève ?

— Voyons, monsieur le juge, ces amusants personnages qui étaient dans le jubé aux pieds du larron de droite et qui n'y sont plus. De jolies statuettes d'un prix inestimable.

Clémence l'accabla en se moquant.

— Ne me dites pas qu'habitant Quimperlé, c'est la première fois que vous pénétrez dans cette chapelle !

Cette fois le juge, stimulé par la présence de son épouse, se fâcha.

— Comme d'habitude, mademoiselle se place au-dessus de la justice. C'est elle et elle seule qui connaît la marche à suivre pour faire éclater la vérité.

Il ne put se retenir plus longtemps de dévoiler ses premières conclusions.

Il repoussa sa femme qui tentait de l'entraîner et prit un air cauteleux, sûr d'intriguer la détective amateur.

— Vous connaissez je crois un peintre qui a beaucoup fait parler de lui en allant sournoisement accrocher un tableau affligeant dans l'église de Nizon, il y a deux ans, au grand dam de son curé. Et, l'été dernier, ce même peintre réalisait une œuvre…

Il eut un petit ricanement.

— … inspirée du christ de la chapelle de Trémalo.

— Je ne vous savais pas si érudit, mais où voulez-vous en venir ? s'étonna Clémence, perplexe tout à coup.

Fier de produire son petit effet, il s'enhardit.

— Vous n'êtes pas sans savoir que ce même rapin est un amateur de sculpture sur bois…

Cette fois Mme Pommart, un sourire satisfait aux lèvres, hochait la tête à chaque parole de son mari, comme si elle marquait les points.

— Et alors ?

— Alors, je vous laisse méditer cette hypothèse, qui pour moi est proche de la certitude : notre homme, mortifié d'avoir vu son tableau refusé par le recteur, est revenu la nuit passée pour voler des statues de saints en bois qu'il savait se trouver là, guidé par un esprit de vengeance et par l'appât du gain car, comme vous le savez, ces sculptures valent de l'or sur le marché des escrocs.

— … Et pris sur le fait, sans hésiter une seconde, il aurait égorgé ce témoin gênant, c'est bien cela ?

— Je ne vous le fais pas dire. Et, pendant qu'il y était, il est passé par la chapelle de Trémalo voler le christ qu'il aimait tant.

Cette fois, c'en était trop. Clémence se mit à rire sans pouvoir s'arrêter. Accuser Gauguin relevait de la plus haute fantaisie.

Agacé par cette hilarité, il résolut de dire le reste de sa pensée.

— Vous ignorez sans doute qu'il y a depuis trois jours un cirque ambulant, tenu par des gens du voyage, qui est venu planter son chapiteau à Quimperlé. Et ce cirque, savez-vous où il était installé il y a seulement trois jours : à Quimper ! Eh oui, à Quimper !

Cette fois, Clémence ne riait plus. Elle regarda Hubert Roscoff. Il venait de s'arrêter de noircir son bloc et, le crayon en l'air, écoutait avec intérêt les hypothèses avancées par le magistrat qui, fier d'avoir retenu l'attention des jeunes gens, continuait sur sa lancée :

— … Des bohémiens prêts à tout pour se faire de l'argent. Eh bien, je suis prêt à parier que ce rapin est de mèche avec ces bandits de foire.

— Et ce seraient ces mêmes romanichels qui auraient manqué d'assassiner ma tante Eugénie.

— Je les crois capables de tout. Croyez-moi. J'ai consulté mes archives : il y a deux ou trois ans, des Gitans ont été arrêtés sur la place Saint-Corentin alors qu'ils sortaient de la cathédrale après avoir fracturé plusieurs troncs et fait main basse sur des calices…

Autant la suspicion à l'égard des forains pouvait être retenue, autant celle à l'égard de Gauguin n'était pas recevable. Cependant si ce juge avait cela en tête, Clémence connaissait suffisamment son acharnement pour savoir qu'il ne lâcherait pas son idée et pouvait mettre son ami au trou et ne plus le lâcher. Elle crut bon de le disculper aussitôt.

— Allons, monsieur le juge, ce n'est pas sérieux. Paul Gauguin, puisque c'est de lui que vous parlez, est depuis le début de l'été au Pouldu et non à Pont-Aven. Comment voulez-vous qu'il connaisse ces forains ? Comment voulez-vous que lui, qui respecte tant l'art, se conduise comme un vandale et mutile ces pièces dignes d'un musée ? C'est tout bonnement impossible. Son hôtelière et les amis peintres qui partagent sa vie en ce moment pourront se porter garants de sa présence au Pouldu la nuit dernière.

Il haussa les épaules, imité par sa femme qui n'était pas mécontente de voir son mari inquiéter cette jeune fille arrogante et trop sûre d'elle.

— Ce ne serait pas la première fois, mademoiselle de Rosmadec, que je me verrais confronté aux faux témoignages. Ce sont soit des bohémiens, soit votre

Gauguin, soit les deux ensemble qui ont emporté ces chefs-d'œuvre. Mais je les entendrai tous.

Un instant elle crut que le juge plaisantait, qu'il ne parlait de Gauguin que pour l'agacer. Mais non, il gardait un sérieux imperturbable. D'ailleurs sa femme abondait dans son sens et couvrait tous les peintres d'opprobre.

— Des voyous, tous des voyous, ces rapins ! Une amie de ma cousine qui habite Pont-Aven m'a dit que c'étaient des vrais voleurs de poules. Et qui vole un œuf vole un bœuf, n'est-ce pas…

Son mari lui posa une main sur le bras.

— Calme-toi, ma douce, calme-toi. Je ferai en sorte que la justice soit rendue. Et Mlle de Rosmadec en a été témoin.

— Oh, ça, pour le savoir, je le sais et même trop.

Il eut un geste d'humeur et prit le bras de sa femme.

— Allons viens, ma toute belle, laissons cela. Mon rapport n'attend pas.

Il s'éloigna, mais revint sur ses pas pour se planter devant Hubert Roscoff.

— Il est bien entendu, monsieur le journaliste, que mes conclusions et suspicions doivent rester entre nous, que vous ne publierez rien sur le cheminement de mon enquête…

— Vous pouvez compter sur moi, monsieur le juge. Le meurtre de l'abbé Chavagnac et ces vols sont assez importants et inouïs pour que je ne m'autorise pas de conclusions hâtives. Je relaterai les faits, rien que les faits, et je conclurai par cette formule ou une qui lui ressemble si vous le désirez : « Comme à son habitude, M. le juge Pommart met déjà toute sa compétence au service de l'enquête. Nul doute qu'il saura trouver le ou les coupables de ce meurtre indigne d'un être humain et de ces sacrilèges qui ne le sont pas moins. »

— La formule me semble heureuse, peut-être un peu trop louangeuse, mais…

— Mais non, mais non ! Tout à fait justifiée !… s'exclama Mme Pommart. Allons, Serge, ne joue pas les modestes, laisse faire M. Roscoff, il connaît son métier…

Clémence prit congé et, revenant sur ses pas, fit le tour de la chapelle, les yeux fixés à terre. Cherchait-elle réellement les statuettes d'Adam et d'Ève ? Elle ne savait trop. Tout ce qu'elle trouva, ce fut un calot d'agate perdu dans une touffe d'herbe. Comme l'aurait fait un enfant, elle le saisit entre le pouce et l'index et le dirigea vers le soleil pour en mieux voir les couleurs entrecroisées. Puis, elle glissa la grosse bille de verre dans la poche de sa robe.

Hubert et Clémence reprirent la route de Quimperlé. La jument du père Mathurin trottait toujours derrière le cabriolet et, au bout de sa longe, se demandait sans doute en quoi elle pourrait se montrer utile dans l'aventure.

— Tu ne perds rien pour attendre. Ton heure n'est pas encore venue, mais elle va venir, crois-moi, lui avait murmuré la jeune fille en lui flattant l'encolure avant de grimper à côté de son ami.

Sa décision était prise en effet. Une fois parvenue à Quimperlé, elle sauterait sur le dos du cheval et filerait au Pouldu. Il fallait absolument qu'elle prévienne Gauguin des suspicions insensées qui avaient germé dans la cervelle du juge Pommart. De plus, pour être tout à fait sincère avec elle-même, elle brûlait d'envie de voir les travaux du peintre et ceux de ses amis.

Pour lors, elle écoutait Hubert commenter leur journée et les élucubrations du juge qui les firent rire.

— Rassurez-vous, Clémence, notre M. Pommart est une exception. J'ai connu beaucoup de juges d'instruction intelligents, cultivés, adroits, et surtout laissant une part plus grande à l'objectivité qu'à leurs *impressions* premières. Un esprit borné à ce point, c'est exceptionnel…

Il prit un air las.

— Il me faut pourtant le flatter afin qu'il m'accepte sur le terrain, des reconstitutions par exemple.

— Je comprends. Quand je vais décrire à ma grand-mère et à ma sœur sa respectable épouse et leur apprendrai qu'il l'appelle « ma toute belle », je les entends déjà ! À propos, quel peut bien être son prénom ?

— Berthe.

— Ah oui, Berthe aux grands pieds et à la petite cervelle. Je ne la vois pas donner le jour à quelque Charlemagne, ni à un quelconque Carloman…

— Mais peut-être en a-t-elle un parmi ceux qu'elle instruit.

— Que voulez-vous dire ?

— Mme Pommart est institutrice à Quimperlé.

— Malheureux enfants !

La légèreté de leur conversation ne leur faisait pas oublier l'horreur de l'assassinat du jeune prêtre et ils tentaient de trouver quelque cohérence, aussi grave fût elle, aux événements sanglants de Quimper et de Nizon et de voir si les vols de Trémalo et du Faouët étaient l'œuvre des mêmes criminels.

Ce n'était pas la première fois de l'été que Clémence entrait à la *Buvette de la Plage* du Pouldu. Pourtant, ce jour-là, elle était curieuse de voir ce que

Gauguin et son ami Jacob Meyer de Haan[1] avaient pu peindre de neuf sur les murs de la salle à manger de Marie Henry.

L'aubergiste l'accueillit avec de grandes manifestations d'amitié et, d'autorité, l'installa devant une bolée de cidre. Elle s'étonna de voir qu'elle était venue à dos de cheval plutôt qu'en cabriolet, comme à son habitude.

Clémence mourait de soif et Marie Poupée[2] la resservit aussitôt. Elle avait avalé d'une traite la quinzaine de kilomètres séparant Quimperlé du Pouldu. Et si, durant cette grande heure, elle avait goûté la traversée à l'ombre, au trot et souvent au galop, de la majestueuse forêt de chênes et de hêtres de Carnoët, la dernière partie du trajet s'était passée en plein soleil et lui avait donné deux envies : se rafraîchir et se baigner. Après s'être désaltérée dans la salle où se retrouvaient en fin de journée les ramasseurs de goémon et de sable avant de remonter la route vers Clohars, elle passa dans la pièce à côté réservée aux peintres et aux visiteurs. Elle jeta un coup d'œil amusé au dessus-de-porte de la salle à manger sur lequel Gauguin avait peint une oie magnifique et écrit comme s'il s'agissait d'une enseigne : « Maison Marie Henry. » La même volaille était aussi peinte au plafond de la pièce entourée de cette phrase farfelue : « Oni soie ki mâle y panse. »

Qu'y avait-il de changé dans cette pièce entièrement décorée par Gauguin et son ami Meyer de Haan ?

Elle retrouva avec amusement les deux portes de l'armoire sur lesquelles le maître s'était exprimé. Sur celle de droite, il avait fait son portrait en mage

1. Jacob Meyer de Haan, venu d'Amsterdam, avait été présenté par Théo Van Gogh à Gauguin qu'il considéra tout de suite comme son maître au point de le suivre au Pouldu où il l'entretiendra.

2. Surnom que les peintres avaient donné à leur hôtesse.

inspiré qui était assez flatteur. Celle de gauche était une *caricature* de Jacob. On aurait dit que l'artiste s'était acharné à enlaidir encore ce petit homme au physique disgracieux. Il devenait monstrueux sous le pinceau de celui qu'il appelait son ami. Un gros nez, des yeux d'ivrogne, le fez prêt à tomber maintenu aurait-on dit par des mèches rousses et folles qui s'en échappaient : il avait vraiment tout pour déplaire ainsi que son portraitiste l'avait voulu.

Le regard de Clémence glissa sur tous les dessins et fresques qu'elle connaissait et s'arrêta sur le portrait de la patronne allaitant sa fille Léa exécuté par Meyer de Haan l'été précédent. Elle sourit un instant au panneau intitulé *Bonjour, monsieur Gauguin* où celui-ci faisait un clin d'œil au *Bonjour, monsieur Courbet* que Van Gogh lui avait fait découvrir au musée Fabre de Montpellier. Elle regarda tous ces dessins, ces farces exécutées en riant sans doute, mais avec quelle maîtrise…

La patronne vint la prendre par la manche et se fit complice.

— Je vois que vous les aimez. C'est comme moi, je surveille le moindre de leurs gestes et tente de comprendre leurs conversations dont le sens, je le reconnais, la plupart du temps, m'échappe. Puisque ces messieurs sont à l'ouvrage, pour en savoir plus sur eux, voulez-vous visiter leurs repaires à l'étage ? Ils serrent là leurs trésors fraîchement peints…

Clémence ne voulait pas être indiscrète mais en crevait d'envie. Elle suivit la tenancière dans l'escalier étroit qui débouchait sur un petit palier desservant un cabinet de toilette commun aux trois chambres. Elle poussa une première porte.

— Ici, c'est celle du plus jeune de mes deux Paul[1]. Elle est à l'ouest et regarde la mer. Un gentil garçon,

1. Paul Sérusier (Paris, 1884-Morlaix, 1927).

ce Sérusier, sans histoire, par rapport à l'autre, le vieux bougon[1]. Tenez, c'est là son antre.

Avec respect, en retenant son souffle, Clémence pénétra dans la chambrette qui donnait sur le toit de la cuisine et sur la courette.

Sur une chaise, sa mandoline semblait l'attendre. Clémence remarqua aux murs des estampes d'Utamaro, des reproductions de Puvis de Chavannes que Gauguin admirait, une de l'*Olympia* de Manet, une photo de *La Naissance de Vénus* de Botticelli. Elle ne savait trop pourquoi, elle fut émue de découvrir que ce Gauguin si fier de lui, qui avait pour habitude de se hisser ou de se considérer à tant de coudées au-dessus des autres, savait aussi s'entourer et s'endormir au milieu d'artistes qu'il estimait.

« Une vraie chambre d'étudiant », se dit-elle.

La patronne désigna la fenêtre et donna un coup de coude à Clémence. De la main, elle indiqua l'extérieur.

— C'est par là que certaines nuits il rejoint la bonne qui dort dans la buvette pour lui conter fleurette. Enfin, fleurette… Si vous voyez ce que je veux dire… Il croit que je l'ignore, mais j'entends tout dans ma maison, ajouta-t-elle en étouffant un rire.

Elle ouvrit d'un geste théâtral la porte de la troisième chambre de l'étage. Elle était vaste et bien tenue. À côté du grand lit Empire il y en avait un d'enfant, celui de sa fille qu'elle élevait seule.

Par innocence ou par malignité, car elle savait fort bien que le Hollandais partageait sa couche, Clémence posa d'un air ingénu une question qui lui brûlait les lèvres :

— Mais alors, où dort donc Meyer de Haan ?

Marie Henry eut un geste vague en désignant le grenier.

1. Paul Gauguin a alors quarante-deux ans et reproche à Sérusier de ne pas assez travailler.

— Par ici ou par là… quand ce n'est pas dans son atelier de la Villa Mauduit au-dessus des Grands-Sables. Mais parfois dans cette pièce et moi, alors, je dors dans ce petit cabinet de toilette, mentit-elle.

Elle s'engagea dans l'escalier pour rejoindre le rez-de-chaussée.

— J'héberge aussi depuis peu, dans la remise, depuis le 23 juillet, le jeune Charles Filiger et un étudiant en médecine, Paul-Émile Colin. Vous les connaissez ?

— Bien sûr, de Pont-Aven et de Paris.

— C'est vrai, j'oubliais que vous étiez peintre. Quel drôle de métier quand même…

En entendant le nom de Colin, Clémence avait sursauté. C'était un ami de la faculté de médecine de Paris de Jean-Baptiste Charcot, de Léon Daudet, mais aussi et surtout de Gilles Martinelles.

Elle chassa vite l'envie qu'elle avait de se retrouver dans les bras de son amant. Si elle était là aujourd'hui, c'était pour voir Gauguin. Il fallait qu'elle le mît au courant des suppositions farfelues du juge Pommart et des tracas qu'il n'allait pas manquer de lui causer s'il persistait dans ses allégations.

— Savez-vous où peut se trouver Gauguin aujourd'hui ?

— Oui, au-delà de la Côte-au-Sable, je crois bien. Par là-haut…

Avant de quitter la buvette, la jeune peintre remarqua une toile posée par terre dont elle reconnut aussitôt la facture. Des grands aplats de jaune, de vert, de rouge et d'orange se succédaient à l'infini. En premier plan, un homme était penché et tendait les mains vers le sol.

Elle s'accroupit devant cette huile sur toile d'une cinquantaine de centimètres de côté, se releva.

— C'est Sérusier qui a peint cela, n'est-ce pas ?

— Oui, il l'appelle *Le Ramasseur de goémon*. Je ne vois pas trop pourquoi. J'ai jamais vu ramasser du goémon comme ça, moi !

Clémence ne mit pas longtemps pour dénicher Gauguin. Il était adossé à la dune, au début de la longue plage de Kerrou, et peignait. L'apercevant, il laissa sa toile et se leva pour l'embrasser.

— Quel bon vent t'amène, belle Clémence ? Un coup de suroît, de noroît ?

— Plutôt un sacré coup de tabac.

— Par un temps pareil ! Cela ne concerne pas ta tante au moins ? J'ai entendu dire qu'elle était sortie de son coma, qu'elle était sauvée et avait regagné La Josselière. Va-t-elle mieux ?

— Elle, oui. Un petit peu sonnée quand même. Mais ce n'est pas pour vous embêter avec mes histoires de famille que je suis ici. Il y a eu un drame à Nizon…

Elle lui raconta la mort du prêtre assassiné dans l'église, et les deux vols et actes de vandalisme des chapelles de Trémalo et de Saint-Fiacre.

Gauguin était stupéfait et choqué qu'on ait pu faire ça à *son* christ. Il fut d'autant plus surpris quand il apprit les soupçons que faisait peser le juge d'instruction sur ce qu'il devait déjà appeler à n'en pas douter « la monstrueuse vengeance du rapin rancunier » ou quelque chose comme ça.

Le rôle que le magistrat voulait lui faire tenir dans l'assassinat du malheureux prêtre déclencha d'abord en lui un énorme éclat de rire. Puis, voyant que Clémence n'était pas d'humeur à plaisanter mais paraissait réellement inquiète, il lui dit qu'au moins six ou sept témoins pourraient justifier de sa présence au Pouldu la nuit précédente.

— « Des faux témoignages, des alibis ! » dira-t-il. Car pour lui un alibi est forcément faux.

— Et comment aurais-je effectué tout ce trajet ? À cloche-pied peut-être, car je n'ai pas de cheval.

Clémence prit un air pincé et imita le juge.

— Rien de plus facile que d'emprunter une monture pour la nuit et de la restituer au petit matin sans que personne ne s'en aperçoive. Avouez donc, monsieur le peintre. Nous perdons notre temps !

— Allons, Clémence, avoue-moi à ton tour que tu m'as monté là un énorme canular.

— Hélas, non !

— Dans ce cas, n'y pensons plus. On ne va pas gâcher une si belle journée en raison des divagations de ce Pommart. Oublions-le. Regarde comme la mer est belle. Elle sera pleine vers 9 heures ce soir[1]. Si on allait se baigner pour nous rafraîchir les idées ?

Clémence en avait une envie folle.

— Je n'ai pas de tenue de bain.

— Et alors ? Moi non plus. La plage est déserte. Tu pourrais être mon modèle comme je te le demande depuis quelque cinq ans.

— … Non, quatre ans seulement, dit Clémence très vite.

— Quatre ans que quoi ?

— Eh bien que vous m'aviez demandé de poser pour vous. Souvenez-vous, je me baignais à l'anse du Goulet-Riec[2].

— Alors, ne joue pas les prudes et viens voir la mer.

Il se leva d'un bond, la prit par la main et l'entraîna en courant vers le rivage.

Clémence connaissait bien cette échancrure naturelle entre la falaise et un bloc de rochers qu'il y a au

1. Ce vendredi 22 août 1890 la mer était haute à 9 h 36.
2. Voir *Été meurtrier à Pont-Aven, op. cit.*

début de la plage de Kerrou, quand on vient du Pouldu. C'est dans cette anfractuosité que sa famille s'habillait et se déshabillait. Alexis l'avait baptisée « notre cabine de bains » quand il leur arrivait de venir mouiller ici avec le *Nadounick*.

Avant de se décider à quitter ses vêtements, une toile que Gauguin avait peinte l'été précédent lui revint en mémoire.

— Autant que je me souvienne, il y a un an, vous avez exécuté une huile aux Grands-Sables, que vous avez baptisée avec une folle audace *Sur la plage*.

— *Une folle audace !* Voilà qu'elle se paie ma tête, à présent ! Oui, en effet, et maintenant que tu m'y fais penser, je ne me rappelle plus où elle se trouve. Peut-être entre les pattes de Théo. Elle n'est pourtant pas si petite que ça : dans les 75 sur 60, je crois. Eh bien, qu'est-ce qui te choque dans cette œuvre ?

— Rien, rien du tout. Je me rappelle seulement que les deux femmes qui sont en premier plan, l'une debout à gauche, et l'autre à droite, assise, sont habillées de pied en cap et celle qui se recoiffe, plus loin à gauche aussi. Ce qui signifie qu'on peut être sur une plage autrement que nue.

Le peintre éclata de rire.

— Bien sûr que oui ! Cependant, j'aurais pu les peindre avant ou après le bain, va savoir… Mais non, autant que je me souvienne, ces dames ne se baignaient jamais, donc demeuraient habillées, contrairement à nous.

En un tournemain, Gauguin se dévêtit et courut en criant vers la première vague. Il y plongea, fit quelques brasses sous l'eau et revint à la surface en soufflant comme un phoque.

La scène lui rappela cet après-midi de l'été 1888 où, sur la grève de Riz, à Douarnenez, elle avait vu

Gildas s'enfuir nu vers l'eau comme Gauguin aujourd'hui. Elle avait suivi son exemple.

Elle n'hésita pas longtemps. En un instant son jupon et ses dessous rejoignirent sa robe sur le sable et elle courut vers la mer où le peintre s'ébrouait.

Elle nagea vigoureusement vers le large, sûre qu'il ne pourrait la rattraper et donc l'importuner. Bien que bon nageur lui aussi, il ne la prit pas en chasse. Il se contenta de jouer au marsouin le long de la plage, en plongeant et replongeant.

Elle revint au rivage.

Ils se retrouvèrent tous deux, nus, à contempler la mer et là-bas, sur la gauche, l'île de Groix, ligne noire posée sur l'horizon bleuté.

Elle se baissa pour saisir ses vêtements en tas sur le sable, quand Gauguin lui demanda :

— Attends, juste un instant, attends ! Je t'en prie… Je peux te demander un service, belle Clémence ?

— Dites toujours.

Elle était là, tenant sa chemise devant elle et se jugeant un peu ridicule.

— Je t'ai montré mon Ondine l'année dernière ?

— Oui, je vois très bien. Vous hésitiez pour le titre entre *Ondine* et *Dans les vagues*. On voit une femme aux cheveux rouges qui saute dans l'écume et s'en protège.

Et Clémence prit la pose de la baigneuse.

— Oui, c'est exactement son geste. Eh bien, je la retravaille en ce moment car je réalise une sculpture sur bois, je la fais dans du tilleul.

— Qu'est-ce que je viens faire là-dedans, moi ?

— Si tu le veux bien : tu reprends cette même pose en regardant le large et puis tu en changes à ton gré. Pendant ce temps-là, je ferai quelques croquis de toi, nue, mais de dos. Tu es si belle comme ça !

— À une condition : je ne veux pas qu'on puisse me reconnaître ni que vous intituliez ce nouveau chef-d'œuvre, car il ne peut s'agir que d'un chef-d'œuvre puisque je vais vous servir de modèle, par exemple : *Clémence en bord de mer* ou *Clémence de Rosmadec au bain*.

— Promis, juré.

Elle accepta, marcha vers la première vague et prit la pose. Lorsqu'elle eut froid, elle se rhabilla sans montrer la moindre gêne.

Elle se pencha par-dessus son épaule et regarda les ébauches de son ami.

— Je crois bien que tu aurais plu à Vincent…

— Pour me mettre au milieu de ses tournesols ? Très peu pour moi. Vous n'avez pas oublié que c'est moi qui vous l'ai présenté comme Lautrec aussi, d'ailleurs. Ils sont venus suivre les cours de Cormon. Pas longtemps à vrai dire. Ils n'ont fait qu'y passer. Vous ne vous en souvenez pas ?

— Bien possible. Mon pauvre Vincent. Cela va faire bientôt un mois qu'il s'est tué…

Il soupira et perdit son regard en mer.

— J'ai bien peur que Théo ne supporte pas le choc. Il est très fragile lui aussi.

Par Émile Bernard qui le lui avait raconté, Clémence savait que Vincent s'était tiré une balle de revolver dans la poitrine le 27 juillet, dans un champ à Auvers-sur-Oise. Malgré les soins du Dr Gachet, il était mort deux jours plus tard, le dimanche 29, dans les bras de son frère.

Ils avaient été peu nombreux à entourer Théo pour accompagner Vincent jusqu'à sa dernière demeure : le Dr Gachet qui avait eu la lourde et impossible tâche de le soigner, Lucien Pissarro, le fils de Camille, Dries Bonger, le beau-frère de Théo, le vieux père

Tanguy et le jeune Émile Bernard qui se trouvait à Paris avant de rejoindre Pont-Aven…

La mort de cet ami avec qui il avait connu tant de moments passionnés, et dans la peinture et dans leur vie à Arles, l'avait ô combien affecté.

Gauguin rangeait son matériel en hochant tristement la tête.

— J'ai reçu une lettre de Théo où il me dit son désespoir et j'ai remarqué une certaine incohérence dans ce qu'il m'écrit. Puisse-t-il se remettre de la mort de son frère tant aimé… Mais hélas, je ne serais pas surpris de le voir suivre le chemin tracé par Vincent et se donner la mort[1].

— Je ne le savais pas si sensible.

Gauguin haussa les épaules et esquissa un sourire triste.

— Avec les Hollandais, il faut s'attendre à tout… Regardez Meyer, il est bossu, mal foutu, tout juste un mètre cinquante, sa tignasse rousse…

— Vous avez quelque chose contre les tignasses rousses ?

— Je parle de *tignasse*, pas de chevelure !

Elle secoua la tête.

Il lui releva une mèche rebelle qui s'échappait de son bandeau. Elle le repoussa en riant.

— Votre Meyer de Haan, avec Lautrec, ça devrait faire un couple intéressant par leur taille et leur talent…

— Justement, j'y viens… Comme Henri, ce nabot de Jacob envoûte les femmes. Elles sont folles de lui. Tenez, prenez Marie Poupée qui l'année dernière m'avait consenti quelques faveurs avant de me

1. Gauguin ne se trompait pas : Théodore Van Gogh, deux mois après la disparition de son frère, sombrait lui aussi dans la démence et trouvait la mort dans une maison de santé d'Utrecht, le 25 janvier 1891. Six jours plus tard, sa femme Johanna mettait au monde, à Paris, leur fils Vincent Willem.

repousser brutalement en apprenant que j'étais marié et père de famille, voici qu'elle se donne à ce nain ! Et avec quelle fougue encore ! Leurs émois passent à travers la cloison et se répercutent dans toute la maisonnée.

— Heureusement que vous êtes attendu les bras, pour être correcte, ouverts, dans la pièce d'en bas.

Il la regarda, interloqué.

— Comment le savez-vous ?

— Je suis, contre ma volonté, détective à mes heures, que voulez-vous… Mais votre Jacob, je le devine, doit bien vous aider à survivre ?

— Disons que je lui donne des cours et que ma foi, c'est un bon élève et intéressant puisqu'il me copie…

Clémence reparla du crime de Nizon et des suspicions du juge Pommart à l'égard du maître.

— Il ne manquerait plus que la chapelle de Saint-Maudez soit dévalisée ! À coup sûr, moi et mes disciples plongerions.

Clémence se tourna vers la mer qu'elle regarda tristement.

— Je le crains en effet.

CHAPITRE X

Sir Henry Chippenham brandit, au-dessus de sa tête, son calice empli de champagne et regarda l'un après l'autre les douze disciples assis autour de la table ovale de son navire, ou du moins la maquette géante de son navire où l'on pouvait lire à la proue *Lisbeth*, prénom de sa femme disparue en mer, et *Le Bateau ivre* à la poupe pour honorer le long poème de Rimbaud, qui avait stupéfié le monde des lettres quand il en avait fait la lecture à son arrivée à Paris, à l'âge de dix-sept ans. Le premier nom criait son chagrin éternel, le second revendiquait sa façon de le noyer dans l'alcool. C'est ainsi que l'Anglais avait donc baptisé l'étrange embarcation qu'il avait fait construire en bord de Seine, puis fichée en pleine terre, dans le parc de son manoir, à vingt kilomètres en aval de Rouen.

Ses invités, à leur tour, levèrent le même objet de culte vers le plafond. Six d'entre eux chantèrent alors leur hymne, emprunté à Coleridge pour les paroles et mis en musique par le maître des lieux soi-même. Fort heureusement ils n'en chantèrent (mal) que la première strophe :

It is an ancient mariner...

Une fois le silence revenu, le capitaine actionna un levier et le pont du bateau se mit à tanguer et à rouler doucement, produisant à s'y méprendre l'impression de naviguer[1]. Pour corser la mise en scène, de l'eau se mit à courir dans des chéneaux invisibles sous les hublots de tribord qui donnaient sur la Seine. Le système était si ingénieusement disposé qu'on ne découvrait aucune végétation, aucune construction qui aurait pu rappeler qu'on était toujours demeuré au même endroit.

L'Anglais était un homme de grande taille, au cou de taureau. De longs favoris blonds s'échappaient d'une casquette de capitaine de marine et sa veste était constellée de décorations. L'élégance de ses vêtements, sa gestuelle et son français teinté d'un léger accent anglais faisaient de lui un hôte sans aucun doute à l'aise dans la haute société rouennaise.

Ses invités, qu'ils soient britanniques ou français, ne reflétaient pas la même distinction naturelle. Seuls quatre d'entre eux étaient présentables. Les autres avaient la tenue et le comportement de voyous ou de truands, sachant faire passer l'or de la poche du bourgeois dans la leur. Grands ou petits, maigres ou enveloppés, on les devinait violents et prêts à tout pour s'enrichir. Pour cette engeance tuer un homme ne devait pas poser de grands soucis moraux et était tout à fait envisageable pour interdire à la police de remonter jusqu'à elle.

Après avoir vidé leur coupe de métal précieux, ils s'assirent, sur l'ordre de leur chef, autour de la grande table ovale fixée au milieu de ce carré reconstitué.

1. Le peintre Hugo d'Alesi aurait pu s'inspirer de l'étrange *bateau terrien* de Sir Chippenham pour construire et présenter à l'Exposition universelle de 1900 son étonnant « Maréorama » qui connut un franc succès. Installée au Champ-de-Mars, son *embarcation* tanguait et roulait, procurant à ses passagers l'illusion d'être en mer et de voyager grâce à des projections de paysages.

Sir Henry Chippenham prit sa coupe à deux mains et en frappa la table devant lui.

— Mes amis, c'est la dernière fois avant longtemps que nous buvons dans ces objets de culte que j'apprécie au plus haut point. J'en suis d'ailleurs devenu l'un des plus grands collectionneurs au monde, pour ne pas dire le plus important. Or voici que des voleurs et assassins de bas étage viennent perturber notre si beau et honorable commerce. Vous lisez les journaux, dit-il, en sachant fort bien que la plupart de ses hommes ne savait pas écrire leur nom. Vous savez donc que des bandes de malfrats semblent vouloir se distribuer le marché des trésors des églises et vont même jusqu'à tuer, comme elles ont failli le faire à Quimper, comme elles l'ont fait à Nizon. Des chapelles ont été pillées à Pont-Aven, et je ne sais plus trop où au Falouet…

— … au Faouët, rectifia Yvo.

— Oui, c'est ça. Et comme, en tant que Breton, tu connais bien le pays, je te nomme dès maintenant chef de la section bretonne. Nous en reparlerons.

Le dénommé Yvo eut un sourire.

Ses compagnons le regardèrent avec sinon du respect, du moins de l'envie car ils savaient que ce titre de chef de section sous-entendait un pourcentage trois fois plus élevé que celui des simples exécutants.

— D'après mes renseignements, des collectionneurs malhonnêtes…

Le qualificatif fit sourire l'assemblée.

— … vont se servir le plus rapidement possible dans les lieux les plus faciles d'accès de notre douce France… Il ne m'étonnerait pas que cette nuit à Rouen, à Caen, à Étretat comme à Vannes ou à Marseille, tous ces petits bandits s'empressent de dérober des objets auxquels je tiens tant. C'est pourquoi je vous ai réunis aujourd'hui à bord : pour que nous aussi nous décidions d'agir et vite ! Et pour commencer, je te demande, Yvo, d'aller me chercher en vitesse notre cher ami Charles Guilvinac'h.

— Mais, patron, il ne peut pas fermer comme ça son magasin d'antiquités ! C'est samedi, aujourd'hui, le jour le plus important pour ses ventes.

L'Anglais s'autorisa une plaisanterie.

— Et si c'était dimanche, il ne pourrait pas car il irait à la messe, n'est-ce pas ?

Tous s'esclaffèrent, car tous connaissaient le passé tumultueux de cet ancien prêtre kleptomane qui pendant des années avait dépouillé églises, chapelles ou musées, des merveilles qui s'y trouvaient.

Installé en plein cœur de Rouen, l'ancien homme d'Église était devenu un commerçant apparemment honnête.

Appréciant sa culture phénoménale, l'Anglais allait souvent le consulter sur le prix d'un objet. L'antiquaire voulait bien vendre sa science et ses conseils contre des pièces sonnantes et trébuchantes discrètement empochées, mais s'était toujours refusé à se mettre en cheville avec Chippenham pour écouler les objets de valeur qu'il avait fait dérober par l'un de ses sbires. D'ailleurs, par prudence, Sir Henry commerçait désormais avec l'Angleterre, la Belgique, la Hollande et l'Amérique où il était en relation avec des commerçants sérieux ayant pignon sur rue. Personne n'aurait pu imaginer que les plus belles pièces d'orfèvrerie présentées par ces magasins à l'honnêteté bien connue provenaient de quelque vol dans un lieu saint de France.

Avant d'aller chercher le spécialiste, Yvo tenta de dissuader son chef de prendre une telle initiative.

— Nous sommes à dix kilomètres de Rouen, le temps que l'abbé accepte de fermer sa boutique pour me suivre, trois heures se seront écoulées avant mon retour ici.

Le capitaine suffoqua à demi de rage.

— Il ne faut jamais contrarier la volonté de Dieu… ni a fortiori la mienne !

Face à cet accès de fureur, l'homme de main savait qu'il ne faisait pas bon insister.

Yvo parti, Sir Henry congédia la plus grande partie de ses troupes. Il leur intima l'ordre de revenir le lendemain à la même heure. Il ne garda avec lui que ceux qu'il nommait ses « trésoriers », John Sweetman, dit l'Aristo, et Brice Lenormand, dit l'homme aux doigts d'or, sans doute pour le rôle de confiance qu'il jouait dans cette troupe de malfaiteurs.

Il désigna les calices abandonnés sur la table et un long meuble en acajou sous les hublots.

— Vous allez rassembler toutes ces merveilles et les enfermer dans notre caverne d'Ali Baba. Je ne puis me permettre d'avoir un seul objet compromettant à bord. De même, je compte sur vous pour faire acheminer directement dans ce lieu les marchandises qui vont être subtilisées dans les jours qui viennent. Plus jamais ici. Nouvelle réunion générale demain à neuf heures.

— Mais qu'est-ce que c'est que ces façons ! Me déranger, moi, un samedi ! M'enlever pourrait-on dire…

Charles Guilvinac'h s'approcha de l'Anglais à le toucher.

Il était aussi grand que lui, en moins épais. Un visage anguleux, un nez long et fin sur lequel néanmoins tenaient ses bésicles, l'homme était élégant dans sa redingote impeccablement repassée. Il n'avait plus grand-chose à voir avec l'ancien abbé qu'il avait été. Coiffé d'un panama, muni d'une canne à pommeau d'or et chaussé de brodequins venant de chez

Dussault et fils, le meilleur bottier de Paris, il n'avait rien à envier au chic british de Chippenham.

La seule raison qui l'avait décidé à suivre si vite le messager avait été l'appât du gain. Il s'étonnait toujours que la simple mémoire et la bonne organisation d'un cerveau, le sien, puissent permettre à un honnête homme de toucher des sommes d'argent importantes.

Le capitaine lui mit une main qui se voulait affectueuse sur l'épaule et entreprit de lui expliquer ce qu'il attendait de lui.

— C'est assez simple, mon bon ami, vous connaissez mon goût prononcé pour l'orfèvrerie religieuse. Eh bien, je ne vous demande rien d'autre, cette fois encore, que de me servir de guide, de dresser pour moi la liste des édifices les plus intéressants pour en conseiller la visite, touristique s'entend, à une douzaine de mes plus fidèles collaborateurs. Où que cela se situe en France, mes amis s'y rendront car ils sont extrêmement curieux, comprenez-vous, des esthètes à leur manière…

— Et surtout à la vôtre, dit en riant l'ancien abbé. Bon, il me faut tout de même un certain temps pour dresser la liste qui vous intéresse…

— Justement non. Je suis aussi pressé que mes concurrents. Nous devons visiter ces lieux avant que l'Église n'en interdise l'accès ou du moins ne les surveille et les défende sous la pluie des hallebardes des Suisses.

— La formule est amusante. Mais sous quelle forme pensez-vous rétribuer l'énorme connaissance et les conseils de votre guide ?

— De la plus honnête façon : il lui sera versé une somme représentant 5 % de la valeur de l'objet « visité ».

— Non, 15 %.

— Allons-y pour 10.

— Topons là. À maquignon, maquignon et demi. Mais bien sûr, nous n'oublierons pas la petite avance sonnante et trébuchante à me verser ce jour même.

— Vous êtes dur.

— *Dura lex, sed lex.*

Le capitaine eut un geste d'agacement avant de lâcher un « entendu » du bout des lèvres, puis il prit un air angélique.

— Commençons tout de suite, si vous le voulez bien, voici du papier et de l'encre, asseyez-vous donc là, cher ami. Vous boirez quelque chose, n'est-ce pas ?

— Boire, oui. Mais écrire, non. Pas un mot ! Vous me prenez pour un simple d'esprit ? C'est vous qui allez écrire sous ma dictée. Vous n'aurez pas la moindre lettre de ma blanche main.

Il leva le verre de whisky que venait de lui servir l'Anglais et en apprécia la teinte. Il but une gorgée, se renversa en arrière et fixa le plafond avec intensité dans une immobilité parfaite, ce qui chez lui était le signe d'une profonde réflexion. Puis il se redressa tout sourire.

— Pour commencer, je vous conseillerais de vous constituer une collection de vierges noires. J'en ai toujours rêvé. Vous en trouverez un peu partout en Auvergne et dans le Sud-Est, notamment à Dijon, à Lyon bien sûr. Il y en a une pléthore de célèbres, mais aussi d'inconnues. Je pense à celle du village de Meillers dans l'Allier. Elle est d'un accès assez facile, sans protection particulière, et vaut, selon un expert que je connais, une petite fortune. Elle est en bois sculpté et bien attendrissante… Et celle de la cathédrale de Guingamp : une pure merveille !

Sir Henry Chippenham était si fébrile qu'il actionna un levier d'un geste nerveux. Cela déclencha une série de vagues qui vinrent gifler les vitres des hublots. Dans le même temps, il fit se cabrer son navire avant de le laisser retomber lourdement.

— On s'y croirait ! Quel gamin vous faites ! ne put s'empêcher de s'exclamer l'antiquaire en riant.

Sir Henry le foudroya du regard.

— Ce n'est pas un jeu, mon révérend, mais la seule façon que j'ai trouvée pour supporter mon deuil. Il y a plusieurs méthodes aujourd'hui pour soigner les maladies nerveuses. Le professeur Charcot, lui, par exemple, fait appel à l'hypnotisme. Je le connais quelque peu, mais je n'ai pas accepté de me confier à lui. Trop dangereux, comprenez-vous, de tout dire… Ah, Charcot ! Il y a quelques années, j'ai emmené son gamin faire une virée en mer. Je crois qu'il est médecin ou pas loin de l'être.

« En ce qui me concerne, cette façon originale, avouons-le, de naviguer sur terre est le seul moyen qui m'empêche de perdre la raison quand le souvenir de Lisbeth m'assaille comme en ce moment précis. Grâce à ce bateau, j'échappe à la tentation du suicide.

Sir Henry poursuivait son discours sans trop se soucier des réactions du « défroqué », comme il le surnommait.

— Comprenez-moi : vous évoquez cette vierge noire de Guingamp. Eh bien, sachez que nous l'avions admirée ensemble, Lisbeth et moi-même, à Notre-Dame-de-Bon-Secours lors de notre voyage de noces… C'est une raison de plus pour l'acquérir et l'avoir à côté de moi le restant de mes jours. Merci de m'en avoir donné l'idée.

L'ancien prêtre s'excusa. Comme tout le monde, il avait entendu parler de l'étrange et sinistre aventure survenue au couple de navigateurs anglais. Et comme tout le monde, il n'en connaissait que la version relatée par Chippenham, et par lui seul, ses matelots dormant au moment du drame.

Deux ans auparavant alors qu'ils étaient à bord de leur yacht de vingt-cinq mètres, le *Lisbeth*, et qu'ils faisaient route vers Tunis, la femme du capitaine et le second disparurent mystérieusement en pleine mer et en pleine nuit. Le matelot qui faisait son quart n'avait rien vu, rien entendu. On les chercha partout sans succès : ils n'étaient plus à bord. Le capitaine, quant à lui, gisait à même le sol dans la cabine qu'il partageait avec son épouse.

Le second était-il oui ou non l'amant de la jolie jeune femme ? Personne n'aurait osé l'affirmer, car personne n'en savait rien.

L'antiquaire s'aperçut que sir Henry fixait sur lui un regard halluciné. Songeait-il à sa femme disparue, aux raisons de sa mort ? Ressassait-il un événement de lui seul connu ? Les avait-il tués, elle et son amant, de ses propres mains avant de les jeter par-dessus bord, comme l'en avaient soupçonné ouvertement les familles anglaises de Lisbeth et du second ?

L'Anglais, voyant que le marchand d'art se perdait dans ses songes, déposa sur la table devant lui un petit sac.

Le marchand d'art le soupesa et fit la moue.

— C'est bien léger. Combien de jaunets[1] ?

— Dix, mais soyez patient. Que pouvez-vous me dire à propos de cette Dame de Guingamp ?

Charles Guilvinac'h ne chercha pas longtemps.

Lui revenaient en mémoire des paroles bretonnes célébrant le culte de cette Vierge :

— *Itron Varia Gwir Zicour…*

— Ce qui signifie ?

— « Madame Marie du Vrai Secours. » Comme la mémoire est curieuse : cela me rappelle un texte du

1. On appelait ainsi les pièces de 20 F or équivalant à 60 euros d'aujourd'hui.

Barzaz Breiz[1] à son propos qui évoque une page de l'histoire de Guingamp :

La ville était pleine de soldats,
... La duchesse Anne se jeta à deux genoux :
« Notre-Dame-de-Bon-Secours, Venez à notre aide !
Voudriez-vous, Vierge Marie,
voir votre maison changée en écurie, votre sacristie en cellier
Et votre maître-autel en table de cuisine ? »

— Allons, monsieur l'abbé, vous n'allez pas nous dire une messe à présent ! Quelle mémoire vous avez là !

— Que voulez-vous, on n'oublie pas plus de trente ans de séminaire et de sacerdoce.

— Cette Vierge a-t-elle un prix ?

— Incalculable. Elle jouit d'une admiration sans bornes de la part des dévots ou des simples paroissiens. On l'a pourvue de pouvoirs miraculeux et des ex-voto en son nom sont nombreux et parfois assez incongrus, comme celui-ci : *« À N.D. de Bon Secours, la ville de Guingamp reconnaissante. L'armée prussienne menaçant nos frontières, un vœu solennel a été fait le 8 septembre 1870 ; et la Bretagne a été sauvée. »*

Sir Henry émit un rire narquois.

— ... Mais pas la France, que je sache !

L'ancien homme de Dieu haussa les épaules.

— Si vous voulez savoir pourquoi cette statue a une grande valeur, ne m'interrompez pas tout le temps. C'est assommant. Son intérêt, pécuniaire s'entend, vient de l'extrême confiance qu'on lui porte et cela depuis la nuit des temps. Elle se trouve sous l'un des deux porches situés sur le flanc nord de l'église construit

1. Chants poétiques populaires de Bretagne recueillis et traduits par Théodore Hersart de La Villemarqué et publiés en 1842.

au XIIIe siècle, sous son trumeau. Notre-Dame de Halgoët ou de Bon-Secours trône là derrière une grille qui la met à l'abri des vandales éventuels, je dis bien éventuels…

Sir Henry hocha la tête, complice.

— … Le pèlerinage qui lui est consacré est l'un des plus fréquentés de toute la Bretagne. On vient se jeter aux pieds de Celle qu'on adore. Ce pardon a lieu le samedi avant le premier dimanche de juillet. On afflue là en grand nombre. On se rafraîchit avec l'eau consacrée de la fontaine…

— … Et avec quelques chopines de cidre ou de raide, je suppose et l'espère, plaisanta l'Anglais qui s'ennuyait un peu.

M. Charles ne releva pas la plaisanterie. Soudain, il n'était plus face à ce chenapan détrousseur des lieux saints, mais se retrouvait jeune séminariste le cœur gonflé de joie, mêlé à des centaines de fidèles qui s'agenouillaient devant la madone vénérée vêtue d'une robe de soie, environnée d'archanges étagés sur un champ d'hermine.

Il ferma les yeux, vit la nuit tomber sur Guingamp, les danses au chant du biniou et à 9 heures la procession sortir de l'église. Sous ses yeux, les flammes de centaines de cierges vacillaient et entouraient la statue que l'on transportait sur la place où étaient allumés trois immenses feux…

Sans même s'en apercevoir, il continua d'égrener ses souvenirs à voix haute, plus ému qu'il n'aurait pu le croire par ces temps lointains où sa foi le mettait dans un état quasi extatique.

Et puis, une fois la procession achevée, les danses païennes reprenaient de plus belle jusqu'à minuit où une messe était dite.

L'ancien abbé s'interrompit, furieux contre lui-même de s'être ainsi épanché. En marmonnant des blasphèmes, il tendit son verre que le capitaine emplit aussitôt. Le yachtman se servit largement avant de rêver à son tour à ce pèlerinage à deux qu'il avait fait avec sa jeune épouse.

— Il me semble que cette Vierge noire portait une couronne d'or.

— Et elle la porte toujours, ce qui la rend encore plus précieuse… Elle a acquis ce titre de noblesse l'été 1856[1], je crois…

Sir Henry écoutait avec un intérêt grandissant son « puits de science » et notait au fur et à mesure qu'il parlait des détails, effectuait des croquis qu'il soumettait à l'érudit. Jamais, il n'envoyait ses hommes effectuer une tâche délicate sans avoir auparavant amoncelé une foule de renseignements.

Charles Guilvinac'h tapota le petit sac d'or sur la table et regarda son hôte en souriant.

— Avez-vous d'autres questions, mon bon, ou puis-je me retirer ?

Sir Henry sursauta.

— Notre entretien ne fait que commencer.

Il se leva, ouvrit la porte d'un petit coffre-fort niché dans un placard de la proue, en sortit trois sacs de pièces d'or identiques au premier et le referma soigneusement.

— C'est un Haffner ? demanda M. Charles.

— Pardon ?

— Je vous demande si votre coffre-fort, « tout en fer » comme dit la réclame, est bien un Pierre

1. M. Charles se trompe d'un an. C'est le 8 septembre 1857 que la madone de Guingamp a reçu l'hommage insigne de la *couronne d'or*, offerte par le chapitre de Saint-Pierre de Rome, au nom du souverain pontife, aux images de la Vierge qui réunissent la triple condition de l'*antiquité*, de la *popularité* et des *miracles*.

Haffner dont le magasin se trouve passage Jouffroy, à Paris ?

Sir Henry le regardait, quelque peu surpris.

— Oui, en effet, j'en ai vu exposés plusieurs modèles dans ce passage et me suis finalement décidé pour ce type qui me convient, pour ici du moins.

Guilvinac'h pencha la tête sur le côté, prit un air de spécialiste.

— Personnellement, j'ai choisi le modèle au-dessus avec portes à feuillures à agrafes. C'est le dernier système breveté. « Chez Haffner tout est en fer. »

Ils s'amusèrent de cette conversation de voyageurs de commerce.

— Je vois que monsieur est un connaisseur.

— Et un homme de goût, rétorqua l'antiquaire. Nous avons tous les deux reçu une 1re Médaille d'or à l'Exposition universelle, *is it not* ?

— On n'est jamais assez prudent !

— Ces banalités étant dites, voulez-vous bien me montrer ce que contiennent ces petits sacs ? Des dragées, peut-être ?

Le capitaine poussa l'un des sacs vers son conseiller.

— Celui-ci est pour que vous me parliez de la seconde Vierge noire de Bretagne. Où se trouve-t-elle ?

M. Charles fit un geste pour s'emparer du gousset, mais l'Anglais l'en empêcha en le ramenant vers lui. Ils se sourirent.

— Oh, il y a bien sûr celle de la cathédrale de Notre-Dame-du-Roncier, à Josselin. Je devrais même dire *basilique*, car je crois qu'elle le deviendra bientôt[1]… La légende veut qu'un laboureur, en l'an 808…

— Je me fous des légendes ! Pas le temps… Donnez-moi des adresses. Ce que je veux, c'est une liste de

1. Notre-Dame du Roncier sera en effet élevée au rang de basilique l'année suivante (1891).

cathédrales, d'églises ou même de chapelles, je ne suis pas regardant, avec les pièces de prix qui s'y trouvent. Comment les reconnaître, l'endroit où elles se trouvent, en pierre, en bois, en or, en cuivre, en albâtre, en argent, en pierreries… Enfin, je ne vais pas vous apprendre le métier, à vous, le plus grand connaisseur en la matière…

M. Charles prit un air fourbe et fixa les goussets.

— C'est vrai, mes connaissances doivent se payer très cher. Tenez, puisque nous parlions d'une collection de Vierges noires que vous pourriez rassembler, il ne faut pas négliger celle, toute proche de Nogent-le-Rotrou, qui porte sur son socle l'inscription *Virgini Pariturae*, « la Vierge qui doit enfanter », ni sa voisine de Bonneval, dans l'Eure. Vous pourrez aussi faire votre tour de France en un long pèlerinage de ces Vierges au Puy-en-Velay, à Montserrat, Rocamadour, Toulouse, Dijon et bien sûr sans oublier la Sara des Saintes-Maries-de-la-Mer…

La main de Sir Henry, qui courait sur le papier sous la dictée de l'historien, se leva.

— Laissons-là ces pucelles pour le moment. C'est certes une bonne idée d'en faire une collection, mais le scandale de notre razzia…

— … De *votre* razzia…

— … serait si grand qu'il se répandrait au-delà de nos frontières et ces objets seraient difficilement vendables. Vous n'auriez pas d'autres idées, concernant de jolies petites chapelles bretonnes isolées où mes employés pourraient agir sans risque de réveiller des paroissiens trop zélés ?

Il poussa vers l'antiquaire une bourse que celui-ci empocha aussitôt, sans même l'en remercier…

— Si, si, nous avons cela dans notre petite boutique, rit-il en se frappant le crâne de l'index. Laissez-moi ouvrir mon encyclopédie des lieux saints.

Il posa ses mains sur son front avant de les ouvrir et de faire mine de les consulter.

— Commençons donc par la Bretagne. Après, nous pourrons faire un petit tour en Normandie : que diriez-vous d'une pieuse visite au Mont ? Quant à Rouen, vous connaissez mieux que moi notre ville aux cent clochers.

Sir Henry secoua sa main en l'air d'un geste nerveux.

— Oui, merci, j'ai mon idée sur Rouen. Mon programme est déjà établi. Une équipe va bientôt se mettre au travail. Allons, l'abbé, parlez-moi de votre Bretagne. Demain à l'aube, je dois lancer mes gens. Soyons brefs, soyons brefs. Le temps presse.

Il se leva, jeta un coup d'œil par un hublot et, apercevant deux péniches et un bateau à voiles qui passaient à sa hauteur sur la Seine, il actionna une sirène. Les deux chalands lui répondirent avec leur corne de brume.

À terre, comme sur le fleuve, tout le monde savait que l'Anglais n'avait pas toute sa raison.

CHAPITRE XI

— Et c'est alors que, surgissant de derrière une porte du placard de la sacristie, il me saisit dans ses bras de fer et me précipite à terre. Un instant plus tard, il se vautre sur moi. Et tel un soudard emporté par le plus abject des désirs, il me force, ma chère, il me force !

Eugénie de Rosmadec, depuis son retour à La Josselière, ne cessait de répéter au long de sa convalescence, sous des formes différentes, l'attentat dont elle avait été la victime, ce 16 août au soir, dans la cathédrale de Quimper.

La plus patiente de ses confidentes était sans nul doute la brave Ernestine Keroulas, la fermière du manoir.

Chaque fois que la vieille demoiselle lui relatait la scène de son agression, la mère de Gildas et d'Hélène lui prenait la main et la lui tapotait en lui susurrant des paroles apaisantes. Mais au lieu de la calmer, ces marques de tendresse et de compréhension l'énervaient davantage, car elle avait l'impression qu'on lui volait son drame, ou du moins qu'on en minimisait la violence.

Cette fois encore, elle s'insurgeait contre la bienveillance de celle qui lui prodiguait tant d'attentions.

Les deux femmes étaient assises sur le banc placé au bas du perron donnant sur l'allée de hêtres pourpres et d'où s'enfuyait, vers la chapelle, la longue roseraie de Madame Mère.

— Allons, allons, mademoiselle Eugénie, ne vous tournez pas les sangs. Tout cela est du passé…

— Du passé ? Mais il me brûle encore les chairs, ce passé-là ! Il me tord le ventre, ce passé. Quelle brute, quel monstre ! Un animal avec ses babines de centaure. Et cette bouche qui se collait à la mienne avant de, avant de… Ah, non, c'est trop terrible de vivre avec cette douleur en soi. Mon Dieu, mon Dieu, pardonnez-moi de ne pas être morte. Après l'outrage, je méritais d'aller brûler au feu de la géhenne.

Eugénie se redressa, frémissante, retira sa main de celles d'Ernestine et s'éloigna à grands pas en faisant des gestes désordonnés.

Souvent, pour se faire pardonner d'avoir eu, bien malgré elle, des pensées impures en évoquant le viol de son corps, elle se tournait vers Dieu et se lançait dans une série d'invocations et d'oraisons jaculatoires[1]. L'une d'elles reconnue comme telle récemment, le 4 mai 1888, était une phrase toute simple attribuée à saint François d'Assise : « Mon Dieu et mon tout », qui devait être répétée pendant cinquante jours, ce dont la vieille dévote ne se privait pas.

Son frère Alexis en profitait pour l'asticoter.

— Tu devrais écrire un traité sur ce sujet, ma vieille, tu épaterais plus d'un professeur de faculté, lui lança-t-il une fois.

Eugénie s'enfuit en pleurnichant et croisa sa mère dans le vestibule d'où elle avait entendu la dispute.

1. Les oraisons jaculatoires étaient continuellement sur les lèvres des saints. Ces prières qui participaient à la rémission des péchés étaient pour Eugénie une bonne occasion d'en faire un fréquent usage.

— Suffit, je t'ordonne de te taire !

La vieille dame leva sa canne et faillit la briser sur le perron.

Alexis s'avança vers elle.

— « Monsieur l'esprit fort », comme dit Eugénie, présente à Madame Mère ses excuses les plus plates.

Elle descendit en se déhanchant les marches du perron pour s'asseoir auprès de sa fermière.

— L'état de ma pauvre fille ne semble pas s'améliorer.

Ernestine laissa son tricot et leva ses beaux yeux limpides vers la douairière.

— Hélas, non ! Elle ressasse et ressasse son agression et paraît y prendre une sorte de plaisir.

La vieille dame sursauta. Elle soupira et bourra sa pipe avec soin. Elle l'allumait comme Eugénie revenait vers elles.

— Encore en train d'aspirer votre brûlot du diable ! C'est très mauvais pour votre santé.

— À quatre-vingt-dix ans…

— Quatre-vingt-sept, seulement quatre-vingt-sept. Ne vous vieillissez pas !

— Il est vrai que je n'en ai pas besoin. À mon grand âge, donc, je puis me permettre cette petite fantaisie.

— Et moi de m'en inquiéter. C'est un péché, un péché !

Eugénie ignorait que sa mère, dès qu'elle avait su sa fille dans le coma, avait jeté sa pipe au loin, ne s'autorisant à la reprendre que lorsqu'elle serait sortie d'affaire. Était-ce en raison de ce pacte qu'elle avait fait avec Dieu que son vœu avait été exaucé ? Elle voulait le croire, car sinon, à quoi rimerait ce douloureux sacrifice ?

— Ils ont osé voler notre saint Corentin !

Madame Mère sursauta à nouveau. Voici que sa fille était prise maintenant par un autre de ses délires quotidiens : la liste des objets volés à la cathédrale. Puis viendrait l'inventaire des christs décrochés à Trémalo, au Faouët, et puis l'autre Saint-Corentin de… Les thèmes d'indignation de la vieille demoiselle étaient inépuisables. Suivrait enfin le décompte exact des calices, des ciboires et autres objets de culte que les journaux avaient répertoriés avec soin et qu'Eugénie psalmodiait et entrecoupait de « Jésus-Marie-Joseph » lancinants.

Des éclats de voix gaies et jeunes venant du manoir retentirent et Madame Mère se réjouit de pouvoir échapper, ne fût-ce qu'un instant, aux jérémiades et aux obsessions de sa fille qui suscitaient son agacement. À tout moment elle avait envie de lui rappeler la devise de la famille de Rosmadec : « Face au danger, l'indifférence, face à la peur, le sang-froid, face à la douleur, le mépris. » Mais à quoi bon ? On ne peut raisonner la déraison, se disait-elle en levant les yeux vers le porche d'où allaient jaillir « l'avenir de la France ».

Et l'avenir jaillit : Clémence, Albertine, Jean et son ami Rodolphe sautaient les marches du perron et saluaient Eugénie et sa mère en se lançant dans une course-poursuite à travers la roseraie.

La douairière plongea la main dans son corsage et en sortit un horaire des marées qu'elle consulta en hochant la tête.

— Voyons, c'est aujourd'hui le lundi 25 août. La mer va être pleine à 12 h 35 et comme il est 11 heures, ils vont avoir de l'eau, enfin une bonne hauteur pour plonger. Songe donc, ma bonne Eugénie : 3,82 mètres, mazette, ce n'est déjà pas si mal. Qu'en penses-tu ?

— J'en pense que de voir mes nièces se pavaner aux bras de jeunes gens avec des jambes nues sous des robes qui volent au vent me semble choquant et provocant.

Madame Mère eut un petit rire en voyant Lysandre dans la même tenue de sport que ses filles s'approcher en dansant, tenant son mari par la main.

Alexis s'arrêta un court un instant devant sa sœur.

— Tiens, je viens de retrouver dans la bibliothèque une chanson de marins écrite en 1867 et dédiée à l'impératrice Eugénie, autant dire à toi. Je te la livre :

Belle Eugénie,
Les larmes aux yeux,
Je viens te faire mes adieux.
Nous partons pour le Mexique,
Nous mettons les voiles au vent,
Adieu donc, charmante belle
Je m'en vais droit au couchant
Droit au couchant...

— C'est ça, va te coucher au couchant et laisse-moi tranquille avec tes sornettes.

— Qu'avez-vous fait d'André et de sa fiancée ?

— Ils arrivent, ils arrivent, mais n'entendez-vous pas ? André au piano massacre *Un bal à l'hôtel de ville* avec une voix de marlou des faubourgs qui ne lui va pas du tout. Comme elle l'a changé, notre André ! Mais écoutez donc…

Et Alexis, le doigt en l'air et le regard perdu, prenant un air inspiré, se mit à chanter :

Un soir j'dis à ma femm' : « Faudrait
Qu'j'aille à l'hôtel de ville ;
Y a z'un bal épatant, paraît
Qu'on n's'y fait pas trop de bile ! »
« Mais mon homm'qu'elle dit,
Tu n'as pas d'habit ! »
« Bah, c'est pas ça qui m'gêne :
Pass'moi mon complet
Qu'tas rafistolé
Pour la noce à Ugène[1]*! »*

1. Chanson que Maurice Mac-Nab et Camille Baron avaient lancée l'hiver précédent.

— Qu'est-ce que c'est que cette horreur ? Encore une de ces chansons de Montmartre que tu nous rapportes chaque année de Paris ? s'écria Eugénie. Comment peut-on jouer des choses pareilles sur ce piano où ma belle-sœur nous offre de si jolies mélodies ?

Lysandre mit fin à la conversation en tirant son mari par la manche pour l'entraîner vers l'Aven. Comme ses enfants, elle avait grande envie de se baigner.

Eugénie avait repris sa conversation avec Ernestine qui l'écoutait avec une gentillesse infinie. C'était à elle cette fois de se montrer rassurante. Elle qui n'avait pas oublié la tendresse toute chargée d'espoir que la vieille fille lui avait manifestée au moment de l'enlèvement de sa petite Hélène, deux ans auparavant.

Cette connivence entre les deux femmes permettait à Madame Mère de laisser son esprit vaguer où il le désirait. Et aujourd'hui elle s'amusait du couple que formaient désormais André Kerlutu, l'ami de la famille, l'ancien célibataire endurci, amoureux platonique depuis l'adolescence de Lysandre, et cette « veuve joyeuse » comme l'appelait Alexis. Cette femme n'avait guère plus de trente ans et était d'une gaieté permanente qui la faisait passer pour fofolle et amusait Alexis. Madame Mère avait d'ailleurs remarqué que sa belle-fille rechignait désormais à partir donner des récitals aux quatre coins du monde, laissant à Neuilly son architecte de mari dans la force de l'âge. Un professeur qui semblait de plus en plus émoustillé par la jeunesse de certaines de ses élèves de l'École des beaux-arts. Ainsi, durant l'année scolaire, l'avait-on souvent entendu vanter les charmes d'une certaine Bérénice qui avait toutes les qualités : la beauté, l'intelligence et le talent. Cela devait être ce qu'on appelait « le démon de midi » dont parlait la Bible, se disait Madame Mère.

Comment la vieille dame avait-elle perçu ce léger malaise chez sa belle-fille ? Oh, par intuition tout simplement, et puis aussi par quelques réflexions anodines et moqueuses de Clémence et d'Albertine.

Elle se posait ainsi des questions auxquelles elle ne répondait pas toujours, préférant laisser planer le doute dans son esprit plutôt que de porter un jugement hâtif. Elle avait pris cette habitude à la mort de son mari où, durant ses longues soirées d'hiver à Nantes, elle n'avait plus qu'elle-même pour interlocuteur. Et ce débat, cette espèce de joute intérieure lui faisait passer le temps. Parfois elle explosait de rire devant ses enfants et à ceux-ci qui s'en inquiétaient, elle inventait sur-le-champ une aventure survenue à l'une ses vieilles amies qui, perdant la mémoire, se retrouvait dans des situations cocasses. On faisait semblant de la croire.

Valentine Estival, qui vivait depuis deux ans déjà en concubinage notoire avec l'imprévisible André, occupait souvent ses pensées. Pourquoi ne l'épousait-elle pas ? L'ancien commissaire avait donné sa démission de la police parisienne pour gérer la fortune qu'on disait importante de sa pétulante compagne. L'amour qu'il portait à Lysandre l'empêchait-il de franchir le pas ? Depuis bientôt trente ans, cet homme, dont la mère habitait Concarneau, venait s'installer à La Josselière pour y écouter, le cœur transi d'émotion, la si attachante Lysandre répéter ses concerts. Plaisir inouï, elle l'autorisait à tourner les pages de sa partition ! Il était devenu si familier à tous que les enfants l'appelaient « oncle André ». Tous avaient été stupéfaits d'apprendre qu'il partageait l'existence de cette jeune veuve. On avait accueilli les bras ouverts ce nouveau couple. Mais le mariage, de l'avis de Madame Mère, se faisait un peu attendre à son goût. Elle le laissait entendre aux deux fiancés par quelque phrase volontairement perfide. Mais si elle acceptait de les recevoir à sa table plusieurs fois par semaine, il n'était pas question de les laisser dormir sous son toit avant qu'ils ne soient unis par les liens sacro-saints du mariage. Elle les en avait prévenus sans avoir recours à des discours indirects.

Justement, voici que ce couple illégitime sortait du manoir en se tenant pas la main en folâtrant.

Ce comportement choqua si fort Eugénie qu'elle n'hésita pas à troubler la paix des amoureux.

— Dites-moi, monsieur le commissaire, je sais que vous êtes à la retraite ou du moins en vacances et en charmante compagnie qui plus est, mais vous occupez-vous un peu de notre affaire ? Enfin je pourrais dire de *mon* affaire, car j'en suis la seule victime… Vous voyez mes pansements…

André prit l'air le plus affligé qu'il lui était possible.

— Vous souffrez beaucoup, chère Eugénie ?

Elle porta ses mains à son ventre et esquissa une grimace.

— Beaucoup en effet. Physiquement, cela n'est rien, j'offre cette souffrance à Dieu, mais moralement mon chagrin est infini.

Ernestine caressa le visage d'Eugénie avec tendresse, tandis que Madame Mère, agacée, se tournait vivement vers elle.

— Et ce jeune abbé de Nizon poignardé lâchement dans l'église, quatre jours après ton agression, l'aurais-tu déjà oublié, ce saint homme ? Ne crois-tu pas qu'il est à plaindre davantage que toi, ma fille ?

Eugénie se prit la tête à deux mains et pleurnicha.

— Oh, si, vous avez raison, je suis impardonnable ! Ses pauvres parents, ses pauvres parents ! Toutes mes prières, toutes mes pensées vont aller vers eux, vers lui. Oh, comme j'ai honte ! L'ingrate !

Valentine trouvait le temps long et se retenait de rire. Elle se mit à tirer André par le bras avec une telle insistance qu'il en fut déséquilibré.

— Je ne sais trop que vous dire, Eugénie. Je ne me suis pas penché sur cette triste histoire. Je pense que Clémence a infiniment plus d'atouts entre les mains. Vous ne pouvez trouver meilleure enquêtrice.

— Mais votre passé de policier, tout de même…

— Si vous saviez comme c'est déjà loin pour moi ! Je l'ai rayé de ma mémoire. Je n'étais pas fait pour ça.

Il salua les trois femmes et se laissa entraîner par son amie qui sautillait comme une gamine.

Eugénie aussitôt se récria.

— Mais regardez-les ! Regardez-la surtout qui fait danser sa croupe comme une fille de cabaret ! Et vous tolérez ça chez vous ? Ah, vraiment La Josselière n'est plus ce qu'elle était. Du temps de père…

— Tu me sembles bien experte, ma chère fille. Vas-tu souvent au cabaret à Quimper, en hiver ? Tu n'y emmènes pas ton frère Julien, j'espère.

Eugénie, qui ne s'apercevait pas que sa mère se moquait d'elle, était prête à suffoquer.

— Quand je pense qu'ils vont tous se baigner dans des tenues indécentes… Ah, j'aimerais bien voir quelle sorte de robe de bain peut revêtir cette dévergondée. Si toutefois elle en passe une !

Madame Mère n'était pas loin de penser que le choc subi par sa fille et la bousculade qui l'avait précédé n'avaient fait que la convaincre que tous les hommes étaient des brutes et les femmes étrangères à la famille des créatures prêtes à se livrer au premier venu.

Les Rosmadec quant à eux s'en donnaient à cœur joie dans ce bras de mer de l'Aven qui commençait au château de Poulguin et venait mourir dans leur cale de Kerochet aux pieds de La Josselière.

Ils connaissaient les moindres rochers de leur *fjord* et c'est à qui grimperait sur le plus haut des rocs pour éblouir l'entourage. Contrairement à ce qu'on aurait pu croire, c'était la belle et élancée Lysandre qui avait été sacrée championne de plongeon et reine du saut de l'ange. Même ses filles qui avaient été à bonne école ne pouvaient réussir cette figure avec la grâce et la sûreté de leur mère.

L'heure du déjeuner approchait et Alexis, après un grand tour en nage indienne, battait le rappel. Chacun savait que l'on ne devait pas faire attendre Madame Mère. Le chef de famille sortit de l'eau en même temps que Valentine et André.

La jeune femme minaudait, cramponnée à son amant. Parvenue à la hauteur d'Alexis, elle perdit l'équilibre et l'épaulette d'un costume de bain du plus grand chic glissa sur son épaule, laissant admirer le plus rond et le plus ferme des seins. Les deux hommes accompagnèrent Valentine dans son rire. Parvenu sur le sable, Alexis se retourna pour apercevoir sa femme qui n'avait rien perdu du spectacle.

Plus loin, Jean et Rodolphe encadraient Clémence qui, étendue de tout son long sur la roche brûlante, goûtait en ronronnant la douceur du soleil sur ses reins, sous l'œil éperdu de désir de l'enseigne de vaisseau. La tête cachée par son bras replié, elle le regardait à la dérobée.

Au second appel d'Alexis, les trois jeunes gens plongèrent avec un ensemble parfait et firent la course jusqu'au rivage.

Albertine et son amie Hélène, déjà rhabillées, étaient remontées vers le manoir et, attendant les autres, assises sur un tronc d'arbre couché, elles se dévoilaient leurs secrets d'adolescentes. La fille d'Ernestine n'était pas en reste de confidences.

— Souviens-toi, disait-elle, il y a deux ans, quand tu nous avais surpris Pierre, mon compagnon de captivité, et moi, en train de nous embrasser sous les étoiles, je t'avais dit qu'il serait pour toi ; que vous vous reverriez à Paris et que, et que… Je ne m'étais pas trompée, puisque maintenant… Enfin ça ne regarde que vous.

— Et toi, traîtresse, alors que tu te conduisais de façon éhontée avec ton compagnon d'infortune, tu avais à mon avis déjà le béguin pour Maël…

— Peut-être bien, mais je ne le savais pas.

— Et maintenant ?

Albertine connaissait les liens très forts qui existaient entre son amie Hélène et Maël Le Vigan, le mousse du chasse-marée sur lequel naviguait Gildas.

— Maintenant quoi ?

— Eh bien, où en êtes-vous ? Je veux dire, est-ce que oui ou non… ?

Hélène sourit, attendrie, baissa les yeux.

— Oui et non. Je me demande si j'ai le droit de lui céder complètement.

— Tu en as envie ?

— Ça serait mentir de te répondre non.

— Tu connais mon don de voyance, alors, sache que je te *vois* te donner à lui avant la fin de l'été.

Elle passa une main devant son visage et ferma les yeux.

— Mais j'arrête là ma vision, cela deviendrait vite indécent.

Elles rirent de concert.

— J'ajoute que, tu t'en souviens, les reines souvent se mariaient à onze, quand ce n'était pas à huit ans dans notre douce France. Alors à quinze, bientôt seize ans…

— Je ne suis pas une reine. Et toi, où en es-tu avec Pierre ?

— Au même point que toi.

— Interdiction absolue avant le mariage ! Si tu persistes dans cette infâme résolution, je me verrai obligée d'en parler à ta tante Eugénie.

— Et elle mourra dans tes bras d'une crise cardiaque !

Les deux adolescentes se mirent à rire sans pouvoir s'arrêter.

Lysandre arriva à leur hauteur au moment où leur hilarité les faisait hoqueter.

— La vie est parfois belle pour certaines, murmura-t-elle en leur passant la main dans les cheveux. Ne tardez pas, je viens d'entendre le premier coup de la cloche du déjeuner.

Et la pianiste remonta le chemin, tout entière envahie par la musique que jour après jour elle répétait et qui s'était emparée de son corps. Elle marchait à son rythme, pressait le pas, l'allongeait, le ralentissait. Parfois, elle semblait redescendre sur terre. Elle lança un coup d'œil à son époux qui la suivait à cinquante mètres avec André et sa…

Elle ne trouvait pas de mot pour la qualifier. Elle n'avait jamais détesté personne et voilà que…

Mais d'où venait-elle, cette jeune veuve écervelée dont le corps semblait précéder l'esprit ? Où l'avait-il trouvée ? Comment André, après deux ans de ce qu'il croyait être l'amour, ne s'était-il pas aperçu qu'elle n'était qu'une noceuse ne pensant qu'à s'amuser et nullement prête à fonder une belle famille chrétienne ? Un instant Lysandre sourit. Voici qu'elle pensait comme sa belle-mère ou sa belle-sœur Eugénie. Oh, elle n'était pas sotte, cette Valentine Estival (quel drôle de nom !) ! Non, elle s'exprimait avec facilité et distinction ; elle possédait même une certaine culture et un esprit vif qui ne manquait pas de repartie. Là était le danger d'ailleurs. La musicienne se calma et redevint compréhensive. Pauvre André ! Il est vrai qu'il avait du retard à rattraper, se disait-elle avec tendresse. Il était temps qu'il prît son avenir amoureux au sérieux. Tout le monde, d'ailleurs, se réjouissait de le voir enfin ému par les charmes d'une femme qui ne s'appelait pas Lysandre. Tout le monde ? Lysandre en était-elle bien sûre, justement ? Ne souffrait-elle pas, elle, l'amie d'enfance qui avait passé tant d'heures à étudier la musique avec André, de le voir ainsi se détacher d'elle pour se donner à une inconnue ?

Cette constatation lui parut stupide. Elle passa dans sa chambre revêtir une tenue convenable pour paraître à table. Elle courut ensuite à son piano. Elle voulait y reprendre pour la centième fois le rondo (*Allegro*) de la *Sonate en si majeur* de Mozart qu'elle affectionnait tant.

Aussitôt plus rien n'exista hors la musique.

Durant quatre minutes, elle fut dans un autre monde fait de gaieté et de bonheur absolu. La joie, la liberté de ces phrases qui se répondaient avec tant d'allégresse l'emportaient.

Elle aurait été bien étonnée de savoir que sa belle-mère était en train de penser à elle, à Alexis et à cette Valentine qui, par jeu, pouvait fort bien semer trouble et confusion dans un couple aussi uni que celui de son fils et de sa bru. Madame Mère en effet avait suffisamment souffert des incartades de son mari pour pressentir l'intérêt parfois incontrôlable que pouvait représenter une jeune et jolie personne chez un homme d'un âge respectable. Elle connaissait son fils aîné. Il ressemblait tant à son mari ! Elle n'avait pas été sans remarquer qu'il n'était plus le même lorsqu'il se trouvait en présence de la *fiancée* d'André. Voilà qu'il se montrait charmeur, faisait le joli cœur, ne manquait pas de trouver le compliment qui aurait ravi la plus revêche des femmes, Eugénie, hélas, mise à part... Il en était toujours ainsi lorsqu'une femme l'attirait. Depuis qu'il était jeune homme, il lui fallait charmer, amener ces dames au bord du consentement avant de s'en détourner par devoir, ou par inintérêt une fois la conquête réalisée. On eût dit qu'il avait envie de se rassurer sur son pouvoir de séduction. « Comme son père, comme mon Adolphe », se rappelait Eulalie de Rosmadec. Son époux lui avait expliqué, un jour qu'elle le priait de montrer moins d'empressement envers les jeunes coquettes de leur entourage, qu'il avait en lui l'irrépressible désir de les posséder toutes. Bien que pourchassé par le démon de la chair, il avait su dominer ces penchants et garder pour son épouse cette permanente vitalité. En y songeant plus de trente ans après, Madame Mère était la première à reconnaître en son for intérieur que ces besoins impulsifs avaient eu ceci de bon qu'elle en avait récolté quotidiennement les bienfaits.

Le déjeuner se déroulait comme à l'ordinaire. On ne manqua ni le bénédicité, ni une prière spéciale pour le rétablissement d'Eugénie et pour l'âme du regretté abbé de Nizon. Et tout naturellement, alors que Maria servait un grand plat de langoustines achetées le matin même sur le port de Trévignon, les conversations se dirigèrent vers ces vols d'objets sacrés dans des lieux saints.

— Et vous, monsieur le commissaire, que pensez-vous de tout cela ? demanda Eugénie en oubliant qu'elle lui avait déjà posé la même question il y avait moins d'une heure.

— Pas grand-chose, chère Eugénie. Je ne dis pas que le sujet ne m'intéresse pas, car comment oublier la terrible épreuve que vous avez traversée…

— … et que je traverse encore ! s'exclama-t-elle en lançant devant elle sur la nappe immaculée, sans même s'en apercevoir, des petites boulettes de pain qu'elle confectionnait pour endiguer son émotion.

— … et l'horrible sort réservé à ce jeune abbé, mais depuis ma retraite anticipée de la police, je garde mon énergie pour les affaires de qui nous savons…

Il se pencha vers Valentine qui lui étreignit la main, tout en fixant avec un grand sourire Alexis qui détourna la tête.

Lysandre, d'ordinaire si éthérée, si emplie de sa musique même au long des repas passés en famille, fixa avec fureur et son mari et cette « poule », cette « cocotte » qui crut bon de lui lancer le plus aimable des sourires.

« Tu me paieras ce sourire ! » se promit la si douce Lysandre.

Soudain, alors que Julien n'oubliait pas de faire honneur au muscadet que l'on faisait venir de Nantes et de le servir autour de lui, la voix d'Albertine s'éleva. Avec une assurance que chacun connaissait depuis longtemps, elle donna son avis à la place d'André.

— Comme vous, chère tante, et comme nous tous, je pense presque continuellement à ce qui vous est arrivé, mais mon esprit galope aussi, sans que je puisse le retenir, vers l'avenir…

— L'avenir ! dirent en même temps plusieurs convives.

— Oui, et un très proche avenir. Les méfaits dans les cathédrales, les églises et les chapelles, les meurtres même vont se poursuivre et d'une façon très rapprochée…

Chacun retenait son souffle, sachant qu'il ne fallait pas interrompre l'adolescente quand elle était en transe. Seuls Clémence et son oncle François étaient aptes à la diriger alors dans ses visions, avec délicatesse. Or François de Rosmadec, le médecin de la famille, était loin de La Josselière. Il passait ses vacances chez son beau-père à Étretat avec sa femme Isabelle et leurs deux enfants. Ce fut donc à Clémence que revint la tâche de guider sa jeune sœur. Elle tendit ses mains au-dessus de la table, emprisonna celles de sa cadette et la regarda dans les yeux comme l'avait fait le professeur Charcot lors de sa guérison, deux ans auparavant.

— Albertine, que vois-tu ? Un nouveau méfait va à ton avis se produire bientôt ?

— Pas un mais plusieurs, beaucoup de méfaits qui engendreront de nouvelles victimes.

— Mais où ?

La jeune fille se concentra.

— Impossible de voir ça. Dans beaucoup d'églises différentes, c'est tout ce que je puis dire.

— S'agit-il d'un seul ou de plusieurs pilleurs ?

— Oh, là, je vois au moins deux groupes très organisés. Et puis des solitaires…

Ses narines se pincèrent et son teint blêmit. Clémence se leva et vint s'asseoir à côté d'elle.

— Calme-toi, redescends doucement vers moi, ma chérie. Mais dis-moi où va avoir lieu ce que tu redoutes…

Albertine eut un geste vague et se passa une main sur le front.

— Dans plusieurs lieux : en Bretagne encore, dans beaucoup d'endroits, mais aussi en Normandie et à Paris. Je vois aussi une église dans le centre ou dans le sud de la France, mais là c'est fugace…

Elle porta les mains à ses tempes pour chasser la douleur qu'on lisait sur son visage. Clémence aussitôt lui caressa les cheveux, lui massa les épaules et la nuque et lui parla à l'oreille.

— Reviens-nous, Albertine, redescends vers nous. Et pense à quelque chose de gai qui pourrait se produire.

En un instant elle recouvra son teint et son sourire. Elle regarda autour d'elle et éclata de rire en voyant les convives qui la fixaient la fourchette en l'air avec gravité. Elle s'ébroua.

— J'ai tout de même une bonne nouvelle j'ai vu qu'on allait retrouver bientôt le christ de Trémalo et celui du Faouët. Mais, je ne sais pourquoi, leur récupération créera la surprise…

Julien leva une bouteille et proposa une gorgée de vin à Albertine pour la remettre de son *voyage hors du réel.* Sans doute voulait-il puiser dans l'alcool le réconfort du trouble inexpliqué qui s'emparait de lui lorsqu'il voyait sa jeune nièce s'échapper dans un monde inconnu qui n'était ni celui de songes, ni celui d'une divagation passagère et fantaisiste. Tout ce qu'elle avait prédit jusqu'alors s'était réalisé. Jamais on ne l'avait prise en défaut d'affabulation. C'est bien ce qui l'inquiétait. Certes, contrairement à sa sœur Eugénie, il ne voyait pas dans ce pouvoir la patte griffue du diable, mais enfin cette disposition quelque peu surnaturelle le déroutait.

Albertine tendit son verre en riant et sa tante monta sur ses grands chevaux.

— Tu es un vil tentateur, Julien ! C'est mal d'entraîner cette enfant dans ton vice. Déjà que notre mère se carbonise les poumons avec ses calumets de la discorde dans son organisme et non de la paix dans son cœur, comme tente de lui expliquer notre frère François, voici que tu mènes Albertine sur la pente glissante qui descend aux enfers.

Tous s'amusèrent de cette tirade moralisatrice, Madame Mère en tête, et Julien, fort de ce soutien, se resservit abondamment.

— *Plus vini cuïo et minus acquae*[1] !

— Tu sais bien que le vin te fait dormir. Tu fuis la vie dans le sommeil.

— *Libentieus dormio quam laboro*[2], ma chère sœur.

— C'est honteux pour un homme de Dieu de tenir de tels propos ! Depuis quand peut-on être fatigué en honorant Notre-Seigneur à chaque seconde qu'Il nous offre ?

Maria mit fin à la dispute en arrivant avec un superbe moka de sa fabrication qui fut accueilli avec des cris d'admiration.

— Mais que fête-t-on en ce 25 août ? s'écria joyeusement Clémence.

— Le 25 août ! Mais c'est la fête de notre bon roi saint Louis ! s'extasia Eugénie.

— Et aussi celle de notre Ghirlandaio ! ajouta Clémence. Si Albertine ne finit pas tout ce gâteau, j'irais bien lui en porter une bonne part. Voilà un bout de temps que je ne lui ai rendu visite.

— Ghirlandaio ? Quel drôle de nom ! Ça ne me semble pas très breton comme origine, remarqua Rodolphe, espérant se montrer intéressant.

1. « Je désire plus de vin et moins d'eau. »
2. « Je dors plus volontiers que je ne travaille. »

Albertine regarda l'enseigne de vaisseau d'un air contrit. Pour un peu elle se serait pris la tête à deux mains pour faire mine de pleurer devant tant d'ignorance. Comme ce jeune homme était dépourvu de tout bagage culturel ! Et de penser qu'il pouvait avoir des vues sur sa grande sœur la remplissait non pas d'inquiétude, mais de frayeur. « Il est bel homme, d'accord, reconnaissait-elle, mais quel peut être l'intérêt de côtoyer un athlète s'il n'est pas aussi rompu aux jeux de l'esprit ? »

Clémence, elle, se montra polie, presque avenante envers l'ami de son frère Jean.

— Ghirlandaio, demandez-vous ? Oui, ç'a de quoi surprendre. C'est ainsi que nous avons surnommé notre vieux Louis, le plus ancien des employés de La Josselière. Tout simplement parce qu'il ressemble comme deux gouttes d'eau au personnage du tableau *Vieillard avec un enfant* peint par l'artiste florentin du XVe siècle Domenico di Tommaso Bigordi, surnommé Ghirlandaio, en raison de… mais je vous l'expliquerai plus tard. J'ai une reproduction de cette toile dans mon atelier.

— Je serais curieux de faire la connaissance de ce monsieur qui a l'heur d'être apprécié par votre famille et par vous-même…

— Eh bien, si vous voulez m'accompagner, ça nous fera une petite promenade, d'autant que la vue de chez lui est magnifique. En chemin, je vous raconterai la triste histoire de sa vie.

— … Qui a contribué à rendre célèbre dans la France entière notre Clémence, il y a de cela quatre ans, s'empressa de dire Eugénie.

— Mais peut-être étiez-vous à l'autre bout du monde ? persifla Albertine d'une petite voix pointue.

— Comme tu es amusante, *mademoiselle-je-sais-tout* ! lui répliqua son frère.

— Viendras-tu avec nous, Jean ? s'enquit Clémence.

Il la fixa un instant, lui sourit.

— Impossible, cet après-midi je dois revoir le gréement du *Nadounick* avec Gildas. Je voudrais que tout soit en ordre à bord, avant notre départ. Rodolphe et moi devons regagner Brest après-demain…

Tante Eugénie tendit le cou vers son neveu.

— Et vous y allez avec notre bateau, mais comment reviendra-t-il ? Tout seul ? Jésus, Marie, Joseph ! Regarde saint Christophe et va-t'en rassuré.

— Mais non, ma tante, nous prendrons le train, comme de bons terriens que nous ne sommes pas. Seulement, je ne veux pas laisser à mon père et à mes charmantes sœurs un bateau peu sûr…

Alexis eut un gros rire.

— Parce que M. l'officier de marine n'a pas confiance dans les capacités de son père l'architecte qui a dessiné les plans de cette chaloupe, racée et très rapide… grâce à lui, je parle de moi bien sûr.

— Nous l'avions compris, cher fils, s'amusa sa mère.

Alors que personne ne s'y attendait, Albertine vint semer le trouble dans les esprits.

— Eh bien, moi, je viendrai avec vous ! déclara-elle à l'adresse de Clémence et de Rodolphe, amusée de lire la déception qui assombrit du même coup les visages de sa grand-mère et de sa tante Eugénie.

Elles trouvaient ce jeune homme vraiment à leur goût et espéraient que cette promenade à deux pourrait donner l'occasion au jeune homme de laisser parler ses sentiments.

Mais la déception des deux femmes n'était rien en comparaison de celle de Rodolphe dont le visage, brusquement, perdit de sa beauté.

Clémence, qui savait que sa cadette ne disait cela que par espièglerie, l'envoya aimablement promener en inventant une rencontre.

— Tiens, je pensais qu'Hélène t'avait promis de te présenter l'élu de son cœur à son retour de son cabotage avec Gildas. Ne voudrais-tu pas voir à quoi ressemble ce Maël ? Sans pour autant user de tes charmes comme tu as su si bien le faire avec ton cher petit Pierre Martinelles. Hélène n'avait-elle pas apprécié son intelligence au cours de leur captivité commune ?

Piquée au vif, Albertine s'apprêtait à évoquer Gilles, l'amoureux parisien de sa sœur, quand Madame Mère intervint.

— Allons, mes enfants, nous ne sommes pas là pour jouer les arbitres d'un conflit qui ne regarde que vous. Nous avons nos secrets, n'étalez pas les vôtres au grand jour.

La vieille dame, ayant compris avant tout le monde que cette petite chipie n'avait aucune envie de servir de chaperon à sa sœur, lui conseilla de ne pas manquer son rendez-vous avec Hélène.

L'incident était clos et la joie revint inonder le visage du beau Rodolphe. On sortit de table pour prendre café et liqueurs à l'arrière du manoir donnant sur le parc.

Clémence s'enfuit avec Rodolphe ; Albertine alla rejoindre Hélène ; Julien, après une troisième eau-de-vie de prune, piqua du nez sur son bréviaire.

Eugénie pria Alexis de l'accompagner à la chapelle pour lui montrer une serrure qui lui semblait peu sûre. Lysandre rejoignit le salon de musique suivie par André et son amie. Mais brusquement, alors que la pianiste posait ses mains sur le clavier du Pleyel, Valentine se leva d'un bond et sortit de la pièce en courant.

— Excusez-moi, mais je ne me souviens plus de l'intérieur de la chapelle. Je voudrais que Mlle Eugénie me la présente. Ne vous souciez pas de moi.

André n'avait pas eu le temps de chercher à la retenir qu'elle avait disparu.

Il pensa à la suivre, mais jugea que cela serait impoli de laisser en plan Lysandre et ce mouvement qu'elle voulait lui faire écouter. Il s'assit donc à sa place habituelle et fut surpris de voir Lysandre, rouge de colère, plaquer un accord sur l'instrument avant de marcher vivement vers la fenêtre. Là-bas, elle aperçut la pétulante Valentine qui courait comme un cabri pour rattraper Eugénie et (surtout ?) Alexis, retenant d'une main son chapeau et relevant sa robe de l'autre.

— Oh ! pour savoir courir, elle sait courir, ta charmante fiancée ! Et dans tous les sens ! Une vraie coureuse, une grande coureuse, insista-t-elle devant un André stupéfait de voir son amie de jeunesse dans un état pareil.

Elle qui depuis leur premier et seul baiser à dix-sept ans n'avait eu avec lui que des rapports amicaux, voici qu'elle lui offrait sa première crise de jalousie. Il n'aurait jamais espéré un tel changement. On croit connaître ses proches et on les ignore. Mais de qui était-elle jalouse ? De lui, le célibataire jusqu'alors endurci, qui s'affichait avec cette *jeunesse* farfelue de trente ans ? Lui l'amoureux de toujours qui jamais, au grand jamais, n'aurait osé montrer sa flamme à l'épouse exemplaire, à la mère de famille, musicienne à la réputation mondiale ? Ou alors, serait-elle furieuse de voir que son mari, émoustillé par les atours provocants de la veuve, prenait plaisir à la courtiser discrètement ?

Lysandre, pour la première fois de son existence, sentait un danger planer sur son couple. Et, bien entendu, puisqu'il faut toujours dans les situations difficiles et pénibles qui vous touchent avec acuité trouver un responsable autre que soi-même, ce fut

André ce jour-là que désigna la tendre Lysandre comme l'auteur de ses maux.

— Le bruit court que ta Valentine aurait assassiné son mari, le comte de Reuilly. Elle aurait fait passer cela, m'a-t-on dit, sur le compte d'un « désolant accident de chasse ». Je ne puis me faire à cette idée. Il était, si l'on en croit la rumeur, noceur, coureur, brutal, « flambeur » au casino, comme on dit aujourd'hui, que sais-je encore ? Mais cela excuse-t-il qu'on supprime un être humain ?

André, les yeux écarquillés par la stupeur, ne comprenait pas.

Elle changea d'intonation, passant d'une fausse indignation au désir d'être rassurée.

— Dis-moi vite que tout cela est faux ! Que ce ne sont que des racontars de femmes jalouses de la beauté et de la jeunesse de notre Valentine… poursuivit-elle en lui prenant les mains et en le fixant dans les yeux. On la dit âpre au gain, coureuse de dots, dans l'espoir de retrouver une respectabilité qui était sienne avant que ces terribles doutes ne viennent l'accabler ou du moins lui interdire un retour en grâce auprès d'un monde impitoyable qui lui importe tant. En tout cas, sa vie tumultueuse entre la mort de son mari et votre rencontre est nocive à la réputation honorable d'une femme dans notre bonne société.

André était livide. Jamais, depuis plus de trente ans qu'ils s'étaient rencontrés à la société de musique de Quimper, il n'avait pris Lysandre en défaut. Elle s'était toujours comportée en amie, la plus sincère, la plus charmante. Et voici que cette même femme dont il avait été éperdument amoureux se comportait en… en amante jalouse et délaissée ! C'était à douter de l'humanité entière. Ainsi, Lysandre n'échappait pas à la règle…

Il la fixa avec un air désemparé avant que la fureur ne s'emparât de lui. Pour l'endiguer, il se saisit de l'une des poignées de bronze du Pleyel et tenta de le soulever. Comme s'il avait voulu briser cet instrument que les mains de son amie de toujours avaient si souvent caressé ou frappé et qui aujourd'hui n'était plus qu'un jouet.

Lysandre, très pâle, fit semblant de ne pas voir le désespoir de son ami. Un instant, elle le prit dans ses bras, l'attira contre elle et, enfonçant ses ongles dans ses bras, répéta, plusieurs fois, l'air éperdu en relevant son visage, sa bouche si près de ses lèvres : « Oh, André, j'ai peur pour toi ! » Puis elle s'arracha à lui, rejoignit son piano. Elle plaqua quelques accords sans le regarder. Il paraissait ne plus exister. Lui avait-elle fait assez de mal pour qu'il courût retrouver Valentine et l'éloigner d'Alexis ? Elle l'espérait.

Il se détourna vivement d'elle et sortit du salon de musique à grands pas nerveux.

Comme pour accompagner sa fuite, la pianiste se lança dans la partie de la *Chevauchée des Walkyries* que Wagner avait consacrée au piano, avec une force, une fougue vengeresse ou désespérée qui poursuivait André comme un ricanement.

Albertine, dans le parc, quitta silencieusement la fenêtre où, lorsqu'elles étaient enfants, Clémence et elle venaient écouter et épier la pianiste sans qu'elle s'en doutât. Durant ses répétitions elles se faisaient des grimaces, imitant les mimiques douces ou tragiques de la musicienne selon les nuances de sa partition.

L'adolescente s'éloigna, les yeux rivés au sol, regardant ses bottines. Elle ne comprenait pas ce qui venait de se passer. Elle ne reconnaissait pas sa mère dans cette furie…

Elle se laissa tomber sur le banc à l'entrée de la roseraie et se mit doucement à pleurer.

Brusquement, Albertine s'apercevait que sa mère différait de l'image qu'elle s'était toujours faite d'elle. Ce n'était pas seulement l'épouse irréprochable et aimante d'un homme qu'elle estimait ; pas seulement la virtuose que le monde entier s'arrachait ; pas seulement la mère tendre et attentive qu'elle était envers ses enfants quand la musique ne l'occupait pas tout entière. C'était aussi un être de chair prêt à tout et même à utiliser des raisons fallacieuses pour éloigner de son époux une rivale qui lui semblait dangereuse.

Mais pourquoi, se demandait Albertine, si sa mère avait quelque crainte sur la relation qui pourrait exister entre son mari et cette jeune femme dévergondée, pourquoi s'était-elle efforcée de mettre le doute dans l'esprit d'André en insinuant que le passé de la femme qu'il aimait pouvait être entaché par un meurtre ? Rien que ça !

Soudain, Albertine comprit la raison de l'attitude de sa mère. Elle voulait qu'André et son amie prissent leurs distances envers la famille de Rosmadec, mais aussi exprimer la jalousie qui était en elle depuis que son ami d'adolescence s'intéressait à une autre qu'elle.

« — Ma fille, c'est parce que André compte beaucoup pour moi, non pas comme tu l'imagines, mais je vois en lui un frère. Or voudrais-tu que ton frère Jean soit pris de passion pour une aventurière qui, peut-être, n'en voudrait qu'à sa position sociale et surtout à sa fortune. »

Albertine continuait la conversation comme si elle se passait réellement entre sa mère et elle :

« — Mais enfin, maman, André n'est pas riche, que nous sachions !

— Plus que tu ne crois. Sa mère n'est plus toute jeune et son mari qui était notaire à Quimper l'a laissée à la tête d'une petite fortune. »

Jamais elle ne s'était sentie si seule. Elle aurait tant aimé parler avec Clémence de ce qu'elle venait de vivre. Et que faisait-elle, celle-ci, en ce moment précis avec ce garçon falot qui ne connaissait rien à la peinture, rien à la littérature – elle l'avait sournoisement interrogé sur son dieu Mallarmé et il l'avait regardée alors avec des yeux de merlan frit. Il n'en savait pas davantage sur la peinture. La musique n'échappait pas, elle non plus, à son inculture. Il suffisait de l'avoir vu une fois regarder au plafond quand Lysandre jouait avec une maestria sublime *Au bord d'une source* de Liszt pour comprendre que les notes devaient glisser dans ses oreilles comme un ruissellement désagréable de pluie s'infiltrant entre un imperméable et le cou.

Par espièglerie, elle s'était amusée à imaginer les réflexions qui pouvaient alors traverser l'esprit qu'elle jugeait obtus du malheureux jeune homme. Il devait se dire, pensait-elle : « Mais ça part dans tous les sens, cette musique-là ! Bon, d'accord, ses mains nous conduisent jusqu'au dernier octave en haut, et alors ? Tiens, voici des champs d'oiseaux et des gouttes d'eau ! Ah oui, il y en a des gouttes auprès de cette source ! On se réveille sous une cascade… »

Elle *vit* Clémence dans ses bras. Il est vrai que ce garçon avait au moins pour lui un beau corps, ce qu'Hélène et elle et à plus forte raison Clémence avaient pu remarquer au cours du bain de la matinée. Était-ce suffisant pour que son aînée se donne à lui ? Sans doute pas, mais la chair était faible avant que d'être triste. Et Rodolphe n'avait assurément pas lu tous les livres dont parlait le poète. Alors…

Clémence marchait à pas lents vers la maison du vieux Louis, tenant sur son bras gauche son panier contenant une part de moka et une bouteille de cidre. Avec un naturel qui n'appartenait qu'à elle et à ses amis artistes, elle avait glissé son autre bras sous celui du beau Rodolphe qui nageait dans la joie. Ce matin-là encore, il n'en aurait pas tant espéré pour cette dernière journée à La Josselière. Clémence s'intéresserait-elle un tant soit peu à lui ? C'était à dire vrai ce que se demandait aussi la jeune peintre en suivant l'étroit chemin qui montait de la ferme à la masure de Louis. Elle contait à l'enseigne de vaisseau la vie mouvementée du vieux serviteur. Avec modestie, elle esquissa la part qu'elle avait prise dans un événement dramatique le concernant d'une façon très personnelle.

Le vieux bonhomme les accueillit avec d'autant plus d'émotion qu'il avait oublié que ce jour-là était celui de sa fête.

Il leur demanda des nouvelles de la tante Eugénie et questionna Clémence sur l'avancement de son enquête. Un peu agacée d'être considérée comme la seule capable de démasquer les malfaiteurs, elle répondit au vieux Louis qu'elle laissait la police faire son métier. Sa tante étant désormais hors de danger, elle n'interviendrait que si la justice décidait de classer l'affaire.

Elle ne disait pas toute la vérité. Elle pensait en effet que les voleurs récidiveraient – les visions de sa sœur allaient d'ailleurs dans ce sens – et qu'ils finiraient bien par commettre une faute qui permettrait de remonter jusqu'à eux.

Elle prit la peine de lui expliquer qu'après avoir acquis la certitude qu'ils étaient partis en train de Quimper avec leur chargement, elle avait adressé à chacune des gares desservies jusqu'à Paris un message demandant si on avait vu deux hommes décharger une lourde malle à tel ou tel arrêt. Les réponses ayant été négatives, elle était ainsi persuadée que c'était à Paris qu'il faudrait chercher la bande de voleurs.

— Mais l'assassin de Nizon, les voleurs des christs de Trémalo et du Faouët, ça serait-y les mêmes à ton avis ?

— Ce n'est pas impossible, mais ils auraient dû faire vite. Une même bande sans doute, je n'en sais rien. Le drame de la cathédrale a dû donner des idées à d'autres, à beaucoup d'autres peut-être. Tous les journaux, à tort et à raison, ont donné les valeurs des objets de culte, calices ou statues de bois et chacun a pu lire que certains pouvaient atteindre des sommes astronomiques sur le marché des antiquaires et des collectionneurs internationaux.

Clémence porta une main à son front, lasse tout à coup.

— Mais voilà que je vous ennuie avec mes raisonnements. Je vous en dirai plus une fois prochaine car, je le sens, je vais devoir bientôt me remettre en campagne. Notre préoccupation, ces jours-ci, était tante Eugénie qui avait et a toujours besoin de réconfort pour reprendre ses esprits. Elle a été si perturbée !

Pour les remercier d'être montés jusque chez lui, le vieux Louis leur fit boire un alcool blanc au degré si élevé que même l'oncle Julien en aurait toussé.

Clémence eut beau affirmer qu'hormis le cidre et le vin, elle n'avait jamais touché à un alcool fort, elle fut obligée, pour ne pas vexer Ghirlandaio, d'en accepter un verre puis un deuxième qui lui fit tourner la tête. Elle se passa une main sur le front, trébucha et se rattrapa au bras du beau Rodolphe. Elle se reprit vite.

— C'est très mal de m'avoir fait boire votre breuvage diabolique. Je me sens un peu pompette et même très pompette, hoquetait-elle entre deux fous rires, tandis que le jeune officier de marine lui posait amicalement un bras autour des épaules pour l'empêcher de choir.

Pour prendre congé, ils affirmèrent qu'ils ne retrouveraient pas leur chemin s'ils succombaient à la tentation de prendre un troisième verre.

— Alors, emportez ce fond de gnôle et offrez-le à l'oncle abbé. Il m'en dira des nouvelles, dit gaiement le vieil homme en glissant la bouteille dans le panier de Clémence.

Clémence ne refusa pas et embrassa leur hôte avec simplicité même si les bourgeons qui rendaient à son nez un aspect pour le moins disgracieux l'avaient toujours révulsée depuis qu'elle était enfant.

En riant, Louis recommanda à son chien de les guider jusqu'à la barrière.

— Allez, Varech, montre donc le chemin du manoir.

Le chien, qui connaissait Clémence depuis toujours, se mit à gambader autour d'elle en aboyant et accompagna les jeunes gens puis, sur un ordre de la jeune peintre, retourna vers sa masure en musardant.

À peine avaient-ils échappé à la vue du vieux Louis que les deux jeunes gens se tinrent l'un contre l'autre par la taille sans la moindre gêne. Clémence se faisait molle et abandonnait sa tête sur l'épaule de Rodolphe qui, la croyant plus grise qu'elle n'était, la soutenait, ému et ravi de pouvoir poser enfin les mains sur ce corps tant désiré depuis le premier jour où Jean lui avait présenté sa sœur.

Ils s'arrêtèrent avant de s'enfoncer dans le bois et Clémence fit admirer la beauté de la vue sur le château de Poulguin et sur l'Aven qui l'entourait.

Rodolphe s'enhardit :

— Nous pourrions nous asseoir dans l'herbe pour reprendre nos esprits…

— En plein mois d'août, vous n'y pensez pas ! Je n'ai aucune envie de me gratter toute la nuit. Les aoûtats, vous n'avez jamais entendu parler des aoûtats ?

— Jamais !

Il était décidément aussi ignare qu'Albertine le disait. Elle voulut l'excuser.

— Il est vrai qu'ils ne sont pas fréquents sur le pont des navires de guerre.

— Ah bon, ah bon ? dit-il sans trop savoir de quoi elle parlait.

Elle se demanda si ce n'était pas la première fois de sa vie qu'elle était grise à ce point. Elle s'appuya encore davantage sur son chevalier servant. Il chercha sa bouche qu'elle lui offrit.

Clémence fit quelques pas chancelants, puis Rodolphe tenta de l'embrasser à nouveau, mais elle détourna la tête, lui échappa et se mit à courir à travers la châtaigneraie qui descendait vers l'Aven.

Tout en sentant les effets de l'alcool se dissiper quelque peu, elle se mit à rire en pensant au garçon qui la poursuivait maladroitement tant le chemin était semé d'embûches et trop étroit pour qu'il puisse l'atteindre.

Rodolphe ne lui déplaisait pas à proprement parler, mais elle ne ressentait pour lui aucun sentiment qui, de près ou de loin, pût ressembler à de l'amour. En artiste, elle admirait, certes, la beauté du corps de cet homme jeune. Cela suffisait-il pour aller plus loin dans cette relation à peine ébauchée par un baiser hâtif ? Elle ne savait trop. Oh, parmi ses amies peintres et ses modèles, rares étaient celles qui se mettaient martel en tête pour qu'une liaison s'amorce et se poursuive ou non. Elles laissaient parler leur corps. « Il faut essayer le godelureau avant de le jeter ou de se l'attacher », aimait à répéter l'une d'elles avec humour et une légère dose de cynisme. Ce n'était pas pour autant une demimondaine, mais une jeune femme de fort bonne famille qui se sentait, par sa façon de vivre, plus proche d'une George Sand que d'une dame catéchiste. Il n'en était pas de même pour Clémence que son éducation, son milieu social et les préceptes religieux qui lui avaient encombré l'esprit durant toute son enfance, son adolescence et désormais le début de son âge adulte avaient freinée dans ses élans, dans ses désirs.

Et par ce bel après-midi d'été, elle s'apercevait combien Gilles lui manquait. Elle avait besoin de son corps, besoin qu'il s'empare du sien. Avait-elle besoin de ce garçon qui était là tout près d'elle, au point qu'elle ne savait trop si, l'alcool aidant, elle lui résisterait au cas où il deviendrait pressant ? Pour l'instant il ne se montrait pas très entreprenant. Le baiser qu'ils avaient échangé était déjà pour lui miraculeux. Elle pensa aux occasions manquées, se rappela les paroles d'Antoine, ce jeune peintre fantasque ami de Van Gogh qui n'était et ne serait jamais qu'un ami pour elle. Alors qu'elle s'étonnait et se disait choquée du nombre incalculable de jeunes personnes qu'il avait entraînées dans son antre de la rue Visconti, il lui avait répondu à plusieurs reprises, jusqu'à en faire sa devise : « Mieux vaut des remords que des regrets ! »

Le sentier s'élargit et Rodolphe put à nouveau marcher à son côté.

— Vous m'aviez dit avoir dans votre tour un portrait qui ressemblait à ce vieux Louis. Me le feriez-vous découvrir ?

— Bon sang ne saurait mentir, ce qui est dit est dit et promesse faite doit être tenue ! répondit-elle avec gaieté.

En approchant de la ferme, ils mirent entre eux une distance raisonnable qui ne pouvait prêter à équivoque.

Gwenola, l'ancienne servante de Madame Mère, devenue une jeune épouse irréprochable, surveillait son petit garçon dont le père n'était autre que Gildas.

Chaque fois que Clémence voyait cet enfant dans les bras de sa mère, elle ressentait une émotion qu'elle ne réussissait pas à bien cerner.

Gildas... c'est grâce à son acharnement qu'elle avait réussi à l'arracher à la prison où l'avait jeté le petit juge Pommart qui avait eu du mal à reconnaître qu'il n'était pas coupable du crime dont il l'accusait.

Aussitôt qu'il aperçut Clémence, le petit bonhomme de dix-sept mois courut se jeter dans ses bras en riant. Elle le regarda : il avait les yeux de son père et le visage long et fin de sa mère, avec des cheveux blonds comme ceux d'Hélène, sa jeune tante.

Dès qu'elle l'eut déposé à terre, il la prit par la main et l'entraîna vers l'abreuvoir en granit où évoluait un petit bateau et le lui montra du doigt. C'était une copie conforme de la chaloupe sardinière familiale que lui avait confectionnée Clémence. Le gréement, la barre sculptée, la forme de la coque et les proportions étaient parfaitement respectés.

Il le sortit de l'eau et le tendit à Rodolphe comme pour le lui faire admirer, ce que s'empressa de faire l'enseigne de vaisseau.

Il le tourna dans sa main, l'observa sous toutes ses faces, dit son admiration et aperçut deux initiales joliment gravées sur la poupe.

— Pourquoi « G.G. » ?

— Eh bien, c'est la première lettre du prénom de ses parents : Gwenola et Gildas.

La femme du matelot eut un gentil sourire en s'adressant à Clémence qu'elle tutoyait depuis qu'elle était mariée.

— Tu sais qu'au début, quand son père a décidé de l'appeler Clément, je n'étais pas d'accord. Ça me choquait qu'il rappelle tant ton prénom…

— Ah, oui, et pourquoi donc ?

— Disons par jalousie…

— Et maintenant, tu es habituée ?

— Oui, et te connaissant mieux, j'en suis fière. Quand il m'a rappelé que c'était grâce à toi qu'il avait été innocenté du meurtre d'Adèle Kuilh, que c'était toi qui avais sauvé sa petite sœur Hélène des griffes des ravisseurs, j'ai compris que c'était une sorte de remerciement à toi et à tout ce que ta famille avait fait pour la sienne depuis la mort de son père…

Clémence l'embrassa pour la remercier du compliment. Savait-elle que son mari, le père de son enfant, et Clémence avaient été si proches ? Gildas le lui avait-il confié ? Ce qu'elle ne savait pas, c'est qu'alors qu'elle était déjà la promise de Gildas, celui-ci et Clémence s'étaient, il y avait deux ans, à nouveau aimés une nuit, une seule, mais quelle nuit ! dans une chambre d'hôtel de Douarnenez.

Ce souvenir fit monter le feu aux joues de la jeune peintre.

Après des baisers au bambin, elle entraîna d'un pas vif et en se mordant les lèvres l'ami de son frère vers sa tour, vers son atelier-chambre.

Elle monta devant lui l'escalier et sentit sur elle le regard du jeune homme.

Elle ferma la porte derrière eux et alla ouvrir en grand la fenêtre qui donnait sur le parc. Elle lui fit signe de le rejoindre et ils s'accoudèrent l'un à côté de l'autre pour regarder au loin la ligne bleutée de la mer.

La fenêtre n'était pas large et leurs hanches se touchaient. Clémence défit ses cheveux et les ébouriffa, les laissant caresser le visage du garçon. Comprit-il l'invite, en eut-il peur ? Il s'écarta d'elle. « Mon Dieu, le benêt ! » se dit-elle, déçue.

Il regardait autour de lui avec cet air quelque peu ahuri de ceux qui, ne connaissant rien à l'art, entrent pour la première fois dans le domaine d'un peintre.

— C'est vous qui avez fait tout cela ? dit-il un peu sottement en désignant les peintures, les sculptures et statuettes qui encombraient la pièce ronde perchée à quinze mètres du sol.

Il s'arrêta devant une série de croquis représentant un homme, toujours le même, dans des attitudes différentes. Ici, il brandissait un ciboire en or au-dessus de la tête d'une tante Eugénie terrorisée, là il était vautré sur elle et tenait un couteau à la main, tandis que la malheureuse vieille demoiselle tentait de lui griffer le visage.

— Oui, ce sont des croquis que j'ai exécutés selon les descriptions de ma tante. J'ai eu beau, vous le constatez, dessiner des visages bien différents, ceux-ci représentent un bonhomme corpulent au cou de taureau, celui-là une version maigrichonne de l'agresseur, tante Eugénie le reconnaît chaque fois. En fait, c'est l'expression sauvage qu'elle reconnaît, pas les traits du voleur. Ce qui ne facilite pas ma tâche.

Il était placé derrière elle, respirait le parfum de ses cheveux et n'avait qu'une envie : y enfouir son visage et poser ses lèvres sur une épaule dénudée qui s'échappait de sa robe de lin écru. Elle sentait son souffle sur sa peau, mais il n'osait pas. Elle se retourna brusquement vers lui, le visage rayonnant, la bouche entrouverte.

Au lieu de s'emparer de ce visage de ces lèvres, il recula.

— Ne m'aviez-vous pas parlé du portrait de ce peintre florentin qui ressemblait tant à votre vieil ami de famille ?

Elle soupira, alla chercher la reproduction de Ghirlandaio et s'assit sur son lit, lui faisant signe de la rejoindre. Cette fois, il lui obéit sans se faire prier. Il s'exclama, dit quelques banalités avant de voir la main droite de la jeune peintre se poser sur son genou et sa tête s'incliner vers lui. Cette fois, il ne se déroba pas à cette invite et il la saisit à la taille avant de se laisser entraîner sur la couche. Il était si gauche, si timide que ce fut Clémence qui prit les initiatives. Elle se retrouva allongée sur lui à l'embrasser avec fougue. Ils roulèrent sur le côté. Elle prit une de ses mains qu'elle posa sur son sein dénudé.

C'en était trop pour ce novice. Il la rejeta brusquement, se leva d'un bond et se dirigea vers la porte. Il se cacha à demi dans l'entrebâillement, se retourna et balbutia des excuses :

— Je n'ose pas. Je me suis comporté en sauvage. J'avais trop envie de vous, une jeune fille si pure…

Elle l'entendit dévaler l'escalier en courant.

Clémence se renversa sur son lit et se mit à rire sans retenue pendant plusieurs minutes en répétant des « Pauvre garçon, pauvre garçon ». Il faisait partie de ces jeunes gens de bonne famille qui ne pouvaient envisager d'épouser une jeune fille qui n'arrivât pas vierge au mariage.

Elle se leva, sortit d'un tiroir une photo de Gilles Martinelles et l'embrassa sur les lèvres.

— Toi au moins ! dit-elle.

CHAPITRE XII

— Qu'ils soient maudits jusqu'à la quatrième génération ! Voici qu'après les ciboires, après les statues, ils s'attaquent aux vitraux de nos chapelles finistériennes ! Ah, les gueux !

Eugénie de Rosmadec frappait du dos de sa main *L'Union agricole* de Quimperlé que venait de lui apporter Maria avec son déjeuner du matin. Elle bouillait. Son visage d'un teint d'ordinaire assez cireux était si empourpré qu'il inquiéta sa mère assise à son côté dans la véranda.

— Calme-toi, ma fille, tu sais bien combien peuvent être dangereux pour ta tension artérielle ces mouvements d'humeur. Ton frère François te l'a dit combien de fois ! Allez, reprends ton calme et lis-moi ton journal.

— Ce torchon, *mon journal* ? C'est républicain et compagnie, cette feuille-là !

— Peut-être, mais c'est le premier qui nous est livré avec ses nouvelles fraîches. Le mieux renseigné sur la région en tout cas. Notre *Figaro* nous arrive avec un jour de retard sur celui-ci et bien souvent s'est contenté d'en recopier les textes qu'on lui adresse par dépêches moyennant finances, à toute heure du jour ou de la nuit.

La voix d'Alexis s'éleva forte et claire, tandis que Lysandre qui l'accompagnait embrassait sa belle-mère sur le front.

— Je l'ai toujours dit, mère, vous auriez fait une excellente rédactrice en chef : l'esprit vif et déductif, de l'autorité, une pipe dès la première gorgée de café avalée, et une canne pour rappeler à tous qui commande. Vous êtes digne de votre général de père, vraiment.

Eugénie monta sur ses grands chevaux.

— Ah, mais cesse donc de plaisanter à tout bout de champ et de faire des phrases ! Notre sainte église est menacée de toutes parts. L'heure est grave : les vandales ont encore frappé.

Alexis, après s'être interdit de rire en raison de l'emphase à demi hystérique de sa sœur, changea aussitôt de ton lorsqu'il se fut penché sur l'épaule de la vieille demoiselle pour consulter le journal qu'elle froissait entre ses mains tremblantes. À la lecture du premier titre, il le lui arracha presque. Son visage s'assombrit tout à coup.

— Ah, les bougres de salauds ! Excusez-moi, mère… Ce ne sont pas des petits aigrefins, mais des grands, des gens de métier, des monte-en-l'air, des spécialistes, cette fois. Écoutez-moi ça. C'est signé de l'ami de Clémence, Hubert Roscoff, un journaliste qui, nous le savons, est tout sauf un plaisantin.

Madame Mère, Eugénie et Lysandre hochaient la tête en écoutant l'architecte s'indigner des nouveaux forfaits perpétrés dans certaines chapelles et pas des moindres.

— Abrège, relate, enfin, lis ! s'écria la maîtresse de maison, quelque peu agacée.

— Bon, je vous passe les titres pour en venir à l'essentiel : *Maintenant c'est au tour des vitraux de nos chapelles d'être la proie des détrousseurs de lieux saints. Cette nuit, ce sont ceux de la chapelle de Notre-Dame-du-Crann à Spézet, datant de 1532, s'il vous plaît, répertoriés comme de premier ordre par nos archivistes historiens, qui ont été purement et simplement démontés. La tâche étant difficile, les vandales en ont brisé plus d'un, avant de les emporter Dieu sait où, pour laisser notre émouvante chapelle percée à tous les vents, comme exsangue...* Je poursuis et voilà le plus triste : *Votre serviteur* (le journaliste donc) *se permet de vous rappeler que cette chapelle dont le ruisseau du Cran baigne les murs, dont le plan forme un tau ou croix de Saint-Antoine, mérite la visite pour ses vitraux d'une richesse exceptionnelle. La maîtresse vitre, à meneaux flamboyants, renferme en douze panneaux les principales scènes de la Passion* (comme si je ne le savais pas ! commenta l'architecte). *Au tympan de l'ogive se développent le Jugement dernier et le Triomphe du Christ. Cette vaste composition, portant la date de 1548, est décorée des armes pleines de Bretagne...* bla-bla-bla... *Les sujets peints dans les six autres fenêtres sont : première vitre : l'Annonciation, la Nativité, l'Adoration des bergers, l'Adoration des mages ; deuxième : le Baptême de Jésus-Christ,* bla-bla-bla... ; *troisième : le Martyre de saint Laurent en trois panneaux et je vous passe la quatrième et la cinquième.*

Alexis, dépité, jeta le journal sur la table.

— Ah, ça, c'est un peu fort ! Il a omis la sixième, *la Légende de saint Jacques le Majeur* en quatre panneaux !

— Sans doute son article était-il trop long, on a dû l'amputer à l'imprimerie, fit remarquer Clémence qui venait de se lever et écoutait la lecture du journal.

Il reprit le quotidien et donna d'autres informations :

— Les pilleurs ne se sont pas arrêtés là. Écoute donc, ton échotier, Clémence : *La chapelle de Kergoat a été elle aussi visitée et dépouillée... Pire il y a eu mort d'homme !*

— Ah non, pas elle, pas Kergoat ! s'exclama Eugénie en portant une main à son cœur. Ce n'est pas possible, les verrières sont beaucoup trop hautes... la *Vie de Jésus-Christ,* l'*Histoire de Joseph*, le *Paradis et l'Enfer* ! récita-t-elle. C'est impossible ! Et il n'y a pas eu de défenseurs de ces biens ? Pas de héros pour mettre en fuite ces apaches ? Pas de mort au moins ?

— Si, je viens de te le dire, mais ce n'est pas trop grave, juste un simple d'esprit qui voulait défendre bêtement sa carriole de paille dont les malfaiteurs avaient besoin pour transporter leur butin si fragile, dit Alexis avec un flegme qui n'avait pour but que de scandaliser son entourage. Un pauvre type en somme. Que Dieu l'accueille en son giron !

— Tu es immonde, Alexis ! dit son frère Julien qui venait de surgir à son tour. Ton cynisme me surprendra toujours.

— Allons, Julien, ce n'est pas du cynisme, mais de la pitié qui ne veut pas dire son nom, corrigea doucement Madame Mère comme pour excuser les propos de son fils aîné.

— On pourrait même appeler ça une sorte d'« euphémisme par litote », dit Albertine faisant son entrée en chemise de nuit, en bâillant et en s'étirant, oubliant que ce genre d'attitude au saut du lit choquait fort sa grand-mère.

Eugénie était désemparée. La mort de cet inconnu qu'Alexis semblait prendre à la légère lui rappelait sa lutte sauvage avec son agresseur.

— Oh, je crois que cette fois ils vont me faire mourir de tristesse ! Je vais rendre l'âme !

— Dieu l'accueillera les bras ouverts, crois-moi, ne put s'empêcher de dire Alexis.

Obéissant à un coup de canne de sa mère, celui-ci plia le journal, l'enfouit dans sa poche et quitta la pièce, suivi par sa fille aînée.

Arrivée dans le hall, Clémence vola *L'Union agricole* à son père et la parcourut. L'article de Roscoff signalait hélas bien d'autres attaques de chapelles dans cette même nuit et dans un périmètre restreint.

— Non, mais écoutez ça, à la page cinq, celle des faits divers, je vous lis la suite : *L'église de Guengat n'a pas été épargnée : les vitraux du chœur représentant les ducs de Bretagne ont été partiellement démontés, mais sans doute les voleurs ont-ils été dérangés car dans leur précipitation à s'enfuir, ils ont abandonné sur place une échelle. Hélas, ils ont pris le temps d'emporter deux calices en vermeil et une belle croix processionnelle de la Renaissance, don d'Alain, seigneur de Guengat, capitaine de Brest et maître d'hôtel de François Ier en 1527.*

Clémence lut à voix basse la fin de l'article et releva la tête.

— D'après mon ami journaliste, il devait s'agir cette fois de la même bande de vauriens ou de deux ou trois groupes ayant un chef commun, c'est du moins ce que sembleraient indiquer la simultanéité et la nature des vols.

— Il est vrai que la dépose de vitraux plombés n'est pas un travail facile. Cela doit être effectué par des spécialistes, commenta l'architecte. Sinon, ça casse ! Et à n'en pas douter, ces vandales en ont brisé plus d'un.

Clémence et son père discutèrent longtemps de ces nouveaux crimes. Bien des faits portaient à croire qu'il s'agissait en effet de la même bande de voyous qui avait opéré à Quimper, comme à Nizon, voire au Faouët et à Trémalo. Ils avaient apparemment la même connaissance des lieux et de leurs richesses avant d'agir. Enfin ils n'hésitaient pas à tuer un témoin gênant.

À nouveau Clémence se sentit le devoir d'aller aux nouvelles et de chercher à remonter une piste qui la mènerait, espérait-elle, au tueur de Nizon et désormais de Kergoat, mais aussi à l'homme qui avait tenté de supprimer sa tante pour effacer toutes traces de son passage.

Il ne s'était pas passé deux jours depuis le départ de Jean et de son ami, et voilà qu'elle allait devoir se remettre en chasse. Elle commençait juste à ressentir le besoin de peindre et ce satané destin allait encore l'en empêcher.

Contrairement à ce qu'elle aurait pu croire, il lui avait fallu un certain temps pour effacer sa triste et courte expérience dans les bras inexpérimentés du beau Rodolphe. Car même si l'alcool blanc du vieux Louis était à l'origine de cette passagère aventure, le malaise qui s'était instauré alors entre l'enseigne de vaisseau et elle avait été bien pénible à vivre durant ces quarante-huit heures. Rodolphe avait-il confié à Jean ses déboires avec sa sœur ? Sans doute pas, car il ne pouvait en aucune façon en être fier. Cependant Jean était si fin et connaissait si bien sa cadette qu'il avait remarqué la gêne que son ami affichait désormais en sa présence. D'ailleurs les rapports entre les deux jeunes gens avaient été si distants, si froids au cours des deux journées précédant le départ de Jean et de Rodolphe pour l'arsenal de Brest que seule la tante Eugénie n'avait rien perçu de leur embarras. Et tandis que la famille était réunie pour le déjeuner, ce jour même où elle venait d'apprendre le sac de nouvelles chapelles et que tous le déploraient, ce fut Eugénie qui, contre toute attente, et dans le but bien innocent de détendre les esprits créa un petit scandale.

Alors que Clémence parlait de faire le point avec Hubert Roscoff sur les détrousseurs de lieux saints, la vieille demoiselle avait posé en plein repas une question bien mal à propos. Madame Mère en avait été irritée et cela avait déclenché un fou rire nerveux de Clémence.

— Pourquoi donc ce Rodolphe, ce si charmant garçon, n'a-t-il pas déclaré sa flamme à notre si jolie Clémence ? Vous seriez-vous fiancés en secret, petits cachottiers ? Il est vrai que l'on ne me dit rien, qu'on me cache tout. Et pourquoi cette hilarité ? Aurais-je commis un impair ?

Elle jetait des regards effarés autour d'elle, s'apercevant un peu tard de l'incongruité de sa demande.

Julien lui faisait de petits signes de connivence qui ne trouvaient en elle nul écho ; sa mère la regardait l'air courroucé, songeant même à frapper le sol de sa canne pour la faire taire ; Lysandre regardait le plafond et s'enfuyait dans sa musique qui lui envahissait l'esprit ; Alexis quant à lui la contemplait d'un air découragé et se demandait si sa sœur recouvrerait un jour la raison si tant est qu'elle en eût jamais eu. Seules Clémence et Albertine continuaient de rire à chaudes larmes, mais leurs rires s'éteignirent aussi vite qu'ils s'étaient allumés.

Julien, d'une voix soudain grave, fit remarquer qu'on venait d'apprendre la mort d'un innocent et qu'il serait bon d'honorer sa mémoire en récitant un pater noster en cette fin de repas. On se leva et on le dit.

— À combien de kilomètres se trouve Kergoat où ce pauvre bonhomme a été tué ?

— Allons voir à la bibliothèque.

Ils montèrent à l'étage et auscultèrent les cartes de la région.

— À partir de Quimper, on va jusqu'à Locronan, à peine vingt kilomètres, puis on grimpe vers Châteaulin et à quatre ou cinq kilomètres on est à Kergoat. Donc, d'ici Quimper : vingt-cinq, puis la même distance à peu de chose près. Oui, une cinquantaine de kilomètres tout de même.

— Autant dire cinquante à cinquante-cinq kilomètres. Ce qui sous-entend… allons, quatre bonnes heures de route avec le cabriolet. On ne peut faire l'aller-retour dans la journée. Il y a un hôtel dans le coin ?

— Non, mais à Châteaulin, oui. Celui de la *Grand'Maison* et celui des *Voyageurs*. Pas mal, pas mal…

— Comment connaissez-vous tout cela, papa ?

Il prit un air rêveur.

— Notre voyage de noces à ta mère et à moi…

— Je croyais que vous étiez allés à Florence.

— Oui, à Florence, à Kergoat et ailleurs, en fait partout où nous sommes allés ensemble, nous étions en voyage de noces…

Il se redressa et prit un petit cigare dans un vase en porcelaine que Madame Mère appelait mazagran.

— Tiens, vous fumez, maintenant ?

— Seulement quand je pense à ces moments tendres, ma fille, tu comprendras plus tard.

— Alors, fumez plus souvent, mon père.

Il l'embrassa sur le front.

— Tu penses aller bien loin. Pourquoi donc ?

— À Quimper ma tante a failli mourir ; à Nizon, un malheureux prêtre a été poignardé et voici qu'à la chapelle de Kergoat un pauvre bonhomme qui voulait sauver sa charrette a été assassiné à coups de fourche.

— Horrible, en effet.

— Vous comprenez pourquoi j'ai envie de me rendre sur le terrain pour tenter de récolter quelques indices ?

— Je comprends, mais je ne souhaite pas que tu t'y rendes seule.

Maria vint interrompre leur conversation pour leur tendre une dépêche que Madame Mère venait de recevoir. Ils la lurent en même temps :

Julien me dit que notre sœur ne va pas si bien que ça et qu'il serait rassuré si je venais la visiter. Je viens donc dès demain. Les frères Martinelles, Gilles et Pierre, qui semblent s'ennuyer à Étretat, seront du voyage, si toutefois personne n'y voit d'inconvénient. À demain en fin de soirée donc. François.

Clémence se laissa tomber dans le fauteuil Voltaire de sa grand-mère et porta à son cœur le message.

Son père la regarda du coin de l'œil.

— Ça ne te déplaît pas, au moins ? Pour ma part, je trouve que ce jeune étudiant en médecine est un charmant garçon qui pourra aider François à rétablir la santé psychologiquement chancelante de notre pauvre sœur. N'est-il pas un ami du fils Charcot ? N'a-t-il pas étudié avec passion les préceptes du professeur qui nous a tiré Albertine d'une si mauvais passe, il y a juste deux ans ? Tu m'as l'air toute pâle, mon enfant… Ce garçon pourrait peut-être t'accompagner à Kergoat et ailleurs, selon les exigences de ton enquête. Y verrais-tu quelque inconvénient ?

— Non, non, pas le moindre ! Et même…

Albertine, échevelée, arriva en courant dans la pièce.

— Ils arrivent : Pierre et Gilles arrivent demain ! Tu entends, Clémence ?

La jeune artiste jeta un regard serein à sa sœur.

— Eh bien, qu'y a-t-il de si extraordinaire ? On te dirait toute chamboulée à cette annonce. Cela te déplaît-il tant ?

Un instant troublée par la réflexion sournoise de son aînée, elle éclata de rire :

— Ah, pour une bonne comédienne, tu es une sacrée bonne comédienne !

Leur père gagna la fenêtre, se pencha et lança une grande bouffée de fumée en regardant le ciel d'un air amusé.

D'un pas paisible, il descendit l'escalier et alla s'asseoir sur un banc de jardin placé sous la fenêtre du salon de musique. De cet endroit, on pouvait jouir du doigté exceptionnel de Lysandre et dans le même temps ne pas la déranger lors de ses répétitions.

Julien, lisant son bréviaire, s'avançait vers son frère à petits pas. Il s'assit à côté d'Alexis.

— Je l'ignorais, mais tu as fort bien fait, Julien, de demander à François de venir s'occuper de notre sœur. Elle ne semble pas avoir encore…

L'abbé posa une main sur l'avant-bras de son frère.

— Ne te donne pas la peine de finir cette phrase. Je sais ce que tu vas ajouter. Et puisque nous n'avons d'autre témoin que Mozart, laisse-moi te dire que tu n'es pas trop charitable envers Eugénie…

— *Mea culpa*, je m'en confesse, mon père.

— Allez en paix, mon fils.

— Mais tu sais, cela fait un demi-siècle que je la fais enrager. C'est une façon comme une autre de canaliser sa douce démence. Ça lui permet d'oublier Dieu de temps en temps pour laisser aller sa fureur contre moi. Je lui donne ainsi au moins un tout petit péché sur la conscience.

— C'est toi, le grand agnostique devant l'Éternel, qui vas me parler de Dieu, maintenant !

Pour une fois Alexis garda son sérieux.

— Je vais te dire une bonne chose, Julien, que tu pourras prendre comme sujet de méditation. Tu te souviens de la phrase de Voltaire, ce mécréant : « Si Dieu n'existait pas, il faudrait l'inventer » ?

Le chanoine l'interrompit.

— Je me souviens aussi de ce que ton Voltaire a dit ailleurs et qui me semble plus subtil : « Si Dieu n'est pas en nous, il n'exista jamais. »

Alexis poursuivit sa pensée.

— Eh bien, toi qui crois en Dieu, dur comme fer, tu peux te permettre de l'oublier de temps en temps. Quant à moi, qui ne crois plus ou si peu, j'y pense tout le temps. Ça t'épate, n'est-ce pas ?

— Oui, ça m'épate et tu as raison, cela va me permettre d'avouer quelque chose d'original en pénitence. Je m'entends déjà dire à mon évêque : « Je confesse qu'il m'arrive de ne pas penser à Lui, de temps en temps, est-ce condamnable ? » Voilà qui me changera de mon gros péché que ma sœur appelle vice. Mais revenons à elle. Sais-tu pourquoi j'ai appelé notre frère médecin à la rescousse ?

— Pour qu'elle recouvre la paix ?

— Oui, car, je peux te l'avouer, son attitude m'inquiète. Avant-hier au soir, ou plutôt en pleine nuit, je l'ai entendue sortir de sa chambre et descendre l'escalier avec ses petits pas de souris. Puis j'ai reconnu le bruit de la clenche de la porte de la véranda. Je me suis levé et l'ai cherchée dans le parc. J'ai vu de la lumière dans la chapelle. J'y suis entré et, je ne blague pas, elle a failli me décapiter. J'ai fait un bond de côté et le hachoir qu'elle brandissait s'est enfoncé dans le dossier d'un banc. Tu pourras en voir la marque, c'est assez impressionnant. Mais ce qui ne l'était pas moins, c'était l'expression de son visage : méconnaissable ! Une figure hallucinée échappée de quelque tableau de Jérôme Bosch ou de Bruegel l'Ancien. Elle a mis un certain temps à retrouver ses esprits. Elle répétait : « C'est qu'ils pourraient voler notre harmonium, notre crucifix ou les napperons de l'autel, voire notre sainte custode. Oh, mais je les attends, je les attends de pied et de main fermes, cette fois ! » Et elle brandissait son hachoir. J'ai eu un mal fou à la convaincre de remonter se coucher. Elle avait décroché notre crucifix et ne voulait plus le lâcher. Après, elle s'était mis en tête de décrocher notre modeste chemin de croix.

Alexis esquissa un sourire.

— Je comprends maintenant pourquoi tu as fait venir notre frère. C'est plus grave que je ne pensais. Elle a vraiment besoin d'être soignée.

— Je le crois. Et évidemment tous ces vols la poursuivent et lui rappellent sa cruelle aventure.

— Hélas, sans être devin comme notre Albertine, je crains bien que nous ne soyons pas à la fin de ces méfaits.

— Jusqu'alors, nous les gens d'Église, quand de tels forfaits survenaient, nous avions pour consigne de ne pas les ébruiter ; nous nous efforcions de les taire, de ne surtout pas les monter en épingle pour ne pas inciter d'autres malfaiteurs à agir pareillement en prenant très peu de risques en fait. Mais aujourd'hui, c'est à qui saisira l'aubaine de violer des lieux, en fait nullement protégés, pour faire main basse sur tous nos trésors. On ne peut tout de même pas dissimuler un gendarme nuit et jour dans chacune des chapelles perdues en pleine campagne pour faire cesser ce trafic !

Ils se turent enfin pour écouter Lysandre interpréter la *Valse brillante* en la bémol majeur op. 34 n° 1 de Chopin.

Le charme de ce moment privilégié fut rompu par Eugénie qui survint, très excitée.

Alexis mit un doigt sur ses lèvres pour lui demander de garder le silence. Entreprise vouée à l'échec, car sa sœur ne put s'empêcher de soliloquer et de commenter ce qu'elle entendait :

— Ah, mon aimable Chopin ! Avec quel brio notre Lysandre l'interprète ! Mais on la connaît un peu trop, non, cette valse-là depuis le temps qu'elle nous la rabâche ! Quoiqu'elle ne manque pas de m'évoquer les grands bals de Vienne, les couples valsant, tournant, les belles toilettes…

Alexis la regarda, ébahi. Était-ce bien Eugénie qu'il entendait parler avec flamme de Vienne où elle n'avait jamais mis les pieds ?

Elle pérorait tant que Julien lui fit signe, lui aussi, de se taire.

Vexée, elle lui obéit.

La pianiste plaqua avec force les deux derniers accords du morceau.

Sans se consulter, les deux frères se levèrent et, se tournant vers elle, applaudirent la pianiste qui fut surprise de les découvrir là.

Elle apparut à la fenêtre et les remercia en s'inclinant sur la balustrade comme elle l'aurait fait sur une scène.

La vieille demoiselle trépigna et pria la concertiste de la soutenir dans l'un de ses cantiques préférés.

— Il faut que je chante, s'égosillait-elle. *Là-Haut*, *On* me le demande !

Avec un sourire un peu las, la grande interprète lui dit de la rejoindre et illustra à son clavier la mélodie simplette du XVIIIe siècle que brayait sa belle-sœur, au bord de l'hystérie :

Les anges dans nos campagnes
Ont entonné l'hymne des cieux…

CHAPITRE XIII

— C'est inouï ! Le juge Pommart est emprisonné ! cria Hubert Roscoff.

C'est avec la même joie et la même émotion que Clémence et Albertine étaient venues cueillir à la gare de Quimperlé leur oncle François et leurs « amoureux », Gilles et Pierre Martinelles, qui, après une correspondance à Rennes, arrivaient d'Étretat.

Si le médecin et l'étudiant ne croulaient pas sous le poids de leurs bagages, Pierre, quant à lui, portait de lourds sacs emplis de livres qu'il appelait modestement : « ma petite bibliothèque estivale ».

Les embrassades entre les quatre jeunes gens furent plus amicales que fougueuses. La présence du Dr François de Rosmadec le leur interdisait, même si celui-ci connaissait fort bien, comme toute la famille, les liens très tendres qui existaient entre les demoiselles de Rosmadec et les frères Martinelles.

À peine François avait-il avec plaisir pris les rênes du char à bancs tiré par Joyeuse, la jument de Clémence, qu'un cabriolet lui avait coupé la route, l'obligeant à s'arrêter.

François eut un mouvement d'humeur et s'apprêtait à invectiver le conducteur quand tous reconnurent Hubert Roscoff, le journaliste et ami de *L'Union agricole*.

Il sauta de sa voiture et, sans même prendre le temps de saluer les voyageurs fraîchement débarqués, s'adressa à Clémence. Et ce qu'il criait était en effet inouï.

— Le juge Pommart est sous les verrous ! Il est inculpé de vol de crucifix ! C'est complètement fou.

Clémence l'interpella.

— Hubert, êtes-vous dans un état à peu près, je dis bien à peu près, normal ?

Il est vrai que les cheveux du journaliste, d'habitude si soigneusement ordonnés avec leur raie au milieu, que Clémence trouvait assez ridicule, étaient cette fois en bataille. Quant à son visage, il était rouge d'excitation.

— Un ami de la gendarmerie vient de m'en faire la confidence. Je passe d'abord à son domicile pour voir comment s'est déroulée l'arrestation. Vous venez avec moi, Clémence ?

Elle se retourna vers Gilles Martinelles qui lui lança un regard contrarié. Comme il se souciait de ce juge qui venait troubler ses retrouvailles avec sa chère et tendre ! Mais il connaissait assez Clémence pour savoir que l'on ne pouvait la contrarier quand il s'agissait de ce qu'elle nommait avec justesse d'ailleurs et sans forfanterie son « devoir ».

— Puis-je me joindre à vous ? demanda l'étudiant.

— Bien sûr, mais ne perdons pas un instant, je ne voudrais pas qu'un confrère vienne me griller l'information.

L'oncle François fit mine de s'inquiéter :

— Et comment rejoindrez-vous La Josselière ?

— Nous louerons une voiture chez Apert[1] ou prendrons la patache de ce soir, ou encore le bateau de l'*Hôtel du Lion d'or* qui nous descendra au Pouldu… on verra. Ne vous inquiétez pas pour moi, je suis sous la protection de mon ange gardien !

Et elle prit familièrement le bras de Gilles qui l'enlaça sans plus de façon.

— … ou je vous raccompagnerai, mais de grâce, faisons vite !

François, qui savait la volonté de sa nièce de retrouver l'agresseur de sa tante, la regarda monter avec Gilles dans la voiture du journaliste. En les voyant se presser l'un contre l'autre sur la banquette à côté de leur guide, François de Rosmadec eut un sourire ému.

Clémence était impatiente.

— Qu'est-ce que c'est que cette histoire ? Hubert, vous êtes sûr de ce que vous avancez ?

— Je ne l'ai pas vu, de mes yeux vu, mais mon ami gendarme est aussi mon cousin germain. Nous n'avons pas de secret l'un pour l'autre, néanmoins, afin de ne pas se fâcher avec ses supérieurs, il se fait très discret pour me donner ses informations. Après, je me débrouille pour inventer une autre source de renseignement. La rapidité de mes enquêtes me fait passer pour un as de l'investigation.

— Que vous êtes, Hubert, que vous êtes ! Ainsi, comment saviez-vous que nous étions venus chercher nos amis à la gare ?

— Pur hasard, je vous assure. Je reviens de chez mon cousin qui a participé lui-même à l'arrestation de Pommart au petit matin, à la fin de son service. Et je vous ai aperçus.

— D'ordinaire, je n'y crois pas. Dans les romans, je trouve que l'auteur manque d'imagination quand il s'en remet au hasard.

1. Nom du loueur de voitures de Quimperlé.

— Seulement, en ce moment, nous ne sommes pas dans un roman, nous sommes dans la vie !

Gilles se rapprocha encore de Clémence, pressant son genou contre sa jambe, enfouissant son visage dans sa chevelure, respirant sa peau. Il avait si envie de la prendre dans ses bras…

Il dut se contenter de lui caresser discrètement la nuque, ce à quoi elle répondit en levant la tête et en redressant le buste.

Pour être poli, l'étudiant en médecine intervint.

— Pourtant le mot « hasard » existe, Clémence, donc ce qu'il signifie ou désigne existe.

Le journaliste ne comprenait pas que les deux jeunes gens puissent avoir cette conversation de salon alors que son excitation allait crescendo au fur et à mesure qu'il approchait de son but.

— Dites-nous un peu où vous nous entraînez à ce train d'enfer ?

— Mais chez le juge Pommart, parbleu ! C'est là qu'il faut enquêter, là qu'on a retrouvé dans sa cave les christs volés au Faouët et à Trémalo…

— Comment ? Qu'est-ce que vous racontez ? Vous êtes complètement dingo !

Elle avait crié tant sa surprise était grande d'entendre Hubert Roscoff, lui, d'ordinaire si pondéré, croire et tenter de lui faire croire une telle énormité.

— Vous verrez, vous verrez, femme de peu de foi !

Depuis la gare, ils roulaient à une vitesse effrénée malgré la pente de la route qui descendait de la Ville-Haute. Clémence n'avait eu ni le temps ni le loisir de présenter à son ami, qui venait à Quimperlé pour la première fois, le clocher de Saint-Michel qui dominait la colline couverte de couvents et de jardins étagés. Après avoir franchi la Laïta au pont des Jacobins et avoir laissé sur la droite l'abbaye de Sainte-Croix, ils se trouvaient déjà au centre de la Ville Close et dans la rue du Château.

Hubert Roscoff consentit alors à ralentir pour s'engager dans ce quartier aristocratique où chacune des maisons possédait un agréable jardin soutenu par une terrasse donnant soit sur l'Ellé, soit sur l'Isole.

Le journaliste mit son cheval au pas. Clémence s'étonna.

— Vous n'allez pas me dire que notre Pommart habite dans une de ces riches demeures ?

— Eh bien, si ! Une vieille maison de famille qu'il a réussi à garder par je ne sais quelle embrouille juridique, écartant ses frères et sœurs.

— Charmante intention ! Je le savais étroit d'esprit, mais honnête, scrupuleusement honnête, défenseur acharné du droit de la République. Et de le découvrir voleur et excellent comédien, alors là !

— Comme on peut se tromper, n'est-ce pas ? Moi-même je ne puis encore tout à fait y croire.

Il tira sur les rênes et, d'un coup de menton, désigna une demeure ancienne qui bien des années auparavant avait dû avoir une certaine tenue, mais qui aujourd'hui souffrait d'un manque évident d'entretien.

— C'est là. Tiens, c'est le brigadier Arpent qui est de garde. Ça va être plus simple.

Un jeune gendarme se tenait sur le seuil de la vieille maison, semblant s'ennuyer à mourir. Il reconnut Hubert et lui fit un geste amical.

Les trois jeunes gens sautèrent de voiture et s'approchèrent du représentant de la maréchaussée.

— Bonjour, brigadier, je vous présente Mlle de Rosmadec qui nous a aidés à démêler plusieurs affaires criminelles, et M. Nicolas du Roueff, avocat à Paris, spécialiste en criminologie de son état.

Clémence et Gilles se mordirent les lèvres pour ne pas rire, stupéfaits davantage par le culot du journaliste que par le titre et le métier qu'il venait de décerner au jeune carabin.

Le gendarme ne fit aucune difficulté pour les mener à la cave où se trouvaient encore les deux sculptures du Christ en croix, ainsi que les Adam et Ève du jubé du Faouët.

On y descendait par un escalier extérieur aux marches de pierre vertes de mousse, qui semblaient indiquer qu'on ne l'utilisait que rarement. D'ailleurs, la porte vermoulue ne possédait aucun verrou et béait, uniquement maintenue par une cordelette tricolore posée quelques heures plus tôt. Leur guide la dénoua pour les laisser pénétrer dans ce lieu de terre battue, frais sans être humide. La cave était voûtée et datait sans doute du XVe ou du XVIe siècle. Deux ifs dépourvus de cadavres de bouteilles signalaient l'abandon du lieu… ou du moins la sobriété des occupants de la demeure. Une roue de charrette adossée à la margelle d'un puits semblait désespérément seule. Enfin les deux magnifiques crucifix, sensiblement de la même taille, étaient couchés l'un à côté de l'autre, sur un lit de paille. À leurs pieds étaient posées les statues d'Adam et Ève.

— *Le Christ jaune* de Gauguin ! s'exclama Clémence en se laissant tomber à genoux et en caressant le bois séculaire, vérifiant que l'objet n'avait pas trop souffert de son invraisemblable voyage.

— Enfin, disons plutôt, celui de Trémalo ayant servi de modèle et d'inspiration à votre Gauguin.

Clémence se redressa, visiblement émue.

Hubert et Gilles étaient eux aussi fascinés par la découverte des gendarmes.

Le journaliste interrogea le brigadier.

— Étiez-vous présent lors de la découverte de ces christs et de l'arrestation du juge Pommart ?

— Oui, monsieur Roscoff.

— Mais comment vos supérieurs ont-ils été avertis que ces deux chefs-d'œuvre de l'art religieux se trouvaient chez le magistrat ? demanda Clémence, sans quitter des yeux les objets sacrés.

— Par une lettre anonyme arrivée au courrier de ce matin.

— Vous l'avez vue ? dit vivement Hubert.

— Oui, je l'ai parcourue. Elle disait à peu près ceci : *La cave de M. le juge Pommart demeurant rue... recèle un bien étrange trésor disparu récemment de certains lieux saints. Ces objets de culte sont-ils en sûreté chez cet homme de loi que l'on dit et qui se dit intègre ?*

— Comment se présentait cette dépêche ? Écrite à la main ?

— Non, non, le texte était composé par des caractères de journal. Celui où vous travaillez, monsieur Roscoff, ne vous en déplaise.

— Ah, les canailles ! Voilà qui me déplaît et en même temps me flatte. Si nous ne tirions qu'à un seul exemplaire, ils auraient choisi un autre journal ! ne put-il s'empêcher de plaisanter.

Gilles Martinelles se prit au jeu.

— Et qu'a dit et qu'a fait le juge quand votre supérieur lui a demandé de visiter sa cave ?

— Il était interloqué et sa femme ne l'était pas moins. L'un et l'autre se regardaient, les yeux ronds, et répétaient et bafouillaient des : « — Pourquoi ? Pourquoi notre cave ? Nous n'y descendons jamais. Il n'y a rien, mais rien à y voir.

« — Simple question de routine, a dit le chef. Pouvez-vous nous y précéder avec quelque éclairage et votre clef bien sûr ?...

« — Mais ça fait des années que nous ne la fermons pas. Il n'y a rien à voler, je puis vous l'affirmer. La porte en est ouverte à tous vents.

« — Simple formalité, vous dis-je. La routine, n'est-ce pas…

« Le juge et sa femme se regardaient sans comprendre.

« — Si vous voulez bien nous montrer le chemin, monsieur le juge…

« Ils se levèrent et se retrouvèrent dans leur jardin en ne cessant de répéter :

« — Mais qu'est-ce que c'est que cette histoire ? Que nous veut-on ?

« Le juge eut quelque mal à allumer une torchère tant ses mains tremblaient. Il nous précéda dans l'escalier avec son épouse accrochée à son bras. La porte était tirée et il lui donna un coup de pied pour l'ouvrir. Il leva sa lumière et nous découvrîmes les deux christs. Mon chef, surpris mais connaissant son métier, guettait du coin de l'œil le magistrat et sa femme. Je vous passe les exclamations de surprise des deux suspects de recel.

« — C'est à n'y rien comprendre, c'est à n'y rien comprendre ! répétait le juge en jetant des regards effarés autour de lui.

« — En effet, reprit mon chef d'un ton tranchant. Ou plutôt si : un juge est par son état insoupçonnable et qui plus est un magistrat tel que vous qui jusqu'alors avez toujours été considéré comme respectueux de la loi et l'honnêteté même.

« À ce moment, Mme Pommart leva la main vers mon maréchal des logis. On crut qu'elle allait le gifler tant son indignation semblait grande. Elle se mit à vociférer :

« — Monstre que vous êtes ! Comment pouvez-vous vous permettre d'utiliser ce plus-que-parfait mensonger : *avait été considéré* !

« Mon chef eut un petit sourire en coin :

« — Mais, madame, voulez-vous dire qu'il est mensonger de considérer que votre mari était d'une honnêteté scrupuleuse ? En quoi cela serait-il *mensonger* ?

« Elle était rouge comme une pivoine alors que le teint du juge avait viré au jaune. Elle le prit par le bras et le secoua :

« — Mais dis quelque chose pour ta défense ! Clame ton innocence ! Dis que tu n'es pour rien dans cette affaire !

« Et l'autre, tout tremblant, hébété, bafouillait :

« — Mais je ne sais que dire pour ma défense ! Coupable, pas coupable, je ne sais plus !

« Et il commença à réciter ses articles de loi qui se retournaient contre lui.

« — Toute personne soupçonnée de recel d'objets volés est passible de…

« Apparemment il avait perdu la boule. Il s'avouait coupable sans chercher un autre que lui. C'est alors qu'il advint un événement spectaculaire et insolite. Mme Pommart porta une main à son cœur et s'écria :

« — Depuis trente-cinq ans, je vis avec un voleur ! Et pourquoi pas un assassin !

« Et elle glissa à terre, évanouie.

Clémence écoutait bouche bée le récit du gendarme et n'en croyait pas ses oreilles. Quand elle imagina cette grosse personne allongée sur les deux crucifix, elle fut prise d'un rire nerveux qu'elle eut du mal à réprimer.

Hubert Roscoff prenait à toute vitesse des notes sur son calepin, sachant déjà qu'il allait écrire le plus sensationnel des articles que tous ses collègues de la presse nationale reprendraient. Jamais il ne remercierait assez son cousin de l'avoir si rapidement prévenu.

— Et alors que s'est-il passé ?

— Nous l'avons relevée et l'avons assise sur cette marche, là. La bonne est venue lui donner un remontant et s'est occupée d'elle. Elle était hagarde. Ensuite, mon maréchal des logis m'a donné l'ordre d'aller chercher le fourgon et de prévenir un médecin. Une demi-heure plus tard, le juge Pommart, auquel on avait mis les poucettes, entrait dans le fourgon l'air hébété en répétant des « Allons, ce n'est pas possible que ce soit moi ! » comme s'il tentait de s'en persuader. Sa femme avait recouvré toute son énergie et, d'autorité, elle monta à sa suite dans le véhicule.

— Et qu'allez-vous faire de ces christs ? demanda Gilles Martinelles qui partageait l'étonnement de Clémence et du journaliste.

— Je suis chargé de veiller sur ces statues jusqu'à l'arrivée d'un représentant de l'Évêché qui les identifiera et les emportera ou les fera déposer à la caserne en attendant les décisions de ses supérieurs, je ne sais trop.

Hubert Roscoff demanda la permission d'interroger la servante de la maison. Elle lui fut accordée par ce gendarme complaisant.

Avant de quitter la cave, Clémence aperçut une bille d'agate à demi enfouie dans le sol. Elle la mit dans sa poche.

La bonne, et cela n'était pas étonnant, ne comprenait rien à ce qui se passait. Elle n'avait pris son service dans la maison que depuis six mois, après la mort de la vieille bonne, et ne semblait pas y être très attachée. Comment aurait-elle pu l'être d'ailleurs, auprès d'un juge sévère et de son épouse autoritaire et atrabilaire, se dit Clémence. Tout ce qu'elle put dire, c'est que ses patrons ne cessaient de parler des vols dans les chapelles de Trémalo et du Faouët « avec des airs mystérieux », précisa-t-elle. Mais ainsi que le fit remarquer Clémence avec pertinence, cette interprétation hâtive des conversations de ses maîtres n'avait peut-être pour but que de se sentir considérée. Bien des témoins agissaient ainsi pour se donner de l'importance, chacun disant à peu près : « Je vous l'avais bien dit, ça ne m'étonne pas, je m'en doutais et maintenant j'en suis sûr. »

Le petit salon bibliothèque où ils interrogeaient la soubrette était meublé avec un goût exécrable. Les deux croûtes accrochées aux murs représentaient, l'une un cerf bramant au cœur d'une clairière, l'autre un magistrat plus vrai que nature, mais en moins évocateur qu'une caricature de Daumier. Clémence comprenait pourquoi le juge Pommart avait une dent contre les jeunes peintres de Pont-Aven, qui pour lui n'étaient que des plaisantins voulant épater le bourgeois. N'avait-il pas laissé entendre qu'il soupçonnait Gauguin d'avoir voulu, en tuant le jeune abbé, se venger du curé de Nizon qui avait refusé d'accueillir une de ses toiles dans son église ? Sur le napperon d'un guéridon placé à côté d'une fenêtre trônait un bocal empli de jolies billes de couleur qu'un rayon de soleil faisait miroiter. C'était le seul objet que Clémence apprécia. Spontanément, elle sortit de sa poche l'agate trouvée en bas de l'escalier de la cave et la fit rejoindre les autres en la glissant dans le col de la bouteille. Un instant, elle se souvint d'en avoir trouvé une semblable au Faouët. Mais sur le moment elle n'attacha pas à ces deux trouvailles un grand intérêt.

Hubert Roscoff était dans un état d'excitation qui ne surprenait ni Clémence ni Gilles. Ils se souvenaient avoir été témoins de la passion qui animait Marcel Pinton à Paris dans les locaux du *Figaro*. C'est lui d'ailleurs qui les avait présentés l'un à l'autre. La jeune peintre cherchait alors à retrouver Hélène, la fille de la fermière de La Josselière, et Gilles Martinelles son frère Pierre, âgé à l'époque de quinze ans, enlevé en Bretagne lors d'un voyage sur les traces de Flaubert. La jeune artiste peintre et l'étudiant en médecine avaient vu que le journaliste qui s'occupait de leur affaire travaillait en liaison étroite avec les policiers. Puis avec les deux détectives amateurs qu'ils étaient.

Ensemble, Clémence et Gilles s'étaient lancés à la recherche des jeunes captifs sur les routes de Cornouaille ; ensemble ils avaient réussi à délivrer les victimes et à punir le tueur d'Hector, le valet de ferme de La Josselière. C'est ensemble encore qu'ils avaient commencé à s'aimer, dans cette fin de l'été 1888, et que l'automne les avait vus devenir amants. Ils avaient désormais des amis communs à Paris qui s'entendaient comme larrons en foire, que ce fussent Jean-Baptiste Charcot et sa sœur Jeanne, Léon Daudet, le fils du grand Alphonse, enfin Georges Hugo et sa sœur Jeanne, les petits-enfants de l'immense poète et écrivain. Gilles, Léon et Jean-Baptiste étaient tous trois dans la même année de médecine. De son côté, Clémence faisait découvrir le monde de la bohème, ses camarades peintres ou poètes, de Toulouse-Lautrec à Antoine, le dessinateur animalier, et Bouboule, le poète cocher de fiacre par nécessité. Ces jeunes gens avaient parfois des histoires d'amour un peu compliquées, telle celle qui existait entre la petite-fille de Victor Hugo et Léon Daudet, d'une part, et la fille du professeur Charcot et ce même Léon Daudet pour lequel celle-ci se mourait d'amour.

En sortant de la maison du juge Pommart, Hubert Roscoff n'avait qu'une hâte : poursuivre son enquête. Il voulait tout d'abord passer à la gendarmerie dans l'espoir assez insensé d'interroger le magistrat. Il était bien décidé à obtenir de la maréchaussée des renseignements supplémentaires. Il grillait de lire la lettre anonyme de dénonciation pour l'étudier et la reproduire à la virgule près. Les gendarmes n'avaient d'ailleurs aucune raison de lui cacher quoi que ce fût, sachant fort bien qu'il ne déformerait en rien leurs propos. Ils travaillaient avec le journaliste depuis près de dix ans et savaient qu'il agissait avec prudence et n'écrirait rien qui puisse les gêner. Ils n'étaient d'ailleurs pas fâchés d'être cités dans les colonnes de *L'Union* par leur nom et grade, car Hubert savait mettre en valeur leurs qualités d'inlassables investigateurs, ne négligeant aucun détail. Ils se délectaient aussi du style fleuri pour ne pas dire ampoulé de l'homme de plume.

En sautant dans son cabriolet, Hubert demanda néanmoins à Clémence où il pouvait les déposer et fut heureux de les entendre répondre qu'ils avaient pour intention de se promener en ville et n'avaient nullement besoin de ses services. Cependant, Clémence lui demanda s'il avait des nouvelles concernant le meurtre de la chapelle de Kergoat et s'il était nécessaire d'y aller voir.

— J'y suis allé. Hélas, je n'ai rien trouvé. Enfin quelques petits détails dont je vous parlerai plus tard. Mais ça ne vaut pas le déplacement.

Les deux amoureux se retrouvèrent seuls et décidèrent de ne rejoindre La Josselière que le lendemain. Clémence en prévint sa famille par une dépêche et ils se mirent en quête d'un hôtel. Ils hésitèrent entre l'*Hôtel de France et d'Angleterre* et celui *du Lion d'Or et des Voyageurs*, ils choisirent le second. Ils y prirent deux chambres sur le même palier pour donner le change au cas où l'un des clients saurait qui était Clémence. Cela n'aurait rien eu d'étonnant, non seulement parce que la famille Rosmadec était honorablement connue dans la région, mais aussi parce que nul n'ignorait les exploits de détective de la jeune peintre dont l'opulente chevelure rousse était un signe de reconnaissance. Si un notable de cette cité de quelque sept mille habitants apprenait qu'une jeune fille de la bonne société partageait sa chambre avec un homme, cela serait très mal considéré et c'en était fait de la réputation des hôtes de La Josselière.

La « demoiselle de Rosmadec de La Josselière » emmena Gilles faire une visite rapide de la ville basse. Elle lui fit admirer la basilique de Sainte-Croix reconstruite après la chute de son clocher, il y avait de cela vingt-huit ans. C'était l'architecte diocésain M. Bigot, au nom prédestiné pour un bâtisseur ou du moins un réparateur de cathédrales, dont son père lui avait parlé à Quimper, qui s'était chargé des travaux. Il s'était efforcé avec succès de redonner au bâtiment religieux l'allure qu'il avait selon son plan primitif.

Clémence, qui avait retenu les leçons d'architecture données par l'auteur de ses jours depuis qu'elle était enfant, était un guide tout trouvé pour Gilles. Et même s'il aurait préféré embrasser son cicérone plutôt que de marcher à son côté le nez en l'air, il prenait plaisir à entendre sa voix lui expliquer les moindres détails de la reconstruction de la basilique.

— Tu vois, ce bâtiment a été élevé en imitation de l'église du Saint-Sépulcre à Jérusalem : une rotonde ouverte sur les quatre bras d'une croix grecque…

Gilles se pencha vers elle.

— Et moi, c'est avec mes deux bras, excuse-moi du peu, que j'ai envie de te serrer contre moi à t'étouffer.

Elle lui prit furtivement la main et l'entraîna vers la crypte du XIe siècle divisée en trois nefs parallèles par une double rangée de colonnes trapues.

Le lieu était désert et éclairé par quelques chandeliers qui laissaient de nombreux coins d'ombre.

C'est derrière l'une de ces colonnes trapues que Gilles attira Clémence contre lui. Elle ne résista pas et ils s'embrassèrent avec fougue. Ils ne se lassaient pas de recommencer. C'était si bon de se reconnaître avec *ferveur*, pensa Clémence en estimant que leurs baisers étaient comme une *prière* d'aller plus loin…

Un bruit de pas dans l'escalier les fit s'écarter l'un de l'autre bien à regret. Aussitôt, Clémence reprit sa voix de guide. Une voix qui tremblait un peu :

— Voici le gisant de saint Gurloës qui fut le premier abbé de Quimperlé, mort en l'an 1057. Ce saint que les Bretons nomment Urlou a, disent-ils, le pouvoir de guérir la goutte, qu'ils nomment le « mal de saint Urlou »…

Le soleil les frappa en plein visage et leur fit cligner des yeux.

— Mon Dieu, si tante Eugénie nous avait surpris ! Je l'entends déjà avant de s'évanouir s'exclamer : « Dans un lieu saint, Jésus, Marie, Joseph ! Les impies ! »

— Mais puisqu'ils s'aiment, il leur sera beaucoup pardonné, répondit Gilles en lui offrant le plus tendre des sourires. Et puis, ajouta-t-il, ces baisers ne sont que péché véniel par rapport à ce que ce soir…

— Taisez-vous, mécréant !

Et voici qu'en ce bel après-midi d'août, ils se retrouvèrent, par un heureux coup du sort, seuls dans cette ville de Bretagne. Seuls avec l'émotion de leurs retrouvailles.

Mais ils n'étaient pas seuls à prendre leur repas du soir sur cette terrasse surplombant l'Ellé. Le restaurant était complet, des couples et des familles de touristes se jetaient des petits coups d'œil inquisiteurs pour juger du comportement de leurs voisins. Au moment où Gilles allait poser sa main sur la sienne, Clémence l'en empêcha. Elle venait de croiser le regard d'une amie de sa grand-mère, la comtesse de

Porsac, qui dînait là avec celle de ses petites-filles qui se destinait à une carrière musicale.

Clémence répondit à son sourire pincé et, pour montrer qu'elle n'avait rien à se reprocher qui puisse donner lieu à des rumeurs, elle se leva et alla à sa table pour la saluer.

— … Je suis avec Gilles Martinelles, vous savez, cet étudiant en médecine dont le frère Pierre avait été enlevé en même temps que notre petite Hélène. Il est devenu un ami de la famille et j'ai pour mission de faire découvrir à ce Normand d'Étretat notre beau Finistère.

La douairière, qui voulait marier son apprentie pianiste, aurait souhaité être présentée à ce beau jeune homme de la grande bourgeoisie dont le père était une des plus grosses fortunes de Paris, pour ne pas dire de France. Clémence le devina.

— Je suis ravie de vous avoir rencontrée et contrariée de vous avoir dérangée dans votre repas, madame la comtesse. Que notre Cornouaille est donc petite !

Après cette platitude Clémence s'éloigna d'une démarche altière.

— Tu vois comme on fait bien de se méfier. Si je n'étais pas allée la voir, cette langue de vipère eût tôt fait de dire que je me fourvoyais.

— Si nos mains ne peuvent se réunir, nos jambes, elles, peuvent se parler, dit Gilles après s'être assuré que la nappe tombait bien jusqu'au sol.

Son amie eut du mal à imiter son flegme. Sous la table commença alors le plus complice et brûlant des ballets.

— Je ne te savais pas ballerine.

— Je ne te savais pas danseur étoile.

Afin de calmer ce bonheur qui montait en eux, ils parlèrent de l'arrestation du juge Pommart. Ce sujet d'ailleurs courait de table en table dans ce restaurant de Quimperlé et les suppositions les plus farfelues étaient émises quant à la raison de son interpellation. Un serveur au teint cireux et doté d'un imperturbable sérieux se pencha vers eux et, en mettant une main sur le côté de sa bouche pour demeurer discret, murmura une phrase insolite :

— On dit qu'il a tenté d'assassiner sa femme dans sa cave et que les gendarmes sont arrivés à temps pour l'en empêcher.

Les deux jeunes gens ne prirent pas la peine de le contredire, même s'ils avaient eu le privilège d'entendre un gendarme leur conter la scène dont il avait été témoin.

— Le pire est qu'il semblait persuadé de détenir la vérité, fit remarquer Clémence lorsque l'homme se fut éloigné. Oh, le danger des « On dit » !

— Et toi, que penses-tu de tout cela ?

Ils se regardèrent et s'aperçurent seulement alors qu'ils n'avaient pas pris le temps d'échanger leurs points de vue sur cet événement. Ils avaient à l'évidence d'autres choses en tête…

Avec étonnement, ils découvrirent qu'ils n'étaient pas du même avis.

— Je ne crois pas un instant à la culpabilité du magistrat ou de sa femme, commença-t-elle.

— Et pourquoi donc ?

— Parce qu'il n'a pas la tête d'un voleur de grand chemin ou de chapelles, ni celle d'un tueur d'abbé, même si je le crois plus bouffeur de curés que dévot…

— « La tête ! » Mais ça ne veut rien dire scientifiquement, une tête. Comme si à en croire un Bertillon il existait un visage donc *un faciès* de l'assassin type ! C'est très dangereux, tu sais, la confiance totale qu'on peut avoir dans l'anthropométrie !

— Tu parles pour toi ou pour moi ? plaisanta Clémence.

Il rit de la saillie avant de poursuivre son raisonnement.

— Crois-moi, il y a des malades à propos desquels tu mettrais ta tête, disons un petit doigt, à couper qu'ils sont d'une honnêteté scrupuleuse et qu'un jour on pince en train de commettre un vol. Comme tu le sais, on les qualifie de kleptomanes, du grec *kleptês* qui signifie « voleur ». Ces sujets ont un réel talent à se faire passer pour ce qu'ils ne sont pas. Alors, avoir une « tête de », ça n'a pas de sens.

— J'oubliais que j'étais en présence d'un élève du grand professeur Charcot et copain de faculté de son fils.

Il haussa les épaules, légèrement agacé, et Clémence, cette fois, lui effleura la main pour s'excuser de sa boutade.

— Je ne vois pas le rapport. Il n'y a pas besoin d'être grand clerc pour avancer ce genre d'hypothèse.

— Mais voleur, dissimulateur, voire collectionneur, il aurait pris d'autres précautions pour cacher ses christs ! Pourquoi les laisser dans une cave à tous vents ? Non, je penche plutôt vers des voleurs qui, connaissant son intégrité justement et l'abandon de sa cave, seraient venus déposer là leurs trésors en attendant d'avoir trouvé le moment et le bon moyen pour les négocier…

— Allons, allons, il ne manque pas de paille dans les granges pour dissimuler des statues en bois comme celles-ci.

— Oui, tu dis vrai, mais alors… et la lettre anonyme confirmerait ce que j'imagine : il peut exister un individu ou des dizaines que le juge Pommart a mis sous les verrous. Une fois sortis de prison, ils se seraient vengés en faisant cette mauvaise farce à leur accusateur.

— Un innocent comme ton Gildas, par exemple ?

— Oui, par exemple, dit-elle en détournant la tête.

Les chambres étaient en vis-à-vis sur le couloir, ce qui permit à Clémence et à Gilles de se dire bonsoir en forçant leur voix juste au passage d'un employé responsable de l'étage.

Gilles attendit quelques minutes, qui parurent un siècle à Clémence, avant de la rejoindre.

Ils tombèrent dans les bras l'un de l'autre. Leurs embrassades les menèrent jusqu'au lit où ils roulèrent ensemble, se pressant de s'arracher l'un à l'autre leurs vêtements tant leur fièvre était grande.

— Comme j'ai envie de toi ! haletait Gilles en la caressant.

Elle passa ses mains derrière sa nuque, l'attira à elle puis le saisit aux hanches.

Avant d'obéir au désir de la première étreinte que lui demandait Clémence, il se tint un instant au-dessus d'elle, plongea avec volupté son regard dans les yeux verts de son amante.

Sa chevelure défaite éclaboussait de lueurs rousses l'oreiller immaculé.

Après une nuit d'amour sans sommeil, au petit matin leurs corps s'enlacèrent et s'unirent à nouveau.

CHAPITRE XIV

M. le curé Maurice de Selle de Beauchamp était heureux. Tout simplement heureux de faire chaque jour que Dieu lui accordait son « petit au revoir du soir », comme il disait joliment, au lieu saint dont il était responsable depuis juste un an.

En cette fin d'après-midi du 26 août 1890, tout en marchant à petits pas dans le bas-côté droit de la nef, il se caressait les avant-bras, les mains enfouies dans les manches de sa chasuble. C'était une douce volupté qu'il se permettait sans même en être conscient et qui venait s'ajouter d'une façon physique au bonheur tout spirituel de dire ses prières. Il ne manquait jamais au cours de celles-ci d'évoquer la mémoire de son prédécesseur, le bon père Perdreau, qui avait quitté son ministère le 28 juillet de l'année précédente, « après dix-sept ans de *règne* », ainsi que l'avait dit si plaisamment le premier vicaire dans son discours d'adieu.

Ç'avait été un honneur pour le père Selle de Beauchamp de devenir à son tour le berger de Saint-Étienne-du-Mont, cette superbe église parisienne au passé si riche et abritant en son sein des mânes aussi élevés que ceux d'un Blaise Pascal ou d'un Jean Racine.

Le curé s'était retourné en entendant le bruit étouffé de l'une des portes du porche occidental. En raison de sa vue qui baissait de mois en mois et de la douce pénombre de l'édifice, il avait vaguement aperçu les silhouettes de trois hommes qui, après s'être inclinés à la base du vaisseau central, commencèrent un tour d'église derrière lui.

Si la vue du prêtre avait été moins basse, il aurait pu constater les différences physiques de ces trois hommes.

L'un était un homme élancé d'une quarantaine d'années, vêtu avec élégance, au visage allongé caressé par une longue mèche noire qu'il relevait fréquemment d'un geste saccadé tandis qu'un léger tic tordait un peu sa bouche. Il était sans doute l'érudit du trio car c'est lui qui désignait à ses deux compagnons les trésors ou tableaux de renom que recelaient les chapelles.

Les deux autres étaient aussi dissemblables qu'on puisse l'être. L'un était d'une haute taille et d'une forte corpulence, avec un cou épais enfoncé dans de larges épaules ; l'autre était bien plus petit, presque maigrelet sans être chétif, et paraissait constamment en éveil. Il suivait avec une grande attention ce que le guide leur désignait. Il le retenait parfois par la manche pour lui poser à l'oreille quelque question à laquelle on lui répondait sans attendre.

Parvenu à la deuxième chapelle de l'allée de droite, la chapelle de la Commémoration, le dandy arrêta ses deux compagnons et, d'un geste rapide et circulaire, leur fit admirer une toile d'un mètre trente sur un mètre dix environ. C'était la mort de la Vierge, une belle œuvre exécutée par un anonyme du XVIIe. La Vierge, vêtue d'une tunique d'un bleu passé, effleurait de sa main gauche son sein droit. Un homme barbu, aux habits colorés d'un jaune d'or lumineux, se penchait vers elle agonisante. À droite, des femmes agenouillées portant des manteaux d'un rouge soutenu la regardaient, extasiées.

L'homme retint ses acolytes et leur confia une information, importante sans doute, car tous deux opinèrent, la mine grave et attentive. Ils poursuivirent leur visite et s'immobilisèrent cette fois devant la chapelle dédiée à saint Charles Borromée où ils découvrirent le saint dans son grand manteau rouge doublé de blanc, distribuant des aumônes à un enfant pauvre se traînant à ses pieds. La peinture était de proportions importantes, deux mètres sur un mètre quarante environ.

Les trois hommes firent une courte halte devant l'imposante châsse dorée en cuivre, intransportable, de sainte Geneviève et, d'un coup de pouce, le chef désigna le reliquaire situé sur l'autel.

Enfin, ces étranges visiteurs tournèrent à droite dans l'allée qui longe l'immense chapelle des Catéchismes et détaillèrent avec une attention soutenue les douze vitraux du XVIe et du XVIIe siècle qui donnaient sur le cloître. Ils se trouvaient à hauteur d'homme et étaient facilement accessibles.

— Magnifique, magnifique travail ! s'exclama le cicérone. Vous m'avez bien compris ? Vous opérerez comme je vous l'ai appris lors de nos répétitions. Pas question d'en briser un morceau. Là, je fais un vœu pieux ! Pas d'éclats !

Il sortit un plan sur lequel, au cours de nombreux repérages, il avait établi un relevé très complet et précis des mesures et noté une foule d'indications.

— Bon, je passerai avant vous et reporterai à la craie les numéros que j'ai notés ici sur mon calepin[1], panneau par panneau. Après, ça sera à vous de jouer, délicatement bien sûr, avec vos burins et masselottes,

1. Cette opération s'appelle le « calepinage ».

en commençant, comme prévu, par les vitraux du bas. Vous écarterez doucement les calfeutrements de plomb en commençant par le haut, puis par les côtés. Une fois que la feuillure sera bien écartée, il ne vous restera plus qu'à dégager les panneaux et à les déposer tout doucement, l'un après l'autre, verticalement contre ce mur de soubassement. Pendant ce temps, je surveillerai les environs, côté cloître et côté église. J'ouvrirai la porte sur la rue Clovis pour que cet abruti de René vienne nous aider à transporter avec soin et en silence l'ensemble de notre travail dans sa berline. Je m'occuperai des tableaux. Un coup de rasoir et hop ! par ici le chef-d'œuvre ! Je roulerai les toiles et les porterai à la voiture avant de m'occuper de la chaire, dit-il en étendant devant lui une scie flexible munie à chaque extrémité d'un anneau pour y passer les doigts.

Les deux hommes, impressionnés, se reculèrent et repoussèrent cette arme redoutable et tranchante que leur mentor approchait de leur gorge en ricanant.

— Maintenant, allons faire nos dévotions en nous efforçant de ne pas nous montrer à visage découvert et encore moins d'éclater de rire.

Les deux apprentis artisans opinèrent du bonnet et prirent l'air las de ceux qui entendent pour la centième fois une recommandation qu'ils jugent inutile.

Pendant ce temps, le curé de Selle de Beauchamp s'inclinait dans la dernière chapelle du chevet devant les inscriptions funéraires dédiées à Blaise Pascal et à Jean Racine. Il les connaissait désormais par cœur et se les récitait, les yeux baissés vers les dalles de la petite chapelle :

Ici repose Blaise Pascal, de Clermont, fils d'Étienne Pascal (…)

Après plusieurs années de retraite intensive passées à méditer la Loi divine, avec félicité et religieusement, dans la paix du Christ, Blaise Pascal quitta la vie à l'âge de trente-neuf ans, le 19 août 1662. Homme illustre…

Il fit trois pas de côté pour rendre hommage à Jean Racine, cet orphelin élevé par les religieuses de Port-Royal qui avait été, était-ce pour cette raison ? l'auteur dramatique qu'il avait préféré au cours de ses études littéraires. Et, fermant les yeux, il se récita le texte qui l'honorait :

Ici repose le corps de Jean Racine, Trésorier de France, secrétaire du roi, tragédien, et l'un des 40 de l'Académie. Il fut choisi avec un de ses amis par le roi Louis le Grand pour écrire l'histoire de son règne, lorsqu'il fut atteint d'une longue maladie dont il mourut en sa cinquante-neuvième année.

C'est avec une pieuse satisfaction que le curé, parvenu au niveau du jubé, constata la présence des trois hommes agenouillés, le visage plongé dans leurs mains. Trois frères venus prier pour qu'une amie, leur mère peut-être, recouvre la santé ? Non, ils étaient de mise et de corpulence si différentes qu'ils ne pouvaient être de même sang, se dit le prêtre avant de se sermonner : la curiosité n'était-elle pas un péché véniel ?

Ému par ces pèlerins si convaincus de leur foi, il leva la tête pour apprécier la noblesse et la délicatesse de cette tribune et clôture de pierre qui sépare le chœur liturgique de la nef, fier d'être le pasteur de la seule église de Paris pourvue d'une telle architecture. Il poursuivit sa ronde en murmurant benoîtement :

— *Jube, Domine, benedicere*[1]…

Le Professeur, Loïc et Riri, car c'étaient eux, attendirent que le prêtre fût à leur hauteur dans l'allée de droite pour sortir de leur fausse dévotion. Ils prirent soin de faire une génuflexion prolongée en s'effor-

1. « Daigne, Seigneur, me bénir… », début de la prière que disait le lecteur avant les leçons de matines.

çant de ne pas rire comme ils l'avaient fait au cours des répétitions, se signèrent et, tournant le dos au maître-autel, se dirigèrent vers les portes du fond de l'église. Ils les firent jouer avec violence avant de revenir, silencieux et en se dissimulant, pour emprunter les escaliers du jubé. Arrivés en haut, ils s'allongèrent dans la tribune et leur attente commença. Au bout d'une heure, aucun prêtre n'était venu inspecter l'église avant de la fermer. Et les trois hommes, pour passer le temps, s'adonnèrent chacun à leur vice. Loïc et Riri se partageaient un litre de gnôle tandis que le Professeur aspirait pincée après pincée une quantité de cocaïne à rendre fou n'importe quel homme normalement constitué qui en aurait pris pour la première fois.

— Refile-moi donc le raide, Riri, dit Loïc en tendant la main. Jamais vu quelqu'un écluser à c'te vitesse. Tu seras plus capable de rien si t'es fin saoul. Tu te souviens de nos leçons, j'espère… Il faut de la *délicatesse pour déposer* ces vitres, comme dit le Professeur, pas vrai, Professeur ?

L'élégant historien, étendu sur le dos, semblait dormir.

— Oui, vous avez raison, beaucoup de doigté, beaucoup de précautions, dit-il d'une voix douce. Mais taisez-vous un peu. Les murs, surtout ceux des églises, ont des oreilles… Attendez en silence.

Riri arracha la bouteille des mains de son complice.

— Moi, je serais bon à rien ! Nom de Dieu de nom de Dieu !

— Ne jurez pas par le nom de Dieu dans la maison du Seigneur, souffla le Professeur, réprimant un rire.

Riri ne l'entendit pas.

— D'abord, c'est moi qui surveille les alentours pendant que toi tu vas *déposer* ces foutus carreaux. Je suis là pour cogner si besoin est, pas pour jouer les couturières. J'suis pas une « ma chère ».

« Tu sais ce qu'il disait à ses hommes, mon père qui avait mon âge de maint'nant avant de monter à l'attaque, à Sedan en 70 ?

— 1er septembre, précisa mécaniquement le Professeur.

— Tu sais, dis, ce qu'il disait, mon paternel ?

— Non et je m'en fous ! Si tu savais à quel point d'ailleurs…

— Dites toujours, Henri, l'Histoire, moi vous savez… intervint le Professeur en se pressant les tempes de la main droite.

— Il disait : « Une bonne bouteille d'alcool blanc et on y va à l'arme… *blanche.* » Là il riait. « Une bonne bouteille d'alcool et à la baïonnette qu'on chargeait ! Et si tu y vois double, enfin si tu vois deux baïonnettes, ça fera deux Prussiens percés au flanc, d'un coup ! » Ha, ha ! C'était un rigolo, mon vieux.

C'est à ce moment du monologue de Riri que le Professeur commença à dérailler.

— J'ai envie de jouer de l'orgue ! Un instrument dont le buffet date de 1631 ou 34, je ne sais plus, comprenez-vous, débiles incultes ? L'orgue Pescheur de 1736 ! 7 000 tuyaux, vous vous rendez compte, 7 000 tuyaux ! débiles analphabètes ? Mais non, ils ne comprennent rien… Quatre claviers manuels de 61 notes, remanié en 1873 et réduit à trois claviers et un récit de 42 notes mais non, ce n'est pas possible, c'est trop pour un seul homme ! et un pédalier de…

Un bruit de pas le fit taire. À travers les interstices de pierre de la tribune, ils virent deux jeunes prêtres de grande taille sortir de la sacristie. Ils se séparèrent et chacun partit dans l'allée circulaire en se tournant le dos.

Les trois hôtes clandestins les virent inspecter l'église, tirer les verrous des portes, puis faire une génuflexion et s'incliner devant l'autel où reposait le saint sacrement avant de disparaître.

Le Professeur, que l'effet de la cocaïne rendait nerveux, se mit sur son séant.

— C'est ici que Balzac – mais savent-ils au moins qui était Balzac ? Rien n'est moins sûr ! –, c'est ici, juste-là en dessous de nous, qu'Eugène de Rastignac vint avec Christophe à la messe dite pour l'adieu à Jean-Joachim Goriot.

Le Professeur se mit debout, parfaitement calme, et leur fit signe de le suivre en rejoignant l'escalier du jubé côté nord.

Parvenu en bas, d'un geste sans doute mille fois répété, il leur indiqua l'allée chargée des plus beaux vitraux de Paris avant ou après ceux de la Sainte-Chapelle, selon les préférences. Ils s'y rendirent en titubant.

Le Professeur, les yeux exorbités, alla d'une démarche mécanique vers la chapelle de la Commémoration, grimpa sur l'autel et découpa vivement, d'une main sûre, la toile de *La Mort de la Vierge*. Il la roula et passa à la chapelle Saint-Charles-Borromée où il commit le même forfait avec une dextérité qui l'étonna lui-même.

— Comme c'est facile ! Ni vu, ni connu, j'tembrouille Gribouille ! se réjouit-il à voix basse, en riant de sa comptine.

« Pourvu que mes deux crétins démontent bien ! » se dit-il en se dirigeant vers la chaire édifiée en 1651, juchée sur les épaules d'un Samson qui porte la cuve et tient à la main la mâchoire d'âne avec laquelle il a combattu les Philistins.

Le Professeur s'arrêta à quelques pas du chef-d'œuvre et contempla les panneaux où sont représentés les quatre évangélistes, mais aussi les deux Pères de l'Église : saint Augustin et saint Jérôme.

Ce n'étaient pas ces reproductions dont il voulait s'emparer. Il se contenta de les admirer.

Il sortit de sa poche sa scie flexible munie d'un anneau à chaque extrémité et s'approcha de la première des sept statues de femmes qui entourent la cuve et symbolisent les vertus. Il passa son fil derrière les épaules de la première des quatre vertus cardinales qui se présentait devant lui, celle du Courage, sans doute pour s'en donner face à cet acte de vandalisme qu'il commettait, et il se mit à attaquer le bois avec force. Il commença à scier la partie qui retenait la figurine à l'édifice et fut surpris de ne pas rencontrer plus de résistance. L'opération lui parut en effet plus facile qu'il n'aurait cru et il en vint à bout en quelques minutes. Il déposa l'œuvre du sculpteur dans une besace et s'attaqua à l'Espérance, vertu théologale, cette fois. Vraiment, l'outil que lui avait confié ce chiffonnier des puces de Saint-Ouen était d'une étonnante efficacité.

Au bout d'une demi-heure, il avait achevé son travail et il alla le rassembler avec les toiles des tableaux soigneusement roulées à côté de la porte donnant sur la rue Clovis.

Il revint sur ses pas et voulut s'emparer du reliquaire de Sainte-Geneviève, mais renonça à le déplacer tant il était lourd. Il décida alors d'aller surveiller ses acolytes. Tout se passait bien : Loïc avec dextérité démontait les panneaux des vitraux que le gros Henri allait déposer à côté de l'issue dont ils étaient convenus. Là, au fur et à mesure qu'ils lui arrivaient, le grand René s'en emparait et les déposait dans sa berline sur la tranche.

Le Professeur passa au phaéton ses toiles et statues quand, brusquement, la cocaïne faisant à nouveau son effet, il eut un besoin vital de jouer de l'orgue. Une petite voix avait beau lui dire que cela serait une folie, il ne pouvait lui résister.

Appelé par la musique, il lui fallait répondre à *l'appel d'Euterpe* ainsi qu'il s'en persuada en rejoignant d'un pas décidé l'escalier menant aux grandes orgues situé à une trentaine de mètres du jubé.

Une autre voix, plus discrète et moins forte que la précédente, lui soufflait de ne pas satisfaire ce besoin, de résister à cette folie que la drogue, ne se souciant pas le moins du monde de sagesse, de prudence ou de raison, lui présentait comme une action libératrice. C'était une sorte de duel qui se livrait dans son cerveau troublé par deux forces contraires. L'une lui disait : « Va jouer ! » ; l'autre le lui déconseillait : « Tu auras bien le loisir de revenir ici et de jouer tout ton saoul après que l'affaire sera effacée par le temps qui passe et aura rejoint l'éternité. » Mais, non, ce fut la mauvaise égérie qui gagna. Rien ne pouvait plus l'arrêter. Et pour s'en persuader, il se saisit d'une nouvelle prise de sa poudre blanche, plus importante encore que les précédentes, et l'aspira d'un seul coup. Il courut plus qu'il ne marcha vers cet instrument magnifique qui l'attirait avec tant de violence.

Après quelques accords délicats posés sur les claviers, après quelques essais presque silencieux, il se mit à jouer de plus en plus fort. Le Professeur s'inspira d'abord d'une cantate de Bach puis, sans la moindre humilité, il la poursuivit selon sa propre inspiration. Il improvisait avec une virtuosité remarquable, il est vrai. Les sons, les notes s'envolaient de tout un orchestre qui se déchaînait et prenaient possession du moindre recoin de l'édifice.

L'église vibrait, l'église vivait, l'église renaissait après des siècles de silence, se disait-il sans soupçonner une seconde qu'il allait réveiller le clergé du presbytère tout proche.

Tout à ses hallucinations, il vit sans la moindre surprise un ange adorateur de la musique céleste venir se poser devant lui et le regarder avec un sourire d'une bonté infinie.

La musique se répandait dans la rue et c'est ce qui lui sauva la vie. Alerté par ce concert, le cocher avait abandonné son trésor dans sa voiture et, avec une agilité que son embonpoint n'aurait pu laisser supposer, il se précipita dans l'église, grimpa l'escalier qui menait aux grandes orgues. Sans aucun ménagement, il arracha l'organiste fou à son instrument, l'assomma d'un revers de la main, le chargea sur son épaule, déboula l'escalier et courut le jeter dans son véhicule.

C'est avec terreur que Loïc et son compère avaient entendu l'orgue se mettre en marche tout seul. Le Breton, poursuivi par les croyances de ses ancêtres, vit là une intervention de Dieu ou du diable. Ils n'avaient pas fini leur travail et ramassaient les derniers éléments de vitraux déposés sur le sol quand deux prêtres jeunes et athlétiques bondirent sur eux.

— Mécréants ! rugirent-ils en fondant sur les deux voleurs.

Ils n'eurent pas le temps d'en dire davantage. Sans même se consulter Riri et Loïc brandirent les morceaux de vitre qu'ils avaient en main et égorgèrent les deux malheureux hommes de Dieu avec une rapidité foudroyante.

Un instant plus tard, la voiture emplie de son trésor sacré descendait au trot la rue Clovis, bifurquait dans la rue du Cardinal-Lemoine et se hâtait de traverser la Seine au pont de la Tournelle… pour rejoindre la rue Sainte-Marguerite.

CHAPITRE XV

— Ton fils est très beau, Gildas !

— Rien d'étonnant, il ressemble à son père.

Gilles lui tapa familièrement sur l'épaule.

Les deux jeunes hommes regardaient Clémence en souriant de la sentir embarrassée de se retrouver avec eux deux. Même s'ils se connaissaient depuis deux ans, Gildas et Gilles se rencontraient en sa présence pour la première fois cet été-là.

— Tu te joindras à nous un de ces jours, pour une virée à Groix ou aux Glénan ? Bouderais-tu le *Nadounick* ?

— Non, mais comme tu le rappelais à l'instant, je suis un père responsable et je passe mon temps libre avec mon fils et Gwenola. Où allez-vous aujourd'hui ?

— Un petit tour au Pouldu avec les parents, Hélène et ton mousse, ces inséparables…

Gildas se tourna vers Gilles.

— J'ai entendu dire qu'Albertine et Pierre ne se quittaient pas non plus.

Ils rirent tous les trois en se forçant un peu.

— Eh oui ! À chacun son tour de grandir et de…

— … s'aimer, poursuivit le matelot en regardant Clémence droit dans les yeux.

Des bruits de voix et de rires les interrompirent.

Maël et Hélène, Albertine et Pierre : les deux jeunes couples d'adolescents, se tenant par la main, faisaient la course et ils passèrent devant leurs aînés en hurlant leur joie de courir et d'être ensemble.

Pierre, avec intelligence et simplicité, était devenu l'ami du jeune matelot. Et si Hélène et la benjamine des Rosmadec n'avaient rien oublié du flirt entre les deux captifs, ceux-ci n'en laissaient rien paraître. Aucun sourire complice, aucune remarque même sur le ton de la plaisanterie ne s'échangeait entre eux sur ces premiers baisers. Depuis quelques jours, tous quatre avaient franchi ce pas qui sépare l'enfance d'une adolescence fiévreuse. Rien n'avait entravé leur entente. Tout avait été à portée de main et de cœur pour les rendre plus hardis. L'été, les bains dans des criques isolées, les promenades dans les bois qui longeaient l'Aven, la lascivité de moments vécus en toute liberté, les premières caresses sur des peaux si tentantes : toutes les conditions étaient requises pour que leurs corps apprennent à se connaître. Mais depuis que les deux jeunes filles avaient chacune leur compagnon, elles ne se faisaient plus leurs confidences. À la fin de l'été, si elles se retrouvaient seules à bavarder, elles pourraient se dire leurs petits ou grands secrets, mais pour l'instant elles se contentaient de lire le bonheur dans les sourires de l'autre.

Alexis et Lysandre apparurent, descendant vers la mer en se tenant par la taille comme deux jeunes mariés.

Eugénie, Julien et François fermaient la marche. Eux ne venaient pas pour embarquer, mais pour voir l'équipage manœuvrer afin de sortir de leur ria. Eugénie était encore trop fragile pour goûter une promenade en mer, ce qui d'ailleurs ne lui manquait pas le moins du monde. Elle préférait demeurer à terre avec ses deux frères.

Julien et François essayaient de lui redonner confiance et de l'arracher à ses obsessions. Le chanoine tentait de la convaincre que ce n'était pas elle qui avait été sacrilège, mais le voleur. C'était en effet une de ses dernières lubies de se croire complice de son agresseur, puisqu'elle n'avait pu empêcher que l'on pille son sanctuaire. Hélas, elle ne pouvait se résigner à les écouter. Un jour peut-être entendrait-elle les raisonnements de l'abbé et du docteur, mais pour l'instant c'était au-dessus de ses forces. Jamais elle n'avait autant prié Dieu. Elle vivait en communion totale et permanente avec Lui, au point de s'être mis en tête d'apprendre une infinité de cantiques en breton, soit dans ses missels et les nombreux livres de piété que contenait La Josselière, soit de la bouche même d'Ernestine. C'était d'ailleurs cette façon qu'elle préférait car la fermière, son amie, corrigeait son accent et les modulations de la langue à son évocation de la Sainte-Trinité :

Driñded santel, prosternet dirazoc'h dan daoulin
Me ho ped da rein sikourd'ho servojer indign[1]*…*

Sur la chaloupe qui tirait des bords pour rejoindre l'Aven, la voyant agiter un mouchoir pour leur dire au revoir, Alexis se fit persifleur :

— Tiens, elle n'est pas à genoux, les bonnes manières se perdent, quelle impie !

— Tes frères ont dû l'en empêcher. Regarde, ils la soutiennent sous les bras, remarqua Lysandre. Mais que pouvons-nous faire pour ma pauvre belle-sœur ? se lamenta-t-elle en voyant celle-ci s'époumoner sur le quai.

Alexis soupira.

1. « Sainte-Trinité, prosternée à genoux devant vous, Je vous prie de porter secours à votre serviteur indigne… »

À bord les marins ne manquaient pas pour barrer le Nadounick…

La chaloupe était poussée par un bon vent de noroît vers Le Pouldu. À chaque sortie en mer, en longeant la côte, on désignait aux deux frères Martinelles les charmants petits ports de Brigneau, Merrien, Doëlan, à demi cachés entre les falaises brunes et grises. Clémence sortit de son étui la longue-vue de son grand-père, Adolphe de Rosmadec, un objet quasi sacré.

— En tant que capitaine au long cours, mon grand-père naviguait sur de grands voiliers gréés en trois-mâts carrés à partir de trois cents tonneaux de jauge. Au-dessous ils étaient gréés en barque.

Elle ajusta à sa vue la « loupe de grand large », ainsi que l'appelait Madame Mère, et balaya les plages de sable blond pour voir si elle n'y découvrirait pas Gauguin ou l'un des amis peintres à l'œuvre, face à l'océan. Elle n'en aperçut aucun. Rien d'étonnant à cela : il suffisait qu'un rocher les cachât pour qu'on ne puisse les apercevoir du large. Elle tendit la lunette d'approche à son père qui commença à inspecter l'horizon entre Groix et les îles de Glénan.

Le jeune Martinelles saisit cette occasion pour briller de tous ses feux et citer le *Dictionnaire des idées reçues* de Flaubert, même si cet auteur l'avait post-mortem incité à risquer sa vie : « Au bord de la mer, il faut toujours avoir une longue-vue. »

Ce à quoi, Alexis répondit :

— Ce n'est pas une idée reçue, c'est une image que l'on peut recevoir. Nuance, mon jeune ami ! Tenez, regardez là-bas, dans la direction où je dirige mon appareil, que voyez-vous à l'œil nu ? Bernique, n'est-ce pas ?

— Si, on dirait une île, ne serait-ce pas Groix ?

— Exact. Mais à droite, à un mille environ, que voyez-vous ? Arapède, *is not it* ? Eh bien, moi…

— Eh bien, moi, je ne vois rien que le soleil qui poudroie et Groix qui verdoie, le coupa Albertine en riant.

— Je puis finir, sœur Anne ?

— Votre humble servante vous prie de l'excuser.

— … Eh bien, moi, grâce à ce génial instrument d'optique monoculaire, comme on dit, œuvre du Néerlandais Hans Lippershey au XVIe ou au XVIIe siècle, je ne sais plus, j'aperçois, que dis-je, j'admire les jeux attrayants de marsouins qui bondissent hors de l'eau pour leur plus grand plaisir et le mien, alors que vous…

— Chapeau chinois ! ne put s'empêcher de lancer Albertine.

Alexis laissa à Hélène qui en brûlait d'envie le soin de les regarder aussi et se retourna vers le jeune Martinelles.

Celui-ci, ayant peur d'avoir vexé le maître d'équipage, tenta de s'excuser :

— Mais Flaubert ne parlait pas de vous, ni de moi d'ailleurs. Il s'adressait, je suppose, aux marins d'eau douce et autres béotiens de la marine à voile.

— Ce que je regrette, du moins pour Flaubert, jeune homme ! dit Alexis en riant.

Il reprit la barre à Gilles, qui ignorait tout de l'embouchure de la Laïta où les bancs de sable se déplacent souvent.

— Il n'en demeure pas moins que Flaubert, encore lui, précisa Albertine, conseillait de dire quand une conversation sur la mer venait sur le tapis : « N'a pas de fond. Image de l'infini. Donne de grandes pensées ! »

Ils doublèrent la pointe du sémaphore et entrèrent dans l'embouchure de la Laïta pour mouiller au bas Pouldu.

Ils se scindèrent en plusieurs groupes. Alexis et Lysandre décidèrent de remonter à pied le sentier qui longeait la rivière jusqu'aux ruines de l'abbaye de Saint-Maurice ; les quatre adolescents s'enfuirent en courant pour se baigner au bout de la langue de sable qu'ils avaient longée un instant plus tôt et qui remontait vers l'extrémité de l'embouchure. Ils savaient que l'endroit n'était pas idéal pour se baigner et même dangereux en raison des courants. Mais ils auraient tout loisir de s'embrasser à l'abri des regards indiscrets.

Clémence et Gilles, quant à eux, montèrent le chemin qui menait au plateau et descendait après sur la route où se trouvait la *Buvette de la Plage* de Marie Henry. Clémence espérait y rencontrer Gauguin. Il y était. Il leur dit avoir fait un tour à la ferme de Kerzellec[1] qu'avaient peinte Jacob Meyer de Haan, mais aussi le jeune Paul Sérusier.

— Pourquoi pas moi, n'est-ce pas ? Ce gamin[2] vient en effet d'exécuter une grande huile intitulée modestement *Ferme en Bretagne* pas mal du tout…

Il fut interrompu par l'arrivée de Paul qui vint saluer Clémence avec chaleur. Il s'en revenait de Kernevenas, un hameau dont les peintres appréciaient le charme et la vétusté des quelques bâtiments qui le constituaient. Il leur raconta qu'une grosse truie, sans doute pour protéger ses petits, l'avait chargé, renversant son chevalet. Il en riait encore…

1. Des pétitions ont circulé dès 2009 pour s'opposer au projet de la mairie de Cloars de construire une grande station d'épuration sur les terrains foulés et dessinés par les peintres cités.

2. Venu à Pont-Aven, c'est là que Paul Sérusier recevra, au cours d'une promenade au Bois d'amour, sa célèbre leçon de peinture donnée par Gauguin qui lui fera exécuter sur le couvercle d'une boîte à cigares ce qui deviendra *Le Talisman*. Rentré à Paris, il le montrera à ses amis de l'Académie Julian et créera avec eux la Confrérie des Nabis comprenant entre autres peintres Pierre Bonnard, Maurice Denis, Édouard Vuillard, Félix Vallotton…

Tout de suite ils parlèrent du juge Pommart et de sa femme dont Clémence avait eu des nouvelles par Hubert Roscoff. Ça n'allait pas trop fort. L'institutrice d'ordinaire si expansive et prête à prendre le diable à témoin pour se plaindre de la terre entière, était, paraît-il, tombée dans un état apathique que ne pouvaient seulement expliquer les calmants prescrits par le médecin. Le choc de l'arrestation de son mari et les soupçons qui pesaient sur eux après la découverte dans leur cave des deux christs l'avaient fait basculer dans une semi-démence.

Gauguin était lui aussi abasourdi par la nouvelle que chacun commentait à sa façon.

— C'est insensé ! s'exclamait le peintre. Quand je pense que ce bonhomme s'apprêtait à me mettre sur le dos cette sale affaire ! Quel rat !

Clémence se montra plus dubitative sur la culpabilité du magistrat, même si elle le trouvait particulièrement antipathique.

— Méfions-nous des conclusions hâtives. Cette affaire est trop inconcevable, et j'utilise ce terme dans toute l'acception du terme, pour être vraisemblable. D'ailleurs, ma petite sorcière de sœur n'y croit pas un instant. Elle voit une ou plusieurs personnes de l'entourage du juge, qui lui voudraient du mal, impliquées dans ce vol, mais elle ne croit pas que lui-même puisse être soupçonné. Elle m'a demandé de lui faire de rapides portraits des époux Pommart, ce que j'ai fait sans forcer les traits, et elle s'est mise à méditer sur ces images. Elle a écarté d'une façon catégorique le portrait du magistrat. Elle s'est concentrée alors sur son épouse.

Gauguin s'étonna.

— Tu ne vas pas me dire que tu imagines cette personne, en haut d'une échelle, en train de décrocher MON christ à Trémalo et, dans la même nuit, courir au Faouët pour saccager la chapelle Saint-Fiacre ?

— Sans doute pas. Mais Albertine la croit responsable en partie de ce vandalisme.

— Ah, parce que ta diablesse de sœur n'a pas perdu son don ! ironisa Gauguin. Je croyais pourtant que le professeur Charcot avait prédit que les crises de ta cadette, par ailleurs une enfant fascinante, je le reconnais, l'abandonneraient avec l'âge.

— Il parlait de ses crises et il n'avait pas tort, car désormais on peut les prévoir et les arrêter avant qu'elle ne soit tout à fait sous leur emprise. Cependant, elle a gardé cet étrange pouvoir de voyance. Jamais, vous m'entendez, jamais elle ne s'est trompée sur la bonne ou mauvaise nature des personnes et sur des événements.

Lysandre et Alexis remontèrent la rive droite de la Laïta par un sentier encombré de branches basses et de dénivelés imprévisibles. Ils traversèrent la route au niveau du pont et arrivèrent à l'abbaye de Saint-Maurice. Ils contemplèrent un instant l'étang sur lequel un groupe de canards suivaient, sur un coup de tête du premier de la file, un itinéraire imprévisible et compliqué, puis ils allèrent, pour la cinquantième fois de leur existence, admirer ce qui restait de l'abbaye.

Ils déchiffrèrent en l'épelant à haute voix l'inscription du porche du sanctuaire bâti en 1170 et détruit par la Révolution. Devise qui était devenue celle du manoir de La Josselière construit en 1656 :

Stet domus donec fluctus formica marino
Ebibat, et totum testudo perambulet orbem[1]

Lysandre sourit :

— J'adore ta mère quand elle énonce cette maxime devant de nouveaux venus. Sa figure fière et solennelle…

1. « Cette maison durera jusqu'à ce que la fourmi ait bu la mer et que la tortue ait fait le tour du monde. »

Alexis prit un air courroucé et imita la voix aigrelette d'Eugénie.

— Combien de fois faudra-t-il que je vous rappelle que dans notre famille c'est Dieu, et Dieu seul qu'on se doit d'adorer !

Lysandre serra le bras de son mari avec une force soudaine.

— Tu ne puis t'empêcher de penser à cette « pauvre créature » comme tu dis souvent en parlant de ton aînée, mais la « pauvre créature » qu'est ta femme quand elle part au bout du monde souhaiterait que de temps en temps tu l'accompagnes ou que la rejoignes dans l'une de ses tournées.

Elle le sentit se durcir.

— Tu sais bien que j'ai mes cours à l'École des beaux-arts et ce projet du musée de Nantes qui me prend beaucoup de mon temps.

— Oui, oui, je sais…

Elle posa la tête sur l'épaule de son mari et prit un air nostalgique.

— Il me semble qu'au début de notre mariage tu venais souvent en tournée avec moi.

— C'est vrai, je voulais te surveiller. Tu étais si attirante et… tu jouais si bien.

— Ah bon, parce que maintenant ma vieillesse te rassure ?

Il haussa les épaules, l'enlaça, l'embrassa et la serra fort. « Un petit peu trop fort pour être sincère », se dit-elle.

Si elle était sûre de sa propre sagesse – ce n'était pourtant pas les occasions qui avaient manqué au cours de ses tournées lointaines – elle craignait qu'aujourd'hui son mari ne lui fût pas d'une fidélité irréprochable.

Ces présomptions avaient rompu le charme de cette promenade en amoureux et c'est le cœur lourd qu'elle demanda de rentrer.

Un bain et quelques plongeons lui redonneraient, espérait-elle, la sérénité et la tranquillité d'esprit qui lui étaient nécessaires pour travailler.

Ils se retrouvèrent tous à l'heure dite au bas Pouldu pour reprendre la mer et remonter l'Aven avec le flux.

Les deux lettrés de l'équipage se lancèrent dans un nouveau jeu poétique. L'un disait la première phrase d'un poésie de Baudelaire, de Rimbaud, de Mallarmé ou de Verlaine et l'autre devait dire le deuxième vers jusqu'à ce que l'un trébuche ou ne se souvienne plus de la suite.

C'est par *Mes petites amoureuses* de Rimbaud qu'ils commencèrent leur concours. Ce n'était pas le poème le plus facile à retenir. Pierre le lança :

Un hydrolat lacrymal lave
Les cieux vert-chou : [poursuivit Albertine]
Sous l'arbre tendronnier qui bave,
Vos caoutchoucs.

Et les douze strophes y passèrent sans un accroc.

Alexis, pourtant érudit, entendait ce poème pour la première fois de sa vie et il les soupçonna même de l'avoir improvisé à l'instant.

— Jamais lu cela nulle part. D'où le tenez-vous ?

— C'est dans une lettre de Rimbaud à Paul Demeny datée du 15 mai 1871 que ce dernier a montrée à mon professeur de français à Louis-le-Grand…

Albertine se lança sans coup férir dans *Le Bateau ivre*, cette somme de poésie de vingt-cinq strophes de quatre alexandrins :

Comme je descendais des Fleuves impassibles…

Quand Albertine eut prononcé le dernier vers :

Ni nager sous les yeux horribles des pontons,

Alexis, cette fois s'emporta :

— Qu'est-ce que c'est que cette folie ? Je n'y ai rien compris. Il faudra que je demande à Mallarmé de m'éclairer[1]. Et de quel chapeau sortez-vous ce texte magistral ?

— Cette année, dans *La Plume*.

— Ah, si c'est dans *La Plume*[2], je m'incline. Ils se trompent rarement, ces lascars-là.

Hélène et son jeune compagnon Maël, admiratifs, mais un peu agacés, après s'être consultés se mirent à parler assez fort et très vite en breton. Ils plaisantaient, riaient à gorge déployée si bien que personne sur le bateau, à part Albertine, ne saisissait le sens de leur conversation. Madame Mère, l'oncle abbé et Eugénie étaient jusqu'alors les seuls des Rosmadec à parler et à comprendre un peu le breton. Mais depuis le début de l'été, Albertine s'était mis en tête de l'apprendre et y réussissait comme tout ce qu'elle entreprenait avec une facilité désarmante.

Alexis, pour couvrir leurs voix, poussa une chanson de corsaire apprise trois ans plus tôt au cabaret du *Mirliton* d'Aristide Bruant.

Mais il eut à peine le temps de commencer :

Le trente et un du mois d'août...

1. On se souvient que dans *La Noyée du pont des Invalides* Alexis était allé rue de Rome à un mardi de Stéphane Mallarmé et que Clémence avait fait connaissance du poète chéri de sa jeune sœur, chez la peintre Berthe Morisot.

2. Revue éclectique d'art tenant son siège et son salon au 31 de la rue Bonaparte, à Paris, créée par Léon Deschamps en réaction à l'art pictural ou poétique traditionnel. Ce même Deschamps créera le Salon des Cent et fera appel pour ses affiches à de jeunes artistes talentueux, de Toulouse-Lautrec à Mucha, de Jossot à Grasset.

… qu'Hélène et le matelot Maël se mirent à entonner à tue-tête, et en breton, une chanson de marins, *Tri Martolod*[1].

Tri martolod yaouank tra la la, la dig a dra [bis]
Tri martolod yaouank o voned da veajiñ
… Betek an Douar Nevez.

Tandis que son père, accompagné par Gilles, continuait à s'égosiller, Albertine traduisait au fur et à mesure des bribes des couplets, à l'intention de sa mère, de Clémence et de Pierre :

Trois jeunes matelots, tra la la, etc.
Trois jeunes matelots s'en allant en voyage.
… Le vent les a poussés jusqu'à Terre-Neuve.

— Bon, je résume, poursuivit Albertine. Un des trois marins tombe amoureux d'une servante… Ils n'ont pas le sou mais il lui offre tout de même *gwalem ar promessa*, l'anneau de la promesse, la bague de fiançailles, quoi… *Ni'zimezo hon-daou*, tralala, la dig a da… Nous nous marierons, tra la la, etc.

Alexis et Gilles élevaient la voix, Raël et Hélène faisaient de même, ce qui donna une horrible cacophonie que Lysandre ne put supporter. Elle se jeta à genoux sur le pont en se bouchant les oreilles, suppliant les chanteurs de cesser cet horrible concert.

La promenade en mer se termina dans une gaieté partagée.

Aucun des passagers ne pouvait s'attendre à la terrible nouvelle qui venait d'arriver de Paris.

1. « Les trois matelots ».

CHAPITRE XVI

C'était une tradition qui datait d'Adolphe de Rosmadec : chaque fois que le bateau familial *rentrait au port*, c'est-à-dire en vue de la modeste jetée bâtie au fond de l'anse de Kerochet, ceux qui étaient restés à terre faisaient de grands signes de bienvenue à ceux qui avaient passé la journée en mer. Comme si ces marins revenaient des quarantièmes mugissants.

Cette fois, ce ne fut une surprise pour aucun des « hardis navigateurs » de voir François et Julien sur le môle, encadrant une Eugénie qui semblait encore plus agitée que d'habitude. Elle poussait des cris inquiétants, comme si le manoir était en flammes.

L'équipage se tut en comprenant qu'un nouveau drame s'était produit. Une attaque d'apoplexie de Madame Mère ? La mort accidentelle du vieux Louis ou d'Ernestine ? Plus le bateau s'approchait de la jetée par un léger vent arrière, plus l'inquiétude croissait. Enfin, on comprit à demi ce que la vieille fille répétait en hurlant. Il s'agissait de l'assassinat de deux prêtres de l'église Saint-Étienne-du-Mont, à deux pas du Panthéon, à Paris.

On accosta. François attacha l'aussière qu'on venait de lui lancer à un anneau du quai, tandis que Julien retenait fermement sa sœur capable, elle qui ne savait pas nager, de se lancer à l'eau dans son désir d'être la première à relater et à commenter le drame épouvantable survenu dans la paroisse parisienne.

Il avait eu lieu dans la nuit du mardi au mercredi, mais ce n'était qu'en cette fin d'après-midi du jeudi 28 août qu'on avait appris le drame survenu dans la capitale.

C'est à Pont-Aven où Gildas avait emmené sa femme pour la distraire de ses devoirs de mère qu'il avait appris la nouvelle.

Une fois de plus, les prédictions d'Albertine se vérifiaient : une nouvelle étape était franchie dans l'horreur. Et c'était à Paris qu'elle avait vu « la suite logique » du drame de Quimper par le ou les mêmes criminels.

À la fin du dîner, Clémence déclara qu'elle partirait dès le lendemain pour Paris. Il fallait absolument qu'elle débusque jusque dans leur tanière les auteurs de ces assassinats.

On se récria.

— Maintenant que ta tante est hors de danger, pourquoi irais-tu faire le travail de la police ? demanda Madame Mère.

— Faire son travail ? Je n'ai pas cette ambition, mais, que voulez-vous, j'ai quelques indicateurs, je pense à mes amis Bouboule, Antoine et le jeune Bébert, le fils de notre jardinier de Neuilly, aujourd'hui rentré dans le droit chemin. Ils peuvent m'être d'un précieux secours dans une enquête discrète sur la bande capable d'exécuter de tels forfaits. Les malfrats connaissent et reconnaissent le policiers à cent lieues à la ronde de leur repaire. C'est peut-être pour nous un atout à ne pas négliger…

— Si tu le veux bien, Clémence, je ferai le voyage avec toi, intervint Gilles. Mes vacances, hélas, se terminent et je dois reprendre mes gardes à l'hôpital.

— Cet « hélas » est un régal d'hypocrisie ! souffla Albertine à l'oreille de son voisin, le jeune Pierre.

— Du moment qu'il ne me demande pas de partir avec lui... je resterais bien ici encore quelques jours, lui répondit-il en pressant son genou contre le sien.

Le jeune homme prit un air las.

— Dans ce cas, je vais, *hélas*, devoir partir avec toi et moi aussi interrompre mes vacances pour regagner Paris ou Étretat.

Madame Mère réagit aussitôt, car elle désirait avant tout le bonheur de sa petite-fille.

— Et pourquoi devriez-vous nous quitter aussi vite, Pierre ? Notre compagnie vous serait-elle désagréable ? Et nous qui commencions à nous habituer à vos matches d'intelligence avec Albertine...

— Je ne voudrais en aucun cas abuser de votre hospitalité...

— Allons, l'affaire est conclue : vous restez à La Josselière. Les cours en Sorbonne ne reprennent pas en août, que je sache, contrairement aux gardes à l'hôpital, n'est-ce pas ?

Contente de son petit effet, elle ne s'aperçut pas que les desserts n'étaient pas servis et, le plus tranquillement du monde, elle se bourra une pipe.

Eugénie la regarda, scandalisée.

— Vous n'allez pas nous empester et vous griller les poumons avec votre horrible bouffarde, ce brûle-gueule infect !

— Je ne savais pas que j'avais une gueule, comme tu dis ! Tu m'étonneras toujours, Eugénie.

Après les grâces, Madame Mère donna l'ordre de dispersion. Elle avait envie d'écouter sa belle-fille répéter son récital. Julien proposa des liqueurs, mais à part lui, personne n'en prit. François décida d'aller ausculter le vieux Ghirlandaio qui, d'après Ernestine, ne cessait de tousser. Alexis l'accompagna pour une marche digestive, mais surtout pour lui demander ce qu'ils pourraient faire de leur sœur à la fin du séjour familial. Serait-elle capable de s'occuper de l'appartement de Julien sans se livrer à trop d'extravagances ? Retrouver sa chère cathédrale où elle avait failli mourir n'était-il pas un danger pour sa raison branlante ?

Elle les suivit à quelques mètres, puis, au bout de la roseraie se mit à courir, échevelée et sans retenue, vers la chapelle qu'elle imaginait déjà aux mains d'incendiaires sans foi ni loi.

Le médecin et l'architecte avaient raison de se préoccuper de sa santé mentale : trente mètres avant d'atteindre son but, elle s'immobilisa, regarda autour d'elle si personne ne l'épiait, pénétra dans un fourré et y prit d'une main ferme son hachoir avant de repartir d'un pas décidé vers le petit édifice de granit gris datant du XVIe siècle qu'elle vénérait et aimait de toute son âme de dévote.

Elle y passerait désormais toutes ses journées à prier pour les abbés de Saint-Étienne-du-Mont alors que son frère Julien lui répéterait cent fois, comme il l'avait fait au moment de la mort du jeune abbé de Nizon, qu'il était inutile de prier pour ces saints hommes. Qu'ils étaient déjà au paradis. Qu'en revanche, elle devrait dédier ses pensées aux mécréants, aux assassins, dont le pardon serait bien difficile à obtenir, surtout s'ils n'étaient pas repentants.

Or, à n'en pas douter, ils étaient loin de l'être…

CHAPITRE XVII

Bouboule avait bien reçu la dépêche envoyée la veille de Pont-Aven et était à l'heure dite, ce 29 août, à l'arrivée du train de Quimperlé. Il n'était pas seul pour accueillir Clémence et Gilles à la gare de l'Ouest. Une gamine de quinze ans, pas davantage, était assise dans son fiacre sur le siège du conducteur. Elle bondit à terre en apercevant les voyageurs.

— Clémence, Gilles, je vous présente Libellule, ma protégée.

La jeune peintre ouvrit des yeux ronds en voyant cette adolescente enlacer, autant que la longueur de ses bras le lui permettait, les hanches rembourrées du conducteur. Elle avait posé sa tête contre l'épaule du gros homme et l'embrassait dans le cou, pour montrer qu'elle était sa propriété et qu'elle en était heureuse.

Les deux jeunes gens se regardèrent, éberlués. Ce fut Clémence qui réagit la première avec une familiarité et un naturel qui enchantèrent Bouboule.

— Mais vous êtes rousse, vous aussi ! dit-elle en ôtant son chapeau.

La petite fit de même et s'approcha.

Elle était moins grande et plus ronde que Clémence. Et contrairement à elle, elle avait un décolleté outrageant.

Clémence mêla gaiement ses cheveux aux siens.

— Votre roux est plus soutenu, vous avez des cheveux de feu. Montrez-moi vos yeux. Ils sont plus sombres que les miens, je crois, et votre bouche plus pulpeuse que la mienne, heureuse et jolie jeune fille !

Elle se tourna vers les hommes.

— Qu'en pensent ces messieurs ?

Gilles se frotta le menton, légèrement agacé mais surtout embarrassé par cette bonhomie spontanée de son amie.

Car à part la couleur de leurs cheveux, tout séparait les deux jeunes femmes. L'élégance de l'une, son port de tête plein de distinction, sa retenue, sa gestuelle contrôlée contrastaient avec l'absence de maintien et l'impudeur de l'autre.

Libellule éclata de rire et embrassa Clémence avant de lever très haut sa robe légère au-dessus de ses bottines pour monter dans le fiacre.

Rien ne pouvait faire plus de plaisir à Bouboule que de voir Clémence et sa protégée s'entendre si bien et si vite. Il sortit son calepin et y écrivit « cheveux de feu », la formule employée par Clémence qui lui permettrait de faire quelque poème à la gloire de la rousseur, même s'il savait que Baudelaire était passé avant lui avec sa *Mendiante rousse*. Il nota quelques rimes, mais n'oublia pas de prendre des nouvelles d'Eugénie.

— Comment va ta tante ? demanda-t-il poliment.

Il connaissait tout de la famille de Rosmadec depuis bientôt quatre ans et, plein d'admiration pour Clémence, se serait fait couper en morceaux pour la défendre.

— Comme ci comme ça. Elle est encore sous le choc, au sens propre et figuré, de son agression de Quimper.

— Je pense bien ! On a beaucoup pensé à elle et à ta famille, Antoine et moi.

— Et Antoine, que s'est-il trouvé comme *attrape-bourgeois* cet été ? demanda Gilles, qui avait fait la connaissance de ce garçon bohème et foufou grâce à Clémence.

Elle était devenue amie avec ce peintre chahuteur et pour le moins fantaisiste à l'académie Cormon, boulevard de Clichy, l'hiver 1886. Elle y avait suivi des cours en même temps que Toulouse-Lautrec, Van Gogh et le tout jeune Émile Bernard. Mais ces trois derniers ne s'y étaient pas attardés. Ils avaient vite fui le conformisme de l'excellent professeur de dessin.

— Eh bien, après les noyaux d'abricot et le coloriage des arbres, il continue d'amuser les touristes en faisant leur portrait et en les affublant d'une tête d'animal. Son savoir-faire est étonnant. Et le plus curieux, c'est que ça marche ! Le premier *patient* de la journée est parfois fâché de se voir en girafe par exemple, mais il ressemble effectivement tant à une girafe que les badauds en rient et les plus courageux se livrent au jeu. Pour les ridiculiser davantage et les rendre encore plus semblables à l'animal qu'il discerne en eux, il leur demande d'aboyer, de miauler, de gronder, de mugir, de bramer ou de siffler. Et ils sont heureux, je vous le dis, de payer pour se voir représentés par ce formidable dessinateur, disciple de Grandville. Libellule et moi lui servons souvent de compère et commère pour attirer le gogo. Je dois avoir une bonne quinzaine de portraits de moi en cochon.

— Et mademoiselle ? s'enquit Gilles, très homme du monde.

— Il la fait en chatte, parce que je l'appelle souvent comme ça. Une adorable petite chatte…

Ni Gilles ni Clémence n'était désormais surpris d'entendre ce cocher de fiacre s'exprimer avec un langage châtié. Il était poète, écrivain non encore reconnu et portait toujours sur lui un carnet où il écrivait ses bouts rimés avant de les lire à son cheval, « le meilleur de mes juges » disait-il le plus sérieusement du monde.

— Verlaine, tu l'as revu, ces temps-ci ?

— Oui, je le balade de temps en temps. Mais il vieillit, faiblit, un vrai miséreux, et pourtant, oui pourtant, son recueil *Parallèlement* paru l'année dernière, et qu'il m'a dédicacé pour me payer sa course, est superbe. Tenez, *Les Pensionnaires* :

L'une avait quinze ans, l'autre en avait seize ;
Toutes deux dormaient dans la même chambre…

« Vous connaissez ?

— Je ne m'appelle pas Albertine de Rosmadec, Bouboule.

— Ni moi Pierre Martinelles. Place aux jeunes !

En entendant cela, Libellule leur fit un gentil sourire.

Elle lança à Bouboule son coude dans les côtes en même temps qu'elle lui faisait un gros baiser sonore sur la joue. Lui était aux anges. Il lui caressait les jambes sous sa jupe légère et la toute jeune fille riait, lui donnait des bourrades.

Elle se retourna vers les passagers.

— C'est un gaule-bon-temps[1], mon Bouboule. Y a pas à dire, y sait vivre. Y m'a ramassée dans un mannezingue[2]. Mais on s'connaissait déjà, pas vrai mon

1. Un bon vivant.
2. Un bar à vins.

gros ? J'ai pas à l'cacher, j'faisais la gaude[1] chez la mère Casse-Noisettes, Bastille et compagnie.

Bouboule sortit son calepin.

— T'as dit comment, un « pôle montant » ? C'est quoi ça ?

— Ah, c'te cave, il y entrave que dalle ! Faut tout lui s'riner : un gaule-bon-temps, un qui sait vivre, quoi !

Bouboule écrivait un mot, un autre, commençait, tout en conduisant, un de ses petits poèmes. C'était sa raison de survivre, le bonheur de sa vie d'écrivain qu'aucun éditeur ne prenait le risque de publier. Pourtant, il avait parfois de véritables trouvailles que n'aurait pas reniées un Verlaine justement.

Hilare, il se retourna vers les deux voyageurs :

— Vous voulez que je vous traduise au fur et à mesure ? J'en apprends tous les jours, c'est très poétique, cette langue…

Ils traversèrent la Seine au pont de Grenelle et Bouboule en profita pour donner des rudiments d'histoire de Paris à sa Libellule.

— Tu vois, ma chatte, ce pont-là, il a d'abord été construit en bois entre 1825 et 1827. Puis la Ville le fit reconstruire en fonte en 75. Là, à gauche, cette statue, c'est une réplique de celle qui est dans le port de New York…

— De nous quoi ?

— De « New York ». Pour la géographie mondiale, ce sera une autre leçon, quand on ira tous les deux après avoir fait fortune.

— Où qu'ça ?

— Tu verras. Je continue. Ce monument, c'est *La Liberté éclairant le monde* que l'on doit à Bartholdi.

— Combien on lui doit à ce marlou ? Cher ?

1. Prostituée.

Bouboule se retourna vers ses amis en riant.

— D'accord, il y a tout à lui apprendre pour la richesse de notre langue, mais pour ce à quoi vous pensez, elle ne craint personne ! Si vous saviez ce qu'elle m'instruit…

— Oui, oui, on sait ou du moins on s'en doute, mais *shut up* sur ce sujet, Bouboule ! C'est votre affaire. Reprends ton cours d'histoire de l'art, s'il te plaît.

— Ben, il est fini. Ah non : cette réduction, pardon, ma chatte, cette petite statue-là a été inaugurée, baptisée, si tu veux, le 12 mai 85. On y était avec Antoine et on s'est fait une de ces beuveries au camphre[1], sur le quai… Juste un an avant qu'Antoine te présente à moi, Clémence. Bon, on arrive à Auteuil, on va chez « Monsieur » ou on poursuit par le Bois jusque chez « Mademoiselle », à Neuilly ?

— À Neuilly, si tu veux bien, Bouboule.

Gilles et elle en avaient décidé ainsi dans le train. Ils seraient plus tranquilles seuls dans l'atelier de Clémence que chez les Martinelles où il y avait en permanence une floppée de domestiques, même quand les maîtres étaient à Étretat ou quelque part en mer sur leur yacht.

Ils croisèrent des tilburys, des calèches…

Libellule regardait à droite, à gauche. Elle poussa des cris, battit des mains quand elle aperçut les lacs.

— On y reviendra, hein ? Jamais mis les pieds dans c'te campagne-là ! Moi, la butte, j'la connais comme la poche de Bouboule, mais ici, nib de nib ! dit Libellule, plus intimidée qu'elle ne voulait le montrer.

Elle le fut encore davantage quand son amour de cocher arrêta son fiacre devant la demeure des Rosmadec, au 149 de la rue Perronet, à Neuilly.

Toutes les exclamations y passèrent quand elle découvrit l'atelier en bulle de verre de Clémence que

1. Eau-de-vie.

lui avait fait construire son père pour ses dix-neuf ans, dans le parc de la propriété.

La maîtresse de maison servit du thé pour elle et Gilles, des rafraîchissements pour Libellule et une absinthe pour leur ami cocher qui n'avait pas perdu ses bonnes habitudes.

On en vint enfin à parler de la raison de ce retour prématuré de Clémence, elle qui, année après année, n'abandonnait sa Bretagne qu'à la fin septembre : les assassinats des deux prêtres de Saint-Étienne-du-Mont. Elle pensait que les auteurs de ces crimes pouvaient fort bien appartenir à la même bande de voyous qui était venue semer la terreur en Bretagne, volant et tuant qui se mettait sur son chemin. D'ailleurs, Albertine était persuadée que la source était parisienne. Alors si la jeune voyante en était sûre…

Libellule faisait à pas lents son troisième tour d'atelier, tournant et retournant des toiles ou esquisses faites par Clémence.

— Vous feriez mon portrait, un de ces jours ?

— Mais bien sûr, Libellule, quand vous voudrez.

Bouboule fronça les sourcils.

— Tu vas pas te mettre toute nue, comme ça, devant n'importe qui…

Clémence fit semblant d'être vexée.

— Parce que je suis n'importe qui ? Merci, mon vieux Bouboule !

— Toi, je m'en fous. Je parle des autres qui la reluqueront sur ta toile.

— Et pourquoi pas, tu me trouves si mal foutue que ça ? rétorqua la gamine.

— Justement non ! J'ai pas envie que le premier venu te voie comme je te vois…

Clémence ouvrit de grands yeux.

— Un Bouboule jaloux, on aura tout vu !

— Et alors ? J'ai pas envie que mon cœur soit mis à nu[1] !

— Poète, va !

Libellule tomba en arrêt devant une toile et porta une main à sa bouche en criant presque.

— Mais c'est mon Bébert, mon Bébert au sourire d'enfer !

Clémence se leva et vint poser une main sur l'épaule de l'adolescente pour en faire sa confidente.

— Ah bon, vous le connaissez ?

— Tout le monde connaît Bébert à la Bastoche. Moi la première… Et pas qu'un peu, mon neveu !

Bouboule vint se placer devant la toile.

— Ah, parce que tu as fréquenté cette petite gouape ?

Clémence se tourna vers lui, furieuse.

— Tu veux dire cette *ancienne* petite frappe ? Allons, tu sais bien qu'il est revenu de tout ça, de ses bêtises de galopin !

Libellule demeurait immobile devant la toile.

— Ah ben ça alors ! Vous le connaissez donc, mon Bébert ?

Bouboule retourna la toile.

— *Ton* Bébert ? Qu'est-ce que c'est que cette histoire ?

Libellule, pour le calmer, dut lui dire qu'il n'y avait jamais rien eu entre eux.

Clémence comprit à l'instant combien l'association entre cette grisette et ce petit brigand de Bébert pourrait être fructueuse. Elle se tourna vers Gilles.

— Bébert est le fils de notre jardinier, palefrenier, homme à tout faire, et de Rosette qui est notre blanchisseuse. Il a fait quelques sottises d'adolescence, mais désormais il est guéri et il fait la plonge dans un

1. Bouboule fait un jeu de mots sur le corps de Libellule, en faisant référence à *Mon cœur mis à nu*, titre d'un chapitre des *Journaux intimes* de Baudelaire.

restaurant presque respectable de la place Clichy, je crois.

La petite prit un air rêveur, rosit et se détourna du portrait pour aller faire, songeuse, un tour de jardin.

En quelques mots, Clémence apaisa la jalousie de Bouboule. Elle se garda bien de confier à son ami que, quelques années auparavant, Bébert venait lorgner ses modèles quand elle les peignait nues. Il se cachait dans un fourré. C'était de la vieille histoire...

Elle lui fit l'éloge de Libellule, de sa grâce, de sa drôlerie et de la sensualité brûlante qui émanait d'elle. Ce petit discours suffit à le calmer et à accepter de se rendre aussitôt au domicile des parents de Bébert qui se trouvait à un petit kilomètre de là, dans l'espoir d'avoir des nouvelles de leur fils et, avec un peu de chance, de le trouver sur place.

Il y était.

Bébert et Libellule tombèrent dans les bras l'un de l'autre. Ils se donnaient de grandes tapes amicales dans le dos en se citant des prénoms et surnoms d'inconnus. Pis, ils s'embrassaient sans retenue et trop près des lèvres, estimait Bouboule, d'autant qu'ils se mirent à *rouscailler bigorne*[1] à toute vitesse, ce qui mit Bouboule dans une rage froide.

— Hé, les mômes, si vous continuez à jaspiner le jar, moi, je vais me mettre à parler javanais !

Voyant sa fureur, Libellule s'éloigna de Bébert et vint se blottir contre le cocher pour bien montrer qu'elle était à lui, rien qu'à lui.

— Faut pas te fâcher, mon homme, mais lui et moi on est comme frangin et frangine. On avait des relations communes avant que j'te rencontre.

Le cocher grommela et accepta les baisers dont la petite le couvrait avec une fougue qui semblait sincère.

1. Parler argot.

— Allez, Bébert, sans rancune, on t'embarque : réunion générale chez Clémence. Faut qu'on parle affaires.

Le jeune homme sauta avec eux dans la voiture et ils se retrouvèrent chez Clémence. Gilles y était resté, plongé dans *Marthe*, un livre de Joris-Karl Huysmans abandonné sur un divan.

La jeune peintre apprit à Bébert ce qui était arrivé à la tante Eugénie et qu'il était possible qu'il y eût un lien entre cette agression et le double assassinat de Saint-Étienne-du-Mont.

Quand il comprit qu'un membre de la famille Rosmadec avait failli mourir, il promit de tout faire pour aider Clémence à remonter à la source de ces crimes et à en démasquer les auteurs.

Depuis près de trois ans[1], ce jour où Clémence lui avait évité la prison, il se serait fait tuer pour elle ou pour l'un des siens.

Clémence lui raconta tout ce qui s'était passé en Bretagne ce mois-là, elle énuméra les objets volés dans les églises, les chapelles, la cathédrale de Quimper : statues en bois, ostensoirs, calices…

À peine avait-elle prononcé ce dernier mot que le garçon tressaillit.

— Le dernier mot, là, que vous avez dit, c'était quoi ?

— *Calice*…

— C'est bien ces espèces de vases en or dans lesquels les curetons se rincent la gueule, oh pardon, se rincent la gorge ?

« Mon Dieu, se dit Clémence, si tante Eugénie l'entendait ! »

— Oui, et alors ?

— Alors, je me demande si j'ai pas entendu à Maubert ou à la Bastille, je ne sais plus très bien, des

1. Voir *La Noyée du pont des Invalides*, *op. cit.*

mecs parler à mots couverts de *calices* comme vous dites. Y avait du trafic dans l'air, il me semble…

— « Trafic » ?

Elle lui tapota le crâne.

— Fais remuer tes méninges, cherche bien dans ta petite tête, Bébert.

— Faut voir, faut voir… Je reprends mon service à 6 heures à Clichy. Avant, je vais faire un tour à Maubert. J'ai encore quelques poteaux par là-bas. Des chiffonniers qui en savent long pourvu qu'on les arrose… Je devrais en tirer quelque chose.

— Pour les arroser, comme tu dis, compte sur moi.

Clémence tira de sa poche une bourse et la tendit à Bébert qui commença par la refuser énergiquement.

— Avec tout ce que je vous dois déjà…

— Cette fois, tu deviens une sorte d'agent secret qui travaille à mon compte. J'ai le droit d'avoir des agents privés pour m'aider dans mon enquête. J'ai confiance en toi. Je sais que tu ne vas pas jeter cet argent en l'air avec la première grue venue.

Bébert se retourna d'un bloc et jeta un regard embarrassé vers Libellule et Bouboule. Clémence comprit que ce terme péjoratif de *grue* pouvait s'appliquer à Libellule et s'en voulut de sa bévue. Mais heureusement Bouboule et Gilles s'étaient décidés à aller faire un petit tour de parc avec Libellule afin que Bébert s'exprime plus librement sur ses *relations*, seul avec Clémence.

Fier de cette qualité d'agent secret dont on venait de le qualifier il accepta l'argent qu'elle lui tendait.

Ils rejoignirent les autres dans le jardin et tous s'étonnèrent de voir leur amie se baisser pour ramasser une bûche abandonnée contre la souche d'un arbre abattu. Elle la soupesa, la tourna dans tous les sens et décida de l'emporter dans son atelier.

Gilles la regardait, étonné.

— Tu veux faire du feu en plein été ?

— Non, mais je vais me remettre à la sculpture sur bois.

Bouboule sembla se souvenir d'un fait qui l'avait marqué récemment.

— Tiens, tu me fais penser à un type qui vend des statues en bois que, par je ne sais quelle combine, il fait venir d'Afrique où il a vécu vingt ans. Il les revend à des antiquaires. C'est l'un d'eux que j'ai voituré la semaine dernière, tu te rappelles, Libellule ? Il paraît que ces statuettes se vendent comme des petits pains, à l'étranger, surtout.

— Si je me souviens... Il t'a même craché un pourliche pas chiche qui s'est transformé en cognac si j'me souviens bien, pas vrai ?

— Ce que je sais, c'est ce qu'a dit le pékin en s'asseyant dans notre fiacre avec un gros soupir de satisfaction. Il a dit : « On trouve encore des gens honnêtes qui baissent leurs prix, pourvu qu'on le leur demande. »

Libellule haussa les épaules.

— Des zigs honnêtes à Saint-Ouen ? Mais tu perds la boule, mon Bouboule...

« Qu'importe le prix, après tout », pensa Clémence. Elle souhaitait acquérir un de ces objets pour l'offrir à Gauguin qui était tombé en admiration devant cet art primitif dont il vantait les qualités exceptionnelles. Elle croyait l'entendre encore vanter ces œuvres d'art : « Tu vois, là, Clémence : simplicité des traits, force des expressions, originalité des poses prises par des modèles imaginaires ou réels. Il faut retourner au primitif, c'est là qu'est le secret que j'irai un jour chercher au bout du monde[1]. »

1. Huit mois plus tard, le 4 avril 1891, Gauguin partait pour Tahiti où il débarqua le 28 juin. Parallèlement à sa peinture, il commença à écrire *Noa Noa*, son récit autobiographique.

Jusqu'alors elle ignorait, et Gauguin sans doute aussi, qu'il y avait de telles œuvres à Saint-Ouen. D'ailleurs, elle osa avouer à Bouboule qu'elle n'y avait jamais mis les pieds, ces chiffonniers ne lui inspirant aucune confiance… Mais peut-être que celui-ci, habilement questionné, pourrait lui fournir des renseignements utiles sur les vendeurs ou revendeurs de statues en bois polychrome.

On ne pouvait en effet plus ouvrir le journal sans découvrir que des vols avaient été commis dans un lieu saint. Une bonne dizaine de truands avaient été pris sur le fait et livrés à la justice, mais c'étaient des éléments isolés et sans envergure qui agissaient pour leur propre compte et n'appartenaient à aucune bande organisée.

Ils déposèrent Gilles devant chez lui. Il voulait y prendre quelques affaires et pensait que sans lui mais avec ses amis bohèmes, Clémence serait plus à l'aise pour mener ses investigations au marché aux Puces.

Bébert descendit place Saint-Germain-des-Prés, d'où il continua à pied vers Maubert en quête d'informateurs.

La vieille guimbarde descendit la rue Bonaparte, vers la Seine, et juste après la rue Jacob, ils virent Antoine sortir de l'étroite rue Visconti. À côté de l'ancienne imprimerie de Balzac, il avait gardé son atelier ou du moins sa misérable piaule d'étudiant pour y ranger son matériel.

Il portait son chevalet sur l'épaule et sous le bras un pliant et un carton à dessin.

Ils sautèrent tous les trois sur le trottoir.

— Tiens, Clémence, la belle Bretonne est revenue chez les Parigots ! T'es en avance sur la saison, quel bon vent t'amène ? Un coup de noroît ? Qu'as-tu fait de ton inséparable carabin ? Jeté par la porte du train ?

— Non, juste de ce carrosse, il y a un quart d'heure, mais je ne l'ai pas perdu, crois-moi.

Le grand échalas au visage enjoué donna une claque amicale sur les fesses de Libellule et Bouboule fit semblant de se fâcher.

— Cessez ce genre de privautés, jeune homme, vous êtes en présence de…

Clémence lui expliqua les raisons de son retour à Paris en cette fin d'août.

Bien sûr, Antoine avait appris les malheurs survenus à la tante Eugénie et il s'en inquiéta, mais bien vite ils parlèrent du drame tout récent de Saint-Étienne-du-Mont. Un drame que Bouboule et lui avaient aussitôt nommé « Double assassinat dans la rue de la morgue », par référence à la nouvelle de Poe.

Antoine décida sur-le-champ de les suivre à Saint-Ouen et il déposa ses outils de travail dans la voiture.

— Si Mlle Libellule veut bien descendre de son siège réservé au cocher et venir dans la voiture s'asseoir sur mes genoux cagneux, je n'y verrai aucun inconvénient et même quelque avantage à n'en pas douter, proposa Antoine.

— Pas de ça, satyre ! C'est à bibi, ma Bibiche ! Viens contre ton papa, ma tourterelle.

La petite gloussa et Antoine monta à côté de Clémence.

— Ma *Libellule*, ma *Bibiche*, sa *tourterelle*, son *Papa* ! Je crois rêver ! Après le détournement de mineure, voici que ça tourne à l'inceste, animalier qui plus est. Une question d'habitude chez lui !… Bravo, le phaëton-tête-de-cochon ! Tiens, à propos de cochon, regarde, Clémence !

Il sortit de son carton un portrait de Bouboule selon sa manière.

— Le groin est peut-être plus fort, plus laid encore chez mon modèle, mais ces petits yeux porcins, inexpressifs et ces oreilles ! C'est tout lui, non ?

Clémence ne put s'empêcher de rire et le gros Bouboule fit de même, se trémoussant sur son siège. La tête de sa protégée, posée sur ses genoux, bringuebalait elle aussi.

Ils passèrent sur l'autre berge de la Seine par le pont du Carrousel, pénétrèrent sous les guichets du Louvre et Bouboule reprit son cours qu'il avait pompeusement baptisé : « Apprendre Paris par son histoire », en opposition farouche avec Antoine, guide de touristes à ses heures, qui préférait la formule : « Apprendre l'Histoire, grâce à Paris ». Matière à des discussions pouvant durer une partie de la nuit arrosée de verte et ennuagée de tabac dans un café de Pigalle ou de Clichy où, comme ils disaient depuis peu, ils prenaient « leurs quartiers de lune ».

Ils sortirent de Paris par la porte de Clignancourt, longèrent le glacis des fortifs et furent aussitôt plongés dans le domaine des chiffonniers, des baraques foraines, des guinguettes plantées au milieu de champs et des potagers[1].

— Là j'me retrouv' chez moi, enfin chez les margoulins, quoi ! Avant que ma vieille me lâche à la Bastille et me présente à ces dames quand j'allais sur mes douze ans… Et vas-y, bosse, satisfais ces messieurs et t'auras des sous, du moins de quoi becter.

— Tais-toi, Libellule, c'est du passé tout ça. Oublie-le !

1. La naissance officielle du marché aux Puces se situe l'année 1885. Auparavant, plus de cent ferrailleurs se disputaient l'espace, chaque dimanche, avant que la Ville de Saint-Ouen ne tente de régulariser la jouissance et l'assainissement des lieux. Cela se fera progressivement. C'est à partir de 1920 que se dessinera le marché aux Puces d'aujourd'hui.

— Impossible ! Je les sens encore me…

— Boucle-la ! Et si tu connais si bien ton monde, mène-nous là où nous sommes venus la semaine dernière déposer l'antiquaire. Tu sais, le type en guêtres blanches avec un profil d'aigle à demi caché par son grand chapeau marron. Celui qui cherchait le grand chef blanc.

La gosse, très fière de se rendre utile, indiqua aussitôt le chemin à suivre à partir de la porte de Saint-Ouen. Du coup, elle voulut, elle aussi, faire preuve d'érudition.

— Dites-moi-zun peu comment qu'on les appelle aussi les chiffonnards ?

— Les « biffins », ma poulette, répondit aussitôt Antoine.

— Et encore ?

— Les « chiftires », « crocheteurs » ou, en plus joli : les « pêcheurs de lune », parce qu'ils « chiffonnent » surtout la nuit. Ils ramassent tout ce qui traîne dans la ville quand le bourgeois dort, sur les trottoirs ou dans des caves mal fermées ou qu'on aide un peu à s'ouvrir… Ils y trouvent parfois des trésors.

— Alors là, chapeau le Toine ! Mais comment tu *saves* tout ça ?

— J'ai vécu, ma petite. Tu es en présence des deux meilleurs guides de la capitale…

— Comme la peine ?

Le peintre animalier se récria.

— Voilà que Libellule s'essaie aux bons mots ! Où va-t-on ? À la catastrophe assurément !

Bouboule se retourna faussement choqué, brandissant son fouet.

— T'en veux un coup dans les naseaux ?

— Fais gaffe, Bouboule, si tu tombes, tu roules.

Clémence regardait assez époustouflée des objets hétéroclites déposés çà et là sur des bouts de couverture mitée ou à même le sol. Le plus étonnant était de voir des personnes élégamment vêtues circuler entre ces puciers avec une désinvolture feinte, mais l'œil aux aguets. Brusquement, un homme s'accroupissait, saisissait un objet, l'observait avec soin avant de le reposer et de prendre une mine indifférente pour passer à un autre étalage. Le vendeur le rappelait, lui proposait un prix. Le bonhomme haussait les épaules et finalement l'acquérait pour une poignée de piécettes. Bouboule sortit son calepin et écrivit tout en chantonnant.

Y a d'l'antiquaille dans l'air
Et d'la racaille par terre.
Des objets chapardés
Pour quelques sous cédés
À de jolies tapettes
Inondées d'eau d'toilette.

Comme à son habitude quand son ami composait, Antoine lui envoya une pique sous l'œil courroucé de Libellule.

— T'as du boulot à faire avant d'entrer à l'Académie des faubourgs, Bouboule. C'est pas du Bruant, c'est sûr.

— Tu ne peux me faire de plus beau compliment, un bruant, n'est-ce pas un tout petit oiseau qui siffle agréablement alors que le tien gueule plus qu'il ne chante. Je te l'étranglerais volontiers avec son écharpe rouge sang qui rime avec truand ou presque. Un boucher de la chanson française, oui !

— Oh, la grosse jalouse !

Clémence prit les choses en main :

— Voilà ce qu'on va faire : Bouboule et Libellule, vous nous indiquez de loin le camp du grand sorcier et j'y vais seule avec Antoine. On va jouer les antiquaires intéressés par des objets de culte, des statues peintes…

— Et pourquoi pas nous ? demanda Bouboule, déçu.

Antoine, taquin, persifla :

— Une question de présentation, comprenez-vous, d'élégance, de savoir-vivre, voyez-vous, mon ami ? De distinction, mon cher, de classe. C'est inné, cela ne s'acquiert jamais. Allez votre chemin, mon brave.

Clémence posa une main caressante sur le bras du cocher.

— On va se faire passer pour de vrais gogos. Vous, ils savent que vous connaissez les ficelles du métier.

Les cabanes en bois, de bric et de broc, avaient de drôles d'allures. Le campement de « Papa nègue blanc », ainsi que l'avait surnommé sa famille ramenée dans ses bagages d'Afrique, était pour le moins insolite.

Au centre d'un terrain en terre battue parfaitement balayée et recouverte de nattes et de tapis siégeait une tente assez vaste et réservée, les deux jeunes gens le comprirent vite, au maître des lieux et à sa dernière maîtresse, une jeune Blanche d'une quinzaine d'années. Au moment où ils arrivèrent, elle était assise respectueusement aux pieds de son maître qui, lui, trônait dans un fauteuil de style colonial.

Grand, massif, le teint rougeâtre sans doute entretenu par la bouteille de rhum posée à portée de verre, il avait des cheveux très blonds qui s'échappaient d'un chapeau aussi blanc que sa chemise, sa veste et son pantalon d'explorateur pourvus de nombreuses poches. Seul anachronisme à cet accoutrement : le roi était pieds nus.

Trois ou quatre femmes à la peau très noire s'agitaient en tous sens. Les unes balayaient, d'autres étendaient du linge, se penchaient sur la nourriture qui cuisait dans un vaste chaudron. Une tripotée d'enfants métis se poursuivaient. D'autres jouaient du tam-tam sous l'œil amusé et paternel du grand chef.

À l'écart se tenait un grand garçon que Clémence remarqua tout de suite. Muni d'un simple couteau, il s'acharnait sur un morceau de bois, l'air très attentif à ce qu'il faisait.

Clémence et Antoine pénétrèrent dans le campement.

Ce fut Clémence qui s'avança en premier, et les femmes et les enfants cessèrent aussitôt leurs occupations pour venir entourer les nouveaux venus.

Le chef de la tribu, imperturbable, les regardait approcher. Ils s'inclinèrent devant lui.

Des deux mains, l'homme fit comprendre aux marmots de s'égailler. La petite fit mine de se lever, mais son maître lui caressa la nuque pour la garder près de lui.

Clémence redouta des salamalecs convenus et interminables. Il n'en fut rien.

L'homme l'examina des pieds à la tête comme un maquignon une jument.

— Que puis-je pour vous, belle visiteuse ? dit-il d'une voix qui se voulait recherchée.

— Un ami antiquaire m'a dit que vous possédiez de belles pièces d'art africain. J'aurais été heureuse d'admirer ces trésors.

— Quel est le nom de ce monsieur ?

— M. Garou, de la rue du Faubourg-Saint-Honoré.

Le gros homme retira son couvre-chef, se gratta la tête.

— Garou ? Je ne vois pas…

— Il était pourtant formel. Mais peut-être vous a-t-il donné un autre nom afin de protéger ses sources. Pour vous le décrire physiquement : c'est un grand bonhomme assez élégant, au profil d'aigle, qui porte toujours un grand chapeau marron.

— … et des guêtres d'un blanc immaculé, ajouta Antoine de peur que son amie n'oubliât ce détail assez voyant donné par Bouboule cinq minutes auparavant.

Papa nègre blanc se tapa sur les cuisses, chassa d'une tape la jeune fille accrochée à lui et se leva.

Il tendit la main à Clémence et à Antoine.

— Ah, vous me parlez de ce renard de Burton, prononcé à l'anglaise ? Ah oui, un sacré renard, celui-ci ! Mais régulier en affaires, faut avouer. Et discret avec ça. Alors, s'il est de vos amis je n'ai rien à vous cacher.

Il souleva un pan de sa tente et fit entrer les deux compères dans son repaire. Au fond de son logement, il écarta un tas de vieilles nippes de toutes les couleurs et découvrit un vaste coffre. Il prit un air de conspirateur, regarda autour de lui avant d'en faire jouer la serrure avec une clef suspendue à son cou.

Apparurent une vingtaine de statues d'art nègre. Des têtes soigneusement sculptées côtoyaient des statuettes en pied d'hommes et de femmes nus ou en pagne de toutes tailles et de tous âges. Les styles étaient disparates et sans doute d'origine géographique différente.

Clémence et Antoine en examinèrent plusieurs, se faisant à voix basse des réflexions qui se voulaient être celles de collectionneurs.

La jeune peintre aperçut soudain au fond du coffre un calice en or et s'en saisit.

— Tiens, un calice, ça devient rare de nos jours avec ces drames dans les églises. D'où provient celui-ci ?

L'homme semblait embarrassé tout à coup.

— D'Afrique. Je l'ai reçu par erreur sans doute, avec une livraison de statues…

Il mentait effrontément, ça se voyait.

Sans y prêter davantage attention, Clémence isola tout un lot de sculptures, en choisit une de facture très simple et alla chercher le calice qu'elle déposa auprès d'elle.

— Combien me faites-vous l'ensemble ?

Il écarta à nouveau les bras.

— Ça, je ne le vends pas.

Antoine intervint.

— Vous devriez. Il ne fait pas bon garder de tels ustensiles chez soi par les temps qui courent. Si vous ne voulez pas le boire jusqu'à la lie, vous devriez nous le céder. Un simple conseil d'amis. Vous n'avez pas de certificat de provenance, nous, en tant qu'antiquaires, nous en détenons beaucoup, et en bonne et due forme, bien entendu. Savez-vous que, depuis cinq ans, un grand inventaire des biens nationaux, de ceux appartenant aux musées, aux édifices nationaux, mais aussi de ceux possédés par le clergé, a été lancé ? Tout cela va être répertorié ou saisi si l'on ne peut en justifier l'origine. Avec ces assassinats récents dans des lieux de culte, les inspecteurs vont être sévères, très sévères, même pour le plus modeste des receleurs… Vous, par exemple, monsieur.

Clémence connaissait le culot d'Antoine, mais eut peur que cette fois il ne fût allé un peu trop loin, que le type ne l'étranglât ou ne le virât à coups de pied. Ce fut le contraire qui se produisit : le bonhomme pâlit. Et annonça un prix que Clémence accepta aussitôt sans tenter de marchander. Si un poinçon ou quelque signe distinctif pouvait en livrer l'authenticité, cela ferait avancer son enquête d'un grand pas[1].

1. Clémence a raison de se poser cette question, car le poinçon est le premier point à observer sur une pièce d'orfèvrerie. Il révèle la date et le lieu d'exécution de l'objet, mais aussi son auteur. Il permet encore de garantir le taux légal d'or ou d'argent contenu dans la pièce (le bon aloi).

Le roi nègre blanc revint à un commerce dans lequel il n'avait rien à se reprocher.

— Si vous voulez repasser dans quinze jours, j'aurai reçu une autre livraison importante d'objets d'Afrique et avec des certificats authentiques.

Le bonhomme empocha vivement les pièces d'or que Clémence lui tendait et ils ressortirent tous trois, clignant des yeux sous le grand soleil de cette matinée d'août.

Le gamin que Clémence avait repéré dès son arrivée continuait de sculpter son bout de bois.

Elle s'accroupit à côté de lui.

— Tu me montres ?

Il lui tendit aussitôt son œuvre et elle fut étonnée du talent du garçon. Cela représentait le patron du lieu assis sur son trône avec sa jeune maîtresse, la tête posée sur ses genoux.

— C'est très beau ce que tu fais là, tu sais. Tu me le vendrais ?

Son père et Antoine, chacun un verre d'alcool à la main, se penchèrent vers eux.

Le jeune artiste leva un regard interrogateur vers le chiffonnier alors que Clémence sortait sa bourse.

— Ah bon, parce que ça vaut quelque chose, ces trucs-là ?

— Bien sûr, monsieur, votre fils est un grand artiste.

— Alors, Félix, montre donc à la dame tous ceux que tu as dans ta cabane.

Le garçon prit Clémence par la main et l'entraîna vers sa baraque. Partout, au sol, comme sur de grossières étagères, il y avait des statues sculptées par le gosse : des personnages dans toutes les positions ; des enfants qui dansaient ou tapaient sur des tam-tams, des femmes faisant la lessive, ou d'autres épluchant des légumes.

Clémence était stupéfiée par la maturité de cette œuvre. Elle prit entre ses mains un angelot et se demanda s'il avait été volé dans quelque église ou chapelle d'Afrique. Mais non, c'était bien la même main qui avait travaillé ce bois. Elle en reconnaissait la facture. Elle regretta de ne pas être en compagnie de Gauguin pour découvrir ces merveilles.

— Tu as mis combien de temps pour faire cet ange ?

Il réfléchit, dodelina de la tête, compta sur ses doigts.

— Trois ou quatre jours à peu près.

— Eh bien, mon gars !

Tout en faisant tourner l'ange dans ses mains, Clémence se souvint d'une phrase que Gauguin lui avait apprise alors qu'elle maniait avec énergie le marteau sur un bloc de granit.

— Tu sais ce que Michel-Ange répondit au pape Jules II quand celui-ci lui demanda pourquoi il frappait la pierre avec tant de rage ? « Si je manie avec tant de fougue et de violence mon marteau, c'est pour libérer en toute hâte l'ange de la pierre où il étouffe. »

Le jeune artiste la regardait sans comprendre ce qu'elle voulait dire. Pourtant instinctivement, c'était bien pour voir s'échapper son angelot de la matière qu'il l'avait sculpté en si peu de temps…

— Là, c'est mam'Bobo… disait-il en présentant ses modèles.

— Tu m'en vendrais un ?

— Tu prends ceux que tu veux.

Elle aimait la rapidité avec laquelle le visage de l'adolescent passait du sérieux au rire. Clémence choisit deux statues, mit deux pièces de cinq francs dans la main du jeune garçon et sortit de la cabane. Elle lui promit que bientôt elle reviendrait avec des gouges, des ciseaux et d'autres outils qui lui permettraient d'exprimer encore mieux ce qu'il avait en lui.

Clémence retourna au campement pour faire ses adieux à Papa nègre blanc qui s'empara aussitôt de la petite fortune qu'elle venait de donner au jeune sculpteur. Elle assista alors à une scène qui aurait pu être hilarante si elle n'avait pas été l'expression même de la bêtise et de l'inculture de ce chiffonnier qui se croyait marchand d'art.

Il se rassit sur son trône, claqua dans ses mains pour rassembler sa grande famille et déclara que chacun désormais allait tailler des bûches et faire des personnages, comme ceux de Félix.

Il lui tordit l'oreille, lui tapa sur la tête.

— Bravo, petit ! Montre aux autres comment tu fais. Et que ça saute ! Je veux des montagnes de sculptures en bois. De toi, j'en attends deux ou trois par jour…

Le jeune sculpteur le regarda, les yeux ronds.

— Mais c'est impossible, Pap'Bobo. Et pour moi et pour eux…

— Et pourquoi donc ? Si tu réussis si bien, pourquoi tes frères et sœurs, mère et tantes n'en feraient pas autant ? Allez chercher du bois, vous autres, et que ça saute ! En attendant, Félix, va raccompagner la dame et le monsieur jusqu'à la route.

Clémence ne prit pas le temps d'expliquer que l'art ne se commandait pas en frappant dans ses mains et qu'un don n'était pas offert à quiconque. Elle et Antoine saluèrent leur hôte qui leur répondit à peine, excité à l'idée de faire fortune si facilement, croyait-il.

Le gamin précéda les deux artistes et leur fit prendre un raccourci à travers des buissons. Une fois hors de portée de son père, l'enfant s'arrêta.

— Tout à l'heure, j'étais derrière la tente de Pap'Bobo quand je vous ai entendus parler de calices et d'autres trucs comme ça. Eh bien, moi, je connais un trafiquant de ces objets sacrés. On l'appelle le Père Rouspétance parce qu'il arrête pas de râler que ce qu'il achète est trop cher et que ce qu'il vend ne l'est pas assez. En fait, tout le monde sait qu'il fait des bénéfices énormes. Il est riche, très riche comme Crérus[1], même s'il s'habille en mendiant. Mais maintenant avec ces meurtres dans les églises, il cache ses trésors. Avant, il travaillait avec la Fouine. Il lui achetait des machins précieux que la Fouine ou un autre avait volés je ne sais où et que lui, le Père Rouspet', refilait à des antiquaires de la Haute.

Antoine se prenait au jeu de l'enquête.

— Pourquoi on l'appelle comme ça ?

— Parce qu'on dirait une fouine, tiens donc ! Il est pas plus grand que moi. Il regarde tout le temps à droite, à gauche ou derrière lui comme s'il avait peur d'être suivi. Il a toujours un gros sac, plein ou vide, sur l'épaule. Et puis il marche en zigzag, comme ça.

Et Félix de bondir de-ci, de-là, de se cacher derrière un fourré, de réapparaître un peu plus loin, en remuant la tête pour regarder de tous côtés.

Clémence rit de bon cœur avant de recouvrer son sérieux.

— Pourquoi tu me dis tout ça à moi ?

— Parce que vous êtes belle.

— Ça ne suffit pas.

— Parce que vous êtes gentille, mais surtout parce que vous trouvez que mes statues sont jolies.

— Comment as-tu appris à sculpter ?

— Tout seul, d'abord en copiant celles que Pap'Bobo achetait et revendait. Et puis je me suis mis à regarder autour de moi.

1. On l'aura compris, Félix, qui a pourtant un langage châtié et un certain vocabulaire, veut parler ici de Crésus.

— Et pourquoi tu nous emmènes chez ton Père le Râleur ? Pardon, Rouspétance ?

Le jeune garçon prit un air grave et regarda à terre sans bouger, comme s'il avait honte de ce qu'il voulait dire.

Antoine lui posa une main sur l'épaule pour le rassurer.

— Tu peux tout nous dire, on est des amis.

Le garçon releva la tête et vit que l'*Animal*, ainsi que l'appelait son ami Toulouse-Lautrec, ne lui voulait que du bien.

— C'est un voleur et puis il est bizarre. Alors j'aimerais qu'il se fasse pincer par la rousse. Seulement il planque ses richesses maintenant. Quand il est assis comme ça tranquillement derrière son étal, on voit autour de lui que de la ferraille, des fers à cheval et des assiettes ébréchées.

— Un escroc, d'accord, mais pourquoi bizarre ? insista Clémence.

Il regarda à nouveau par terre en balayant le sol de son pied droit.

— Ben voilà, il y a une dizaine de jours, je passais devant chez lui quand il a voulu que j'entre dans sa baraque pour me donner quelque chose, qu'il disait. Je me suis retrouvé seul avec lui dans sa cabane dont il a fermé la porte au loquet. Il s'est approché de moi, il m'a passé la main dans les cheveux et m'a proposé un marché : « Si t'es gentil avec moi, joli petit négro, je te donnerai beaucoup d'argent, tu deviendras riche. » Je l'ai repoussé, je me suis débattu, j'ai fait un bond en arrière en criant. Je suis tombé sur un tas de vieilles nippes qui camouflaient une malle dont j'ai cassé le couvercle dans ma chute et j'ai vu qu'elle était remplie de calices, de crucifix…

Le gamin se signa trois fois et embrassa une médaille de la Vierge qu'il avait à son cou.

— Alors ce salaud m'a mis une lame sous le nez et il m'a dit : « Si tu parles de tout ça et de ce que t'as vu ici, t'es mort. » Et il m'a jeté dehors à coups de pied, en gueulant que j'étais un sale voleur. Alors, aujourd'hui, dit-il en regardant Antoine, je voudrais que vous lui fassiez juste un tout petit peur. Enfin, de quoi lui donner la colique, quand même…

Il désigna la baraque du bonhomme et alla se cacher un peu plus loin. Clémence était outrée par ce qu'elle venait d'entendre. Elle regarda Antoine.

— Alors, qu'est-ce qu'on fait ?

Il sortit un couteau, en fit fonctionner la lame et le plaça dans une poche facilement accessible.

— Y a pas à hésiter, on va le cuisiner pour obtenir quelques noms intéressants…

Cet Antoine, si doux, ne pensant qu'à rire et à faire rire, la surprenait cette fois encore. Il s'efforçait toujours d'éviter la bagarre quand, au cours de pérégrinations nocturnes fortement arrosées, il se trouvait avec Bouboule dans un coup dur. Face à des voyous, des vilains cocos s'attaquant à moins forts qu'eux, il pouvait faire preuve d'une violence et d'un courage à couper le souffle à ses adversaires les plus coriaces.

Au côté de son ami, Clémence se sentait certes en sécurité, mais elle avait peur qu'il ne trouve plus fort que lui.

Ils s'éloignèrent de l'arrière de la maison, firent cent mètres parmi les broussailles puis revinrent sur leurs pas, mais par l'allée grossièrement aménagée. Ils firent semblant de s'intéresser à des bricoles dont ils demandaient le prix.

Arrivés devant l'étalage qui précédait celui du brocanteur de Félix, ils s'accroupirent devant des louches de différentes tailles et se réjouirent à voix forte de les acquérir pour leur collection. Ils payèrent rubis sur l'ongle et passèrent devant l'échoppe du Père

Rouspetance sans même y jeter un coup d'œil, tout à la contemplation de leurs louches en étain et d'autres dont le métal anciennement argenté avait viré au jaune.

Ils s'éloignaient quand la voix grasseyante du ferrailleur les héla.

— Moi aussi, j'ai une collection de couverts intéressants.

Clémence revint vivement sur ses pas.

L'homme n'avait rien pour plaire. Il était joufflu, et la sueur inondait son visage et son cou qu'il essuyait à chaque instant avec un grand mouchoir qu'il tirait de la poche de sa chemise. Un canotier couronnait sa tête et il le relevait d'une pichenette toutes les cinq secondes.

Après ce rapide examen, Clémence s'écria, comme si elle était en présence d'un sauveur :

— Des louches, vous avez des louches ?

— Des couteaux, des cuillères, des louches, oui des louches aussi. Je vais les chercher.

Il pénétra dans sa baraque, ses visiteurs sur ses talons. Il voulut leur interdire l'entrée, mais c'était trop tard. Clémence fit semblant de trébucher et alla s'affaisser sur le coffre évoqué par Félix. Elle poussa un cri de surprise en découvrant sous un tas de chiffons auxquels elle fit semblant de se raccrocher un amas d'objets de culte, d'ostensoirs, de statuettes en bois polychrome. Le receleur tenta de l'écarter de sa malle, mais Clémence se saisissait d'un crucifix en or et voulut l'emporter pour le voir à la lumière du jour.

— Oh, qu'il est beau ! Je me demande si je ne l'ai pas déjà vu quelque part, ah oui, c'est ça, dans la chapelle de…

Avec violence, le marchand voulut le lui arracher, mais Antoine bondit derrière lui, l'étrangla à demi de son bras gauche et lui appliqua la pointe de son couteau sur la gorge.

La fripouille tenta d'appeler au secours, mais Antoine poussa plus avant son arme dans le cou tremblotant.

L'homme tenta de marchander.

— Vous pouvez tout emporter, mais laissez-moi la vie. D'ailleurs tout cela n'est pas à moi, je vais le rendre à son propriétaire.

Antoine ricana et Clémence, ayant trouvé une paire de ciseaux, l'approcha de ses yeux.

Alors qu'Antoine ne relâchait pas son étreinte, Clémence, d'une voix qu'elle s'efforçait de rendre glaciale, interrogea le filou.

— C'est exactement ce que nous voulons savoir : le nom du propriétaire de cette marchandise.

— Emportez tout, je vous dis, mais si je vous donne son nom, il me zigouillera.

Antoine eut un rire sardonique et fit une légère entaille au cou du gros homme.

— Et si tu ne nous le donnes pas, je vais être cru avec toi, tu es… cuit ! Nous te trucidons là sur-le-champ. Ton trésor, pour l'instant, on te le laisse.

L'homme terrorisé était au bord de l'évanouissement. Clémence fit un effort pour empêcher sa main de trembler et approcha encore les ciseaux des yeux de l'aigrefin.

Enfin l'homme se décida à parler.

— Le propriétaire, je ne l'ai jamais vu. J'ai seulement compris qu'il s'appelait Aime-Aime ou quelque chose comme ça.

— Pas très catholique ce nom-là pour un pilleur d'églises, remarqua Antoine. Fais un petit effort ou je t'égorge. Tu sens, là, cette artère que j'effleure, eh bien elle s'appelle une carotide. Il y en a deux, une autre que je caresse maintenant. Elles sont absolument nécessaires pour mener le sang qui part de ton cœur et abreuve ton cerveau. Tu comprends ce que je te dis ?

Clémence était abasourdie par le sang-froid de son ami. Voilà qu'il faisait un cours d'anatomie !

— Allons, gros plein de soupe, fais un petit effort et on te laisse la vie. Si tu ne l'as jamais vu, ton *Aime aimable*, comment il fait pour te fourguer ces pierreries ?

— Il a deux livreurs : un gros et un petit.

— Menteur, lâcha Clémence.

— Non, je vous le jure, tout ce que je sais, c'est qu'ils parlaient parfois de retourner à la Bastoche.

— Ben voilà un petit progrès…

Clémence sortit un calepin et répertoria les objets de culte, reproduisit sur sa feuille les poinçons, les inscriptions, dessina sommairement les statuettes pour qu'on puisse les identifier.

Elle laissa là ses ciseaux.

— Je vous confisque ce calice que les experts examineront. Il doit être riche en renseignements. Ils établiront sa provenance, comprenez-vous… Maintenant, nous allons vous quitter sans bousculade. Au contraire, pour vos voisins, vous vous frotterez les mains en signe de satisfaction. Comme si vous nous aviez bien roulés.

— Et dans la demi-heure, je vois débouler le commissaire de police, ses inspecteurs et des sergots que vous vous serez empressés de prévenir.

Antoine secoua la tête négativement.

— C'est pas l'envie qui nous manque, mais nous les préviendrons le plus tard possible car si nous le faisions, ils viendraient aussitôt te mettre les poucettes, tes fournisseurs se feraient la malle avant de te trouer la peau à la première occasion, dans un an ou dans dix. De plus, on a envie de remonter jusqu'à eux avant les flics pour récupérer ce qui nous appartient, mais cela te regarde pas.

Il mentait à demi en songeant aux vols faits dans la cathédrale de Quimper.

Clémence pensa soudain aux clients antiquaires qui venaient ici monnayer leurs calices, patènes, ostensoirs et autres statues ou toiles de maîtres.

— Vous avez bien un livre de comptes, avec les adresses et les noms de vos clients, non ?

— Bien sûr que non ! Trop dangereux pour eux comme pour moi au cas où…

Il mentait mal. Clémence s'en aperçut au geste rapide de la tête qu'il fit en regardant sa boutique et elle décida de perquisitionner son gourbi.

— Tu tiens compagnie au monsieur, mon grand ?

Le receleur voulut retenir Clémence et fit un pas vers elle. Aussitôt Antoine, qui n'avait pas lâché son couteau mais l'avait gardé ouvert dans sa poche, en troua la doublure et enfonça sa lame dans les reins de l'homme à travers sa chemise, ce qui l'immobilisa.

Deux minutes plus tard, elle ressortait avec un registre qu'elle tenait sous le bras. Elle le tapota.

— Il y a là-dedans tout ce qu'il nous faut.

— Mais ils vont me tuer ! Vous ne les connaissez pas.

— Non, mais ça va pas tarder, on va être présentés bientôt. T'as qu'un truc à faire, mec : tu planques ton trésor en lieu sûr et tu vas les voir les uns après les autres pour leur dire qu'on t'a cambriolé. Éventuellement, tu te donnes un coup de marteau sur la tronche et tu joues les héros. Tu te fais hospitaliser. Puis en sortant, tu mets la clef sous la porte et tu vas faire un séjour à l'autre bout du monde, au Kamtchatka, par exemple. On dit que c'est une jolie station balnéaire. C'est juste parce que tu as été obéissant que je daigne te conseiller ainsi. À la prochaine !

Clémence connaissait son ami, mais il la surprenait toujours. Enfin, on venait de passer des moments d'une extrême violence, de menacer de mort ce sale bonhomme, et ce fou d'Antoine trouvait encore le moyen de conseiller sa victime sur ce qu'elle devait faire pour sauver sa peau. C'est à peine si le brocanteur, la larme à l'œil, ne l'avait pas remercié de ses conseils farfelus !

— Tu es vraiment un type incroyable, Antoine ! Tu…

Elle ne put finir sa phrase. Elle se revoyait, une paire de ciseaux à la main, menaçant sans frémir cette épouvantable crapule. C'est seulement alors qu'elle se sentit mal. Elle posa son sac, s'assit par terre, se plongea le visage dans les mains et, cette fois, se mit à trembler de tout son corps.

CHAPITRE XVIII

Clémence poussa l'un des doubles vantaux du porche principal de Saint-Étienne-du-Mont. Elle apprécia la fraîcheur de l'église en ce brûlant après-midi de la fin août.

La sérénité et le silence qui régnaient en ce lieu apaisèrent en elle les émotions de sa matinée mouvementée aux Puces. La jeune artiste fit quelques pas dans l'allée centrale. Elle n'était pas venue là depuis que son père, par une sorte de lubie d'architecte, s'était mis en tête de présenter à ses enfants les principales églises de Paris et de leur en apprendre l'histoire.

Le jubé séparant le chœur de la nef était bien tel que dans son souvenir : « Massif, colossal et sans charme. » C'est du moins ainsi que l'avait qualifié Albertine, qui devait alors ne pas avoir plus de neuf ans, quand son père lui en vantait l'harmonie.

Amusé par le point de vue de sa benjamine, Alexis lui avait donné, de retour à Neuilly, à lire un texte de J.-K. Huysmans[1] qu'elle apprécia au plus haut point. Elle le sut par cœur dès sa deuxième lecture et en

1. *En ménage*, 1881.

rebattit les oreilles de son entourage pendant plusieurs jours. Clémence l'entendait encore :

— *Ah ! Ils m'enquiquinent à la fin, tous ces gens qui viennent vous vanter l'abside de Notre-Dame et le jubé de Saint-Étienne-du-Mont ! ah ça, bien, et la gare du Nord et le nouvel Hippodrome, ils n'existent donc pas ! C'est vrai ça, ils sont un tas de vieux baladins qui vous sortent des enthousiasmes sur commande quand ils parlent des anciennes basiliques...*

Clémence s'avança et leva les yeux vers cette tribune.

C'était donc là, dans ce couloir transversal, que s'étaient cachés les tueurs pour surveiller les départs successifs des gens de robe, du curé aux deux prêtres venus verrouiller les portes, comme le lui avaient appris les journaux. Il est vrai qu'on ne pouvait trouver meilleur lieu d'observation.

Elle se fit introduire auprès de M. le curé Maurice de Selle de Beauchamp et lui expliqua qu'elle était la nièce de Mlle Eugénie de Rosmadec, la première victime de ces barbares qui désormais faisaient tragiquement parler d'eux dans tant d'édifices religieux de France, en cette fin du mois d'août.

L'homme de Dieu était accablé par les assassinats de ses deux prêtres et il lui montra avec consternation les dégâts commis par les assassins dans l'allée de la salle des Catéchismes donnant sur le cloître.

Heureusement, les voleurs n'avaient pas eu le temps de démonter plus de deux vitraux. Ils en avaient brisé un troisième, sans doute à cause de l'arrivée intempestive des deux ecclésiastiques. D'ailleurs ceux qu'ils avaient emportés devaient être dans un triste état, car retirer le plomb qui les soutenait et liait entre eux les différents morceaux de ces panneaux fragiles n'était pas une mince affaire.

— C'est un métier de spécialistes que de déposer les morceaux d'un tel jeu de patience. Et cela prend du temps, beaucoup de temps, remarqua Clémence qui se souvenait de ce que son père lui avait appris.

— Je pense bien ! approuva le curé.

Après avoir montré à Clémence la porte donnant sur la rue Clovis par laquelle les mécréants s'étaient enfuis, il désigna d'un geste les cercles tracés à la craie par les inspecteurs de police, désignant ainsi l'emplacement des cadavres.

— Nos martyrs gisaient là, tenant chacun dans leur main une lanterne qui brûlait encore quand je suis arrivé. La scène était effroyable, dantesque ! dit-il en se signant.

Il entraîna la jeune femme vers la chapelle qui abritait la grande châsse de cuivre de sainte Geneviève, remplaçant celle volée et fondue en 1793 par les révolutionnaires.

— Nos agresseurs ont déplacé le reliquaire que vous voyez là sur l'autel, et que nous portons à dos d'homme pendant la procession de la neuvaine, mais il était sans doute trop lourd ou encombrant pour qu'ils s'en emparent.

Il fit quelques pas et, d'un geste las, désigna la chaire mutilée et s'en détourna, les yeux embués de larmes. Puis il entraîna Clémence devant le maître-autel.

— C'est ici que Mgr Sibour, archevêque de Paris, a été assassiné le 3 janvier 1857. Il officiait pour l'ouverture de la neuvaine de Sainte-Geneviève quand un prêtre qu'il avait frappé d'interdit surgit de la foule des prélats et le tua.

Clémence parla un peu vite.

— Mais cette église est damnée, mon père !

L'homme de Dieu leva les bras au ciel.

— Que dites-vous là, ma fille ! Si une créature peut être damnée, un lieu saint ne l'est jamais !

Clémence poursuivit son interrogatoire.

— C'est donc dans le jubé que se sont cachés ces faux paroissiens, ainsi que les journalistes l'ont relaté ?

— Oui, les inspecteurs ont trouvé une bouteille d'alcool vide.

Le curé connaissait les succès de Clémence dans ses enquêtes précédentes et comprenait son impatience.

— Que puis-je pour vous, mon enfant ?

— Le commissaire de police ou ses inspecteurs ont, je suppose, passé au peigne fin votre demeure pour découvrir quelque indice les mettant sur une piste.

— Ma foi, non, pas toute l'église. Ils ont concentré leurs efforts sur les objets volés : les vitraux, nos statues et nos peintures, comme vous le savez. Ce sanctuaire n'avait pas connu une mise à sac semblable depuis la Révolution, où il ne fallut pas moins de dix-sept charrettes pour dévaliser notre chère église.

Clémence se dit que ces pillages qui avaient eu lieu dans toutes les églises de France en 1793 étaient en partie à l'origine des trafics actuels. Il était évident que ces calices, ces crosses épiscopales, qui se trouvaient aujourd'hui chez les antiquaires les plus respectables, provenaient de ces sacs vieux d'à peine un siècle.

Pendant un moment, elle avait cru que ces objets en or ou en argent devaient être transformés et elle s'était rendue chez un maître de forges reconnu honnête et dont André Kerlutu, l'ex-commissaire, lui avait donné l'adresse. Cet artisan spécialisé l'avait dissuadée de suivre cette piste des fondeurs de métaux. « Les voleurs peuvent obtenir bien davantage en les vendant qu'en les fourguant sous forme de métal plus ou moins pur. Car comment dissocier l'or d'un calice de l'argent qui souvent l'ornait ? »

Clémence n'écoutait le curé que d'une oreille distraite. Il était maintenant lancé et prêt à faire l'inventaire des dix-sept charrettes quand Clémence l'interrompit courtoisement.

— Les policiers ont-ils visité avec soin les orgues qui ont alerté le presbytère ?

— Ma foi, non. Il me semble qu'un inspecteur est allé en faire rapidement le tour, mais comme il n'y avait rien à voler là-haut à part des partitions de musique, il n'a pas insisté.

— M'autoriseriez-vous à aller les examiner ?

Il prit un air finaud et la regarda en souriant.

— Oui, si Mme votre mère veut bien nous faire l'honneur de venir les essayer un jour, entre deux concerts.

Clémence ne s'étonna pas de la renommée de sa mère et s'engagea pour elle.

— Elle acceptera sûrement. Elle a tenu les orgues de Saint-Sulpice et même de Notre-Dame, et chaque fois ce fut un bonheur.

— ... Pour elle et pour ses auditeurs, je suppose.

Ils étaient arrivés au pied de l'escalier menant à l'instrument. Le curé lui apprit que personne ne l'avait fait fonctionner depuis la nuit où l'un des voleurs avait eu cette crise de folie qui avait coûté la vie à ses deux abbés réveillés par ce concert nocturne.

Cette nouvelle attisa l'attention de Clémence. Elle se pencha sur les claviers, crut déceler sur certaines touches noires des petits grains blancs.

Elle se mit à quatre pattes sous l'œil étonné du curé. Elle ramassa, dépassant à demi d'une pédale, un curieux petit cône de papier. Elle l'ouvrit. La poudre qui s'y trouvait était très blanche. Elle la montra au curé.

— Qu'est-ce que c'est ?

— Je pense que c'est de la cocaïne à l'état pur ou presque. Mais je n'en ai jamais consommé, rassurez-vous, mon père. Et vous, monsieur le curé ? Avez-vous déjà pris de cette drogue ?

— Bien sûr que non !

— Eh bien, moi, je me permets de vous dire : « Bien sûr que si ! » comme notre saint-père le pape Léon XIII qui ne cesse de vanter les mérites du vin Mariani. Il ne quitte pas sa fiole emplie de ce breuvage. C'est sans doute sa seule gourmandise, mais il en consomme, dit-on, beaucoup et avec plaisir. Mieux, il en fait la réclame !

— Vous perdez la raison, mademoiselle ! Le vin Mariani vanté par Sa Sainteté allège les douleurs et stimule les esprits endormis, je crois. Mais voilà tout.

— Ne nous voilons pas les yeux, monsieur le curé. Le vin Mariani est fabriqué à partir du coca. Cette plante est consommée, sous des formes différentes, par les Indiens d'Amérique du Sud depuis des siècles. Grâce à ou à cause d'elle, ils voient la vie autrement. Ils s'échappent du réel. Cette poudre que je viens de trouver sert donc de base à ce vin *miraculeux*, si je puis me permettre cet adjectif.

— Et que pensez-vous faire de cette drogue, comme vous dites ? La consommer ?

— Dieu m'en préserve ! Je vais m'efforcer de trouver son origine, la personne qui la vend dans un sachet plié, regardez bien, de cette façon très particulière, avec ces deux petits coins symétriques… J'espère pouvoir ainsi, avec d'autres indices, remonter jusqu'à ce joueur d'orgue devenu fou par l'absorption vraisemblable de cette poudre, sans doute en grande quantité… car quel cambrioleur sain d'esprit pourrait-il se livrer sciemment à un tel concert entendu dans un grand périmètre autour de votre église ?

— Je les ai moi aussi entendues, nos grandes orgues. Mais je pensais que c'était en rêve et quand je me suis éveillé, je n'ai pas eu le temps de passer ma soutane que déjà on me prévenait des crimes commis dans mon église. Ah, que n'aurais-je donné alors pour arriver le premier sur les lieux et donner ma vie à la place de mes deux jeunes hommes !

Il invita Clémence à le suivre dans l'escalier pour regagner la nef.

Avant de lui obéir, elle tint à faire un dernier tour du lieu. Bien lui en prit : derrière la pédale de droite de l'instrument, une chaussure était bloquée. Elle la dégagea. C'était une bottine d'homme, élégante.

Le prêtre la regarda ébahi.

— Vous méritez bien le surnom de « peintre-détective » dont vous ont affublée les journalistes en apprenant que vous vous étiez lancée de nouveau à la poursuite des assassins et des voleurs.

Parvenu au milieu de l'escalier, il ne put retenir un bien innocent « Flûte, alors ! » en accrochant sa soutane à un clou dépassant du mur de l'étroit escalier.

Aussitôt Clémence observa alentour et découvrit un petit morceau de tissu deux marches plus bas. Dans sa précipitation à décamper, le musicien avait dû accrocher son vêtement à ce même clou fiché dans la pierre.

Riche de ces trois indices qu'elle avait fourrés dans son sac, elle prit congé du révérend père Maurice de Selle de Beauchamp.

— Nous célébrons nos deux héros demain à 8 heures. Si vous voulez vous joindre à nous…

— L'enquête, comprenez-vous… néanmoins, mes prières accompagneront les vôtres. Sachez, cependant, que je ne manquerai pas la neuvaine de Sainte-Geneviève le 3 janvier, dit-elle avec une apparente sincérité.

Clémence entrait au café *La Nouvelle Athènes*, au numéro 9 de la place Pigalle, comme Toulouse-Lautrec en sortait avec un ami.

— Tiens, la *peintresse aux belles tresses* ! Mais que fais-tu à Paris à c'te saison ?

— Et toi donc, Henri ?

— Moi ? À dire vrai, je ne sais plus trop, j'ai dû me tromper de train. Ah, non, ça y est, ça me revient : j'étais seulement venu aider une jeunesse en détresse. Que feraient-elles sans tonton Henri, hein, je te le demande ? Mais, dès ce soir bibi repars pour Albi.

Il se tourna vers son compagnon.

— Tu connais Forain[1] ?

— Par ses œuvres, oui bien sûr, mais je n'avais pas eu l'honneur de vous voir en chair…

— Et surtout en os.

Lautrec ricana avec force et se mit sur la pointe des pieds pour embrasser Clémence, qui baissa la tête et lui présenta son front.

Il désigna d'un coup de pouce le café.

— Tu vas trouver l'Animal. Il t'attend depuis un bon quart d'heure avec d'autres zigs et une gigolette inconnue.

— Un quart d'heure ? Autant dire cinq bonnes *vertes*. Mais toi, pas une, n'est-ce pas ? Pourtant mon odorat me dit que tu as dû l'accompagner avec quelques-uns de tes cocktails infernaux.

Forain prit un air ahuri.

— Henri, boire de l'alcool ? Lui ? Jamais !

Clémence trouva Antoine, Bouboule, Libellule et Bébert qui ne devait prendre son service qu'une heure plus tard, place Clichy. Ça leur laissait le temps d'échanger leurs renseignements.

1. Jean-Louis Forain (1852-1931), dessinateur satirique d'une grande invention et production.

L'Animal avait raconté aux autres la visite mouvementée qu'ils avaient faite, elle et lui, chez le brocanteur des Puces. Tous quatre ne tenaient plus en place. C'est à qui relaterait ce qu'il avait appris. Leurs enquêtes avaient été fructueuses.

Bébert avait rencontré quelques anciennes connaissances de la pègre, place Maubert où grouillaient jour et nuit mauvais garçons et prostituées. C'était un haut lieu du trafic parisien. Seulement, dès qu'il avait prononcé le mot *calice*, les langues s'étaient tues.

Ferdinand, un vieux chiffonnier qui était bonne pâte, même s'il était aussi voleur que les autres, l'avait pris par le bras et avait fait quelques pas avec lui.

Clémence écoutait Bébert avec une attention soutenue qui lui faisait froncer le nez, ce qui incita Antoine à la dessiner sur un coin de nappe, affublée d'une tête de souris.

— Vas-y, Bébert, raconte ! dit-elle avec vivacité.

— Il m'a emmené jusqu'à la Seine. On s'est accoudés au quai et on a fait semblant de regarder la flotte. Il s'est mis à parler tout bas.

« — Te mêle pas de l'or des curaillons, mon gars. Ce sont de trop gros poissons pour toi. Et maintenant qu'il y a du trucidé dans l'air, vaux mieux te tenir à distance.

« J'ai sorti un jaunet et je l'ai fait glisser délicatement devant lui. Il a compris aussi vite qu'il a empoché l'argent. Il a rentré sa tête dans les épaules et, tout en regardant à droite et à gauche, il a marmonné :

« — Un seul pourrait te renseigner sur ces micmacs, Bébert : c'est une jolie crapule et un capon de la pire espèce. Évidemment si tu lui fous la peur de sa vie, couard comme il est, il pourrait bien te lâcher un nom ou une piste. Le risque, c'est qu'après, il aille prévenir les gros que tu es sur leurs traces. Alors, là, c'est toi qui risqueras ta peau.

« Il se détourna, fit quelques pas et revint vers moi.

« — Tout compte fait, je me retire de l'affaire. Ce sont des méchants, j'te dis…

« J'ai remis la main à la poche. Je voyais bien qu'il me regardait par en dessous. J'ai déposé deux nouvelles pièces de vingt francs sur le bord en pierre. Il s'est approché, les a prises rapidement et m'a soufflé un nom que je n'ai pas compris et que je lui ai fait répéter. Il m'a lâché : "la Fouine", rue Sainte-Marguerite, et il est parti en s'efforçant de ne pas courir.

Clémence sauta de sa chaise et se pencha au-dessus de la table pour saisir Bébert par le bras et le secouer comme un prunier. Tous crurent un instant qu'elle avait perdu la raison, tant son excitation était grande.

— Tu as bien dit la Fouine, Bébert, la Fouine ?

Il savait qu'il tenait là un renseignement utile, mais il ne s'attendait pas à une réaction si vive de Clémence.

Elle retourna vers Antoine.

— Tu as entendu, Antoine ? La Fouine, ça ne te rappelle rien ?

Il éclata de rire et montra le portrait de Clémence qu'il venait de représenter avec une tête de souris.

— Attendez, en trois coups de fusain, je vais vous la faire ressembler à une fouine chafouine. Bouge pas, Clémence.

Elle lui arracha son fusain des mains.

— Mais enfin, Antoine, tu ne te souviens pas que le jeune Félix, aux Puces, nous a parlé d'un colporteur d'objets sacrés qu'on appelle comme ça, à Saint-Ouen ?

— Bien sûr que si, mais je voulais laisser à Bébert l'honneur de t'en parler.

Clémence respira à pleins poumons, commanda un verre de madère, ce qu'elle ne faisait jamais en plein après-midi, et essaya de se calmer en rajustant son chignon. Elle se tourna vers Bouboule et Libellule qui faisaient des mines étonnées en regardant Bébert.

— Eh bien, qu'est-ce qui vous arrive à tous les deux ? s'impatienta Clémence. Qu'avez-vous découvert de votre côté ?

Ils se poussèrent du coude et ce fut à leur tour de s'étonner de ce que venait de dire Bébert.

— Rue Sainte-Marguerite ! s'exclamèrent-ils en cœur.

Et Bouboule d'ajouter aussitôt :

— Ben raconte, ma chatte. Après tout, c'est toi et pas moi qui as fait du bon boulot…

La gamine ne se fit pas prier, très fière de se montrer utile à ses nouveaux amis.

— Ce matin, après les Puces, mon Bouboule et moi on a été s'en jeter une à la Bastoche. Faut vous dire que j'avais encore quelques nippes dans un grenier de la rue Saint-Antoine et comme on se met en ménage chez mon Bouboule, enfin passons… On allait arriver à ma piaule, voilà qu'une femme en grand tralala fait signe à Bouboule. On se regarde, j'lui dis : « Vas-y, charge-la, elle nous paiera l'dîner c'te course. » Elle monte, je me retourne et je m'dis que j'la connais, c'te gueuse-là. Elle me zyeute drôlement elle aussi. Et soudain, j'la remets : « Lolotte ! C'est ma Lolotte ! » « Libellule, plus légère qu'une bulle ! » qu'elle me répond. Je saute du siège et j'la rejoins dans la voiture. On s'embrasse, tu penses ! Et on s'raconte depuis qu'elle avait quitté la Bastoche pour les Champs-Élysées. Une vraie lady, la Lolotte.

Des robes couvertes de dentelles de soie et de velours, un chapeau à volière[1] et des bottines, oh, les bottines ! On s'était pas revues depuis qu'on avait quitté ensemble la même tenancière du Quartier latin. Je lui raconte que grâce à mon Bouboule, j'avais quitté le métier. Elle, elle me dit qu'elle a monté d'un grade, qu'elle fait maintenant partie des « entretenues ». Son amant la veut pour lui tout seul. Il se dit comte, mais elle sait bien que c'est un ancien gavroche. « La preuve, qu'elle me dit : quand on va au théâtre, il m'appelle sa *Louis XV* ou sa *bergeronnette* ; quand il m'emmène à la promenade, je deviens sa *petite poupée* ou sa *jolie margot*. C'est pas du langage de titi, ça ? »

Bouboule, lisant dans les yeux de Clémence une lueur de lassitude et de déception, la poussa du coude.

— Va au fait, ma puce, abrège !

— T'as raison, mon minou ! Bon, on jacasse, on grouille et, brusquement, Lolotte me dit :

« — Tiens, pas plus tard qu'hier, tu sais qui je rencontre ? La Perle ! Elle bosse plus chez Mme La Pie, mais rue Sainte-Marguerite, dans une maison tout ce qu'il y a de convenable, ce qui m'étonne pour le quartier. Et voilà qu'elle me dit avec son rire en cascade, tu te souviens ? : "Y s'en passe de belles dans cette taule ! Imagine, l'autre nuit, j'étais la favorite du mari de la patronne et j'étais dans ses bras, enfin dans ses bras… dans le petit salon. On buvait du champ' dans des calices, oui ma chère, dans des calices en or…"

Cette fois, Clémence et ses trois amis attendaient la suite avec fébrilité. Même Antoine resta le fusain en l'air. Libellule vida tranquillement son verre, très fière de l'intérêt qu'elle suscitait soudain.

— Continue, ma biche, se rengorgea Bouboule, c'est là que ça devient intéressant, ton histoire…

1. Libellule veut sans doute dire *voilette*.

— « Et v'là t'y pas…, qu'elle raconte la Perle à Lolotte, qu'en pleine nuit que sans frapper, sans prévenir, deux zigs, le gros et le p'tit, plus le cocher du patron, entrent, suivis par le Professeur qui boitait bas, vu qu'il avait qu'une chaussure. Ils étaient pâles, vraiment pâles. Le boiteux, lui il semblait ailleurs et en claudiquant, il a voulu s'asseoir derrière le piano. Alors M. Mercator m'a fait sortir et ça s'est mis à gueuler ferme de l'autre côté de la porte. Le lendemain, j'ai voulu savoir ce qui s'était passé, mais motus. Mme Solange, la maman maca, m'a dit que j'avais rien vu, rien entendu. Et voilà que je te raconte ça, Lolotte ! Mais qu'est-ce que j'me suis fendu la poire en voyant le Professeur marcher cahin-caha… »

Libellule cessa son récit et Clémence se précipita vers elle pour l'embrasser.

— On les tient, on les tient ! cria-t-elle avant de baisser le ton par crainte des oreilles indiscrètes.

Elle sortit de son sac une bottine et un bout de tissu qu'elle posa sur la table au milieu des consommations.

— Ça, c'est la bottine qui manquait à l'organiste fou de Saint-Étienne et ça c'est un bout de sa redingote !

Elle fit le bilan des différents éléments qu'elle possédait pour confondre les assassins, mais aussi de ceux qui manquaient.

Bébert, par désir de devenir un héros, Bouboule, par haine des maisons de tolérance où avait travaillé sa *fiancée*, Antoine, par jeu, et Libellule, par inconscience et goût de l'aventure, étaient partisans d'aller régler leur compte à ces assassins présumés. Chacun se proposait de rassembler une bande de gros bras pour les aider dans cette œuvre de « salubrité publique » ainsi que l'appelait l'Animal, qui d'ordinaire était tout sauf un partisan de l'ordre.

Clémence eut quelque difficulté à calmer leurs ardeurs de justiciers, en leur rappelant que c'était le rôle de la police d'arrêter les malfaiteurs.

— Mais qu'est-ce qu'ils ont foutu, les condés, dans l'histoire ? Pas une arrestation ! s'indignait Bouboule qui en voulait toujours à des sergents de ville trop zélés de l'avoir jeté en prison quatre ans auparavant, en le soupçonnant d'un meurtre qu'il n'avait pas commis.

Malgré la joie de se savoir sur la bonne piste, Clémence s'efforçait de calmer les esprits.

— Nous manquons encore d'un certain nombre de renseignements qui pourraient nous conforter dans nos certitudes. Certes, Bébert, en nous apprenant que la Fouine, ce pourvoyeur des Puces, était en relation avec la pègre de cette rue Sainte-Marguerite dont je n'ai jamais entendu parler nous guide bien évidemment vers cette maison close. Mais y habite-t-il ? Donc, il nous faut connaître son adresse exacte, pour ne pas le voir s'envoler dans la nature. Deuxième point, capital pour moi, je veux savoir si les voleurs et tueurs de Saint-Étienne-du-Mont sont ceux qui ont sévi en Bretagne, ceux qui ont manqué tuer ma tante, ceux qui ont assassiné le jeune abbé de Nizon, etc. Il faut que nous sachions qui se cache derrière ce pseudonyme *Aime-Aime*, si c'est le patron de la bande, comme je le crois. Nous devons aussi identifier de façon formelle ce fameux musicien drogué. Ah, si j'avais quelques indications pour faire son portrait, l'affaire serait dans le sac. Le fabricant m'indiquerait sûrement les magasins de chaussures où l'on peut trouver ce modèle. Il me suffirait alors de montrer mon ébauche de portrait et le tour serait joué. En ce qui concerne la provenance de la drogue, ça serait encore plus facile, car il ne doit pas y avoir une foule de revendeurs. Je présenterais aussi ce fichu croquis aux antiquaires que j'ai sur mon registre et avec lesquels il a dû travailler.

Entre deux dessins, Antoine remarqua le morceau de tissu que Clémence avait posé sur la table et l'approcha de la redingote de bonne coupe qu'il avait achetée trois ans auparavant à la boutique de location d'habits Au cor de chasse, rue de Buci. Ce commerce d'excellente réputation se débarrassait en fin d'année de vêtements jugés trop fatigués, même pour des clients aux revenus modestes.

L'Animal compara les deux doublures. C'était la même !

Il retira sa veste et lut l'étiquette.

— Tiens, j'ignorais que le Cor de chasse se fournissait à La Belle Jardinière, rue du Pont-Neuf. Il est vrai que c'est la porte à côté.

Il regarda Clémence.

— Ça ne nous avance pas beaucoup, si ce n'est que l'homme ne devait pas rouler sur l'or quand il a fait cette acquisition…

— Pas certain, j'ai un client qui s'y nippe et qui m'a dit qu'on fait aussi du *sur mesure*, à La Belle Jar, remarqua Bouboule, tout en caressant effrontément et en couvrant de baisers sa jeune maîtresse.

— À propos de vêtements, Bouboule, si tu m'y autorises, j'aimerais emmener ta demoiselle Libellule faire un tour au magasin du Bon Marché demain matin pour lui constituer une garde-robe.

La gamine ouvrit de grands yeux.

— Quoi, tu veux me fringuer façon duchesse ?

— Pas tout à fait, mais rassurez-vous tous les deux, ma démarche est intéressée. Je voudrais que Libellule, sans prendre de risques évidemment, garde le contact avec cette, comment s'appelle-t-elle déjà ? Lolotte ? Non, l'autre, celle de la rue Sainte-Marguerite…

— La Perle, précisa Libellule.

— Oui, et pour la voir en tant qu'ancienne… camarade, si elle veut l'emmener dans un salon de thé pour la faire parler de cette maison de la rue Sainte-Marguerite, il faut que Libellule soit…

— … fringuée lady ! acheva la gamine en applaudissant. Oh, oui ! Oh, oui, une vraie dame, tu veux bien, mon Bouboule ?

— Si c'est pour cuisiner l'autre, d'accord, mais pas question que tu te remettes au turbin !

Clémence haussa les épaules.

— Évidemment, Bouboule ! En fait, Libellule va avoir à peu près la même mission que celle de Bébert, mais en obtenant des renseignements vus de l'intérieur de cette maison de passe. Il va falloir qu'elle apprenne qui la dirige, si on y parle d'objets volés, enfin tout ce qu'elle pourra trouver sur le fonctionnement de la boutique, sur ce Professeur, le patron des lieux, sur ses acolytes…

Elle regarda l'Animal avec attention.

— Bon, maintenant, que va-t-on pouvoir faire d'Antoine dans cette organisation ? fit-elle semblant de se demander.

— Oh, moi, rien du tout. J'ai quelques affaires à traiter avec le président de la République ou le ministre des Artistes illettrés, je ne sais plus très bien, il faut que je consulte mon avocat, pardon, mon agenda, alors vos petites histoires, moi, si je m'en tape !

Clémence sortit de son sac le calice confisqué au revendeur des Puces et le posa sur les genoux de l'Animal. Elle lui remit aussi le registre où étaient inscrits les noms et adresses des acheteurs.

— Si tu peux te charger de faire inventorier ce calice, connaître sa provenance, où il aurait pu être volé, ça m'intéresserait bigrement. En ce qui me concerne, je n'y connais rien en poinçons, marques de fabrique et caetera.

— Et moi, qu'est-ce que je fais dans tout ça ?

— Toi, Bouboule ? Mais tu nous accompagnes, Libellule et moi. On a besoin de ton avis pour choisir des fanfreluches. Le goût ne se discute pas.

Antoine hocha la tête.

— C'est ça qui est triste, justement.

CHAPITRE XIX

Clémence arriva la première à ce déjeuner en plein air qu'offrait Gilles ce samedi 30 août, dans la somptueuse propriété des Martinelles, à Auteuil.

Puis apparurent ensemble et les rejoignirent dans le parc sous les parasols de byssus Léon Daudet et Jean-Baptiste Charcot. Les trois inséparables étudiants en médecine étaient, ça se voyait, heureux de se retrouver. Clémence connaissait le futur explorateur et navigateur depuis deux ans. Depuis ce jour où elle avait accompagné sa jeune sœur Albertine chez le célèbre aliéniste, pour une consultation particulière dans son immense hôtel particulier du boulevard Saint-Germain.

Lors de la consultation, le fils du professeur était venu tenir compagnie à Clémence dans un salon contigu au cabinet de son père. Quelques semaines plus tard, Clémence allait apprendre par Gilles Martinelles, devenu son amant, que Jean-Baptiste et lui étaient dans la même année de médecine et que pour former leur trio de fils d'hommes célèbres, Léon Daudet était aussi leur condisciple et ami.

Gilles avait emmené Clémence dans nombre de soirées et l'avait fait pénétrer dans le sacro-saint salon littéraire de l'auteur de bien des romans et nouvelles dont *Les Lettres de mon moulin* qui avait connu un immense succès vingt ans auparavant. La jeune artiste était ainsi entrée dans ce cercle voué aux arts qui avait réuni dans « Le groupe des cinq » Flaubert, Goncourt, Tourgueniev, Zola et bien sûr le maître de maison.

C'était un plaisir pour Clémence de voir ces trois jeunes hommes réunis autour d'elle. Et si elle avait l'esprit tout encombré par son enquête, elle n'était pas mécontente de retrouver ces amis et de prendre des nouvelles de leur famille.

Sachant que Jeanne, la délicieuse petite-fille de Victor Hugo, avait un faible pour Léon[1], elle lui parla sur un ton confidentiel qui fit rire les trois étudiants.

— Alors, que devient donc cette chère Jeanne ?

— Eh bien, ma foi, comme chaque été elle est à Hauteville House où je ne vais pas tarder à la rejoindre d'ailleurs. Georges doit s'embêter sans moi, dit-il en prenant un air faussement innocent.

À l'évocation de Georges, Clémence s'efforça de demeurer souriante, mais elle n'aimait pas la compagnie du frère de Jeanne, ce jouisseur bouffi d'alcool et aux fréquentations plus que douteuses.

Lui revint en mémoire l'esclandre provoqué par une poignée de noceurs dont heureusement Gilles ne faisait pas partie ce soir-là. C'était au printemps précédent. Tous les journaux avaient fait leurs choux gras des noms des compères qui s'étaient conduits comme des brutes avinées. Après une soirée particulièrement arrosée les quatre jeunes bourgeois avaient été pris à partie par un noble vieillard qui les accusait à juste titre de troubler l'ordre public en chantant et

1. Jeanne Hugo et Léon Daudet se marieront avec faste le 12 février 1891. Très vite le couple volera en éclats. Ils divorceront en janvier 1895.

en hurlant. Cela s'était passé boulevard des Capucines devant le *Grand Hôtel*, dans le 2e arrondissement de Paris.

Furieux de la remontrance du passant, l'un des quatre dandys lui administra des coups de canne. On accourut, on les sépara, on prévint la police qui conduisit les fêtards au poste. Ils durent décliner leur identité qui était prestigieuse puisqu'il s'agissait de Jean-Baptiste Charcot, de Léon Daudet, de Georges Hugo et de Philippe Berthelot, fils de l'ancien ministre et savant, Marcellin Berthelot.

Clémence chassa bien vite cet épisode de son esprit et tenta de récolter quelques conseils ou renseignements de Léon et de Jean-Baptiste.

On se fit des mondanités en buvant du champagne. On parla des lieux de villégiature de relations communes. On évoqua Monaco, La Baule, La Rochelle, Deauville, Étretat, Saint-Pair-sur-Mer…

Enfin Léon, mis au courant par Jean-Baptiste que Clémence était à la chasse des assassins des édifices religieux, lui demanda avec affabilité si son enquête avançait.

Aussitôt, elle devint volubile et raconta ce qu'elle savait et tous les renseignements qu'elle avait obtenus grâce à ses amis bohèmes.

Dès la veille au soir et toute la matinée, Libellule et Bébert avaient récolté les noms ou surnoms des habitants de la maison de tolérance. Notamment de ce mystérieux *Aime-Aime* évoqué par le pucier. Ce nom, curieux à l'oreille, s'écrivait en fait M.M. qui n'étaient autres que les initiales du patron : M.M. *alias* Marcel Mercator. Seul le patronyme de l'organiste fou, surnommé le Professeur, leur avait échappé.

Du côté d'Antoine, tous les antiquaires de la rue du Bac, des Saints-Pères et du faubourg Saint-Honoré qu'il avait consultés la veille en fin d'après-midi étaient unanimes : le calice qu'il leur présentait provenait à l'évidence des objets sacrés volés à la cathédrale de Quimper. Cet objet de culte était répertorié sur la liste que la Préfecture leur avait communiquée. Un de ces respectables commerçants avait même prévenu la police, se croyant en présence d'un receleur. L'Animal avait été interpellé et avait dû faire appel à un inspecteur de ses amis qui avait témoigné de son honnêteté et de l'objet de sa mission.

Quant à elle, elle avait fait un bond au *Figaro*, rue Drouot, pour joindre Marcel Pinton, le journaliste qui les avait déjà intelligemment secondés, elle et Gilles. Elle s'était même permis de lui préciser qu'elle déjeunait le lendemain chez les Martinelles et de le prier de l'y rejoindre s'il apprenait quelque chose de brûlant. De son côté, pour l'allécher, elle lui avait promis des révélations assez extraordinaires sur la tragédie de Saint-Étienne-du-Mont.

Elle se tourna vers Gilles.

— J'espère que tu ne m'en voudras pas d'avoir pris cette liberté sans te consulter.

Il haussa les épaules et lui sourit avec tendresse.

— Toute initiative que tu prends est bonne. De plus, ce Pinton est un garçon charmant et efficace, un homme de parole, un vrai gentleman.

Les trois étudiants étaient fascinés par la façon dont Clémence avait mené son enquête et l'en félicitèrent.

Elle en profita pour leur dire ce qu'elle attendait d'eux.

Avec un geste un peu théâtral, elle sortit de son sac la bottine qu'elle posa au centre de la table, puis le petit sachet de drogue. En voyant les trois jeunes futurs médecins se pencher en même temps sur ces deux objets, au milieu de ce parc admirablement entretenu, elle se retint de rire en pensant au croquis comique et fantastique qu'Antoine en aurait pu tirer.

— Je voudrais savoir d'où viennent ces *choses*.

Jean-Baptiste se saisit de la chaussure, chercha à l'intérieur le nom d'un fabricant et dit son incompétence.

D'un geste vif, Léon s'en empara et la retourna, exposant la semelle à ses amis.

— C'est bien ce que je pensais, regardez ces inscriptions quasiment effacées. Ici : *F – PINET* en majuscules. Au talon et à la pointe, en plus petits caractères : *F. Pinet*, encore, et *Breveté – Paris*. Et puis, ici : *Exposition universelle 1867*. Enfin, il y a la pointure indiquée en haut des tiges. Le moins qu'on puisse dire : cette manufacture n'est pas avare en signes de reconnaissance.

— Bravo, t'as de bons yeux !

— Pas sorcier : je me suis chaussé chez lui. Son magasin est au 44, rue de Paradis. Mais, sans te froisser, ça t'avance à quoi, Clémence ? Le visage de ton zèbre n'est hélas pas marqué sur la semelle !

— Non, mais c'est ce visage que je veux retrouver en montrant à ce commerçant ne serait-ce qu'une ébauche de portrait. Ça m'a réussi dans le temps.

Clémence accepta une nouvelle coupe de champagne, mais avant de la porter à ses lèvres, elle la reposa sur la table sans y toucher et fronça les sourcils.

— J'ai oublié de vous dire… Bouboule a appris par un client qu'il a cueilli, à la sortie de ce lupanar de la rue Sainte-Marguerite où il avait mené son fiacre « comme par hasard », que notre homme, celui que les filles appellent « le Professeur », avant de faire la conquête de la patronne, enseignait dans un grand lycée parisien, il n'y a pas si longtemps.

— Comme par exemple à l'École alsacienne où j'ai fait mes humanités, avança Jean-Baptiste.

Léon fit la moue.

— Peuh ! C'est une école ! Excellent établissement, soit, mais ce n'est pas un « grand lycéen parisien ». Parlez-moi de Louis-le-Grand, que Gilles et moi avons eu l'honneur de fréquenter et qui a eu la fierté de nous accueillir parmi ses élèves les plus brillants !

Gilles ne prit pas le temps de rire à la plaisanterie de son ami. Il se leva d'un bond.

— Tu as raison, si jamais c'était un de nos anciens maîtres…

— Là, tu rêves…

Clémence le vit sans comprendre partir à grands pas à travers la pelouse. Elle se saisit du sachet de drogue.

— Et l'origine de ce sachet, qu'en diriez-vous ?

Jean-Baptiste l'ouvrit avec précaution, mouilla son index et le posa délicatement sur la poudre pour la goûter. Léon fit de même.

— Elle est pure, qu'en penses-tu, Léon ? Oh, maintenant, sa provenance ne devrait pas être trop difficile à connaître. Notamment chez Mariani, boulevard Haussman. Il vend de la cocaïne sous plein de formes différentes : des pastilles, un élixir et son fameux vin. Tu n'imagines pas le nombre des amis de nos pères qui se fournissent chez lui. Tiens, pour ne citer qu'eux : Zola, Jules Verne, Edison et comme tu le sais sûrement Mgr Louis Duchesne[1] sont de grands consommateurs. Même le pape…

— Oui, je sais, mais ce Mariani ne vend tout de même pas de la drogue aussi concentrée.

— Non, sans doute pas, mais il doit certainement savoir chez quels concurrents directs on peut en trouver…

1. Homme d'Église et historien (1843-1922).

Déjà, Gilles revenait en courant et en brandissant un bloc de papier à dessin.

— Ce sont des caricatures des professeurs des grandes classes de Louis-le-Grand, faites par Pierre, mon frère, qui y était encore l'année dernière. Eh bien, Clémence, je me demande si ton maître devenu cocaïnomane ne serait pas celui-ci. Nous l'avons eu, nous aussi, en terminale, tu te souviens de Norbert Bourgeat, Léon ? Tiens, regarde !

Léon posa ses yeux sur le croquis.

— C'est bien lui. Si je m'en souviens ! Et de sombre mémoire encore…

Gilles raconta à Clémence le destin de ce professeur d'histoire, passionné d'art sacré, excellent pianiste, aimé de tous, et qui s'était brusquement transformé en diable il y avait de ça deux ans. Depuis son départ, personne n'avait plus jamais entendu parler de lui.

— Le voilà « avant ».

Il tendit un portrait dont Clémence admira le trait. En bas de page, Pierre avait écrit « Docteur Jekyll ».

— Et le voici en Mr. Hyde.

Le second dessin représentait le même homme, mais son visage était déformé par la haine ou la folie, par le mépris et l'arrogance aussi. Pierre l'avait doté de petites oreilles pointues et avait fait de son attribut naturel une queue fourchue. Il avait barré sa caricature d'un grand trait et avait écrit : *Au malheur des dames*[1] *!* avec un grand point d'exclamation.

Tout se recoupait, tout devenait limpide : l'homme épris d'art sacré à la culture immense, le pianiste… Toute cette affaire paraissait presque trop simple pour Clémence.

1. Pierre a parodié le nom de la boutique de confection du roman de Zola *Au bonheur des dames*.

Antoine, dès l'après-midi, présenterait ces portraits au bottier Pinet, pour qu'il confirme que ce sinistre personnage faisait partie de sa clientèle. De même, Mariani lui confierait qu'il connaissait le Professeur ou lui donnerait l'adresse de son pourvoyeur en étudiant la forme du sachet de poudre. Forte de ces certitudes, si toutefois tout se déroulait comme elle le prévoyait, Clémence se rendrait ensuite à la Préfecture. Elle y rencontrerait un ancien collègue d'André Kerlutu, qu'elle connaissait, et lui raconterait tout ce qu'elle savait sur la bande. On préparerait une opération d'envergure et tout le monde serait bouclé. Alors Eugénie de Rosmadec serait non pas vengée, c'était un mot interdit dans la famille, mais retrouverait, espérait sa nièce, un équilibre mental en sachant ses bourreaux sous les verrous.

Les vols d'objets sacrés et les crimes cesseraient-ils du jour au lendemain ? Clémence n'en était pas si sûre.

Elle avait raison d'en douter, ainsi que le lui confirmerait, un quart d'heure plus tard, Marcel Pinton.

Échevelé, le visage ruisselant de sueur et dans un état d'excitation qui confirmait sa passion pour son métier, le jeune homme courut vers le groupe alors qu'il commençait son repas en plein air.

Gilles fit ajouter un couvert et présenta au journaliste ses hôtes dont les noms l'impressionnèrent, même si son essoufflement lui permit de n'en rien laisser paraître. C'était lui en effet, Marcel Pinton, qui avait relaté dans les colonnes du *Figaro*, au mois de mai, l'algarade qui avait dégénéré en combat de rue et dont deux des participants étaient là devant lui. Il se félicita d'avoir, relations et situation sociale obligent, été pondéré dans son article, contrairement à de nombreux collègues qui n'y étaient pas allés de main morte. Qui ne se rappelait les termes d'« avortons dégénérés de familles glorieuses » employés par certains ? Qui ne se souvenait de la virulence de Séverine[1] envers ceux qu'elle avait surnommés « les benjamins de la République » ?

Après avoir bu un grand verre d'eau, il regarda Gilles Martinelles et commença son récit.

— Si je fais irruption chez vous en troublant l'ordre de votre repas, c'est parce que Mlle de Rosmadec m'avait demandé de l'avertir si un nouveau fait important pouvait être à rapprocher de ceux sur lesquels elle enquêtait. Mais je ne voudrais pas importuner ces messieurs…

Clémence le rassura sur-le-champ.

— Voilà deux heures que je leur rebats les oreilles avec ma propre enquête et ils n'ont jusqu'alors montré aucun signe d'impatience. De plus, ils viennent de m'être d'un précieux secours. Peut-être vous seront-ils utiles à vous aussi.

Léon Daudet, pour s'amuser, prit un air doucereux et intervint.

— Eh là ! Doucement ! Donnant, donnant ! Faut-il encore que vos informations valent les nôtres.

Le journaliste faisait aller son regard de Clémence à Gilles, étant à cent lieues de croire que Daudet plaisantait et qu'il se souciait assez peu de ces affaires

1. Cultivée, pleine de fougue et de charme, peinte par Renoir, Caroline Rémy (1855-1929) allait devenir sous le pseudonyme de Séverine une révolutionnaire comparable à Flora Tristan ou à Louise Michel. Journaliste *engagée*, elle écrivit des articles bouleversants pour *Le Gaulois*, à l'occasion de la mort provoquée par un coup de grisou de cent cinquante mineurs stéphanois le 29 juillet 1890. On la surnomma alors « la petite mère des mineurs ». Elle eut une vie amoureuse tumultueuse et fut l'amie et la collaboratrice de Jules Vallès (1832-1885) qui l'avait surnommée « la belle camarade ».

criminelles, sauf s'il pouvait en tirer parti pour écrire une nouvelle.

Devant le désarroi de son hôte, Gilles le fit taire.

— Allons, Léon, cesse ta comédie qui n'amuse que toi et laisse notre ami parler, s'il te plaît.

Le journaliste, peu habitué aux taquineries des dandys, marqua un moment de surprise et s'adressa à Clémence.

— Il y a une heure, alors que j'allais quitter le journal, j'ai reçu deux dépêches de correspondants, l'une d'Avranches, l'autre de Rouen. Le premier m'annonçait qu'il y avait eu une tentative de vol d'un ostensoir très précieux, orné de pierreries et de diamants, au Mont-Saint-Michel. Un moine avait été poignardé par un des bandits, mais un de ses acolytes, après une courte lutte avec un autre moine – célèbre paraît-il pour sa force –, avait été balancé par-dessus le rempart et était allé s'écraser cent mètres plus bas, sur le sable, la marée étant basse. Il était mort, bien entendu, et ne portait sur lui aucun papier permettant d'établir son identité.

Cette fois, Léon Daudet ne pensait plus à se moquer. Il écoutait comme ses amis avec une attention soutenue.

— Je résume bien sûr et vous passe les détails. À Avranches, c'est à l'église Saint-Gervais qu'on s'en est pris, d'ailleurs à la même heure qu'au Mont, ce qui laisse supposer qu'il s'agit de la même bande. On y a poignardé un malheureux bedeau. Et vous savez pourquoi ? Parce qu'il voulait empêcher un voleur de dérober, tenez-vous bien, le crâne d'un évêque qui, je ne sais trop quand, avait paraît-il reçu l'ordre divin de construire le Mont. Mais en quoi ce crâne, qui est sans doute celui de n'importe quel quidam, peut-il avoir de l'intérêt pour des pilleurs ? On ne me l'a pas dit. L'un d'entre vous connaît-il Avranches et l'histoire de ce crâne ? J'en aurais un furieux besoin pour étayer mon prochain article.

— Je ne suis jamais allée à Avranches, mais ma grand-mère et ma tante Eugénie m'ont appris l'histoire, ou du moins la légende qui tourne autour de ce crâne. Un jour, ou plutôt une nuit, l'évêque Aubert d'Avranches reçut dans son sommeil la visite de l'archange saint Michel. Il lui confia la mission de construire un oratoire au sommet du mont Tombe. Au matin, l'évêque croit avoir fait un simple rêve et l'oublie. Mais, les trois nuits suivantes, il a la même vision et reçoit la même injonction. Pour en avoir le cœur net, il demande à son visiteur de lui donner une preuve qu'il est l'archange et que ce qu'il exige de lui est bien d'ordre divin. Alors le messager de Dieu pose son index sur la tête de celui qui doute. Le matin, il constate qu'il a un trou dans le crâne là où l'archange a posé son doigt. Il gardera ce signe toute sa vie et c'est pourquoi ce crâne a été conservé comme une relique…

— Bravo ! Au moins toi, tu n'as pas un trou de mémoire ! plaisanta Léon.

Excité par son récit et les précisions de Clémence, Marcel Pinton but coup sur coup, et sans s'en apercevoir, les deux verres d'un grand cru qu'un domestique lui servit sur un geste du maître de maison.

— J'arrive au plus fort de cette journée fatidique qui a ensanglanté la Normandie. Et c'est à Rouen que cela s'est passé… Dans la cathédrale, encore une cathédrale ! Une bonne sœur de forte corpulence et un abbé plutôt fluet se sont fait enfermer, selon la technique utilisée à Quimper par les assaillants de Mlle votre tante. Seulement, cette fois ils sont tombés sur une pique de suisse. De deux suisses, à dire vrai, et l'un de ces deux courageux défenseurs de l'ordre a succombé à un coup de couteau dans le flanc. Mais l'autre a mis en fuite les deux malfaiteurs, blessant de sa hallebarde l'abbé qui s'est affaissé. La religieuse, tout en tenant en respect le soldat grâce à un pistolet sorti de sous sa robe, a pris son complice sur son épaule et s'est enfuie. Ils ont sauté dans une berline et sont partis au triple galop dans la rue Saint-Romain. Voilà toutes mes informations.

Clémence, tandis que le journaliste disait le peu qu'il savait de ce drame de la veille au soir, repensait à cet inspecteur de police de Quimper, persuadé que l'assaillant de sa tante était un ecclésiastique. Et si le sergent Guillou avait raison ?

Chacun se taisait, tout à ses réflexions.

Jean-Baptiste, les coudes sur la table et la tête emprisonnée dans ses mains, fixait la nappe, semblant chercher un souvenir dans les méandres de la broderie.

Soudain il se redressa.

— Rouen, des calices... Un bonhomme qui vous fait boire du champagne dans des calices, mais oui, ça y est, l'Anglais fou ! Soupçonné d'avoir passé sa femme, avec son amant, par-dessus le bord de son yacht au large de Tunis, je crois...

« Le profond chagrin qu'il a montré au cours du procès intenté par la famille de son épouse et celle de l'amant présumé a ému les juges, et il a été acquitté par manque de preuves. Avant cet "accident", c'était un ami de mon père, ou du moins une relation. Pour moi, j'avais eu la chance de connaître une journée en mer sur son yacht. Mes parents, ma sœur Jeanne et moi passions à Ouistreham un mois de l'été. Et c'est là que j'ai appris à naviguer, là que, tout gosse, j'accompagnais les pêcheurs. Et puis, il y avait un yacht qu'on louait avec son équipage qui expliquait à ceux des passagers qui le désiraient le maniement des voiles. Vous pensez si je m'en donnais ! Nous descendions à l'*Hôtel de la Marine* : "Sept francs par jour, mazette !" comme le répétait une cousine désargentée que nous emmenions dans nos bagages... Mais je m'égare, excusez-moi... C'est là, donc, dans ce port, que mon père s'est heurté à cet Anglais qu'il connaissait je ne sais comment. Je lui ai demandé de visiter son bateau. Il a fait mieux, il m'a embarqué pour une balade entre deux marées. Quand il lâchait la roue et la confiait à son second, il claquait dans ses mains et aussitôt un matelot revenait avec des... calices en or, justement, dans lesquels il offrait le champagne. C'était un collectionneur, il s'intéressait à tout, mais principalement aux objets de culte. À son procès, ses avocats le présentèrent comme un homme d'affaires très perspicace qui gérait à merveille la très grande fortune de sa femme, mais aussi faisait commerce de ses collections...

Clémence bouillait. Elle froissait et défroissait sa serviette, se retenait de parler. Mais à ce point du récit du fils Charcot, elle avait peur qu'en l'interrompant elle ne lui fît perdre le fil de ses souvenirs.

Jean-Baptiste lui dit tout ce qu'il savait sur ce fou qui avait décidé de ne plus aller en mer, mais s'était fait construire cet étrange bateau enfoui en pleine terre, sur la rive gauche de la Seine, entre La Bouille et les carrières de Caumont.

— Mais je ne puis vous en dire davantage, je ne m'y suis jamais rendu.

— Moi non plus, avoua Gilles, mais j'en ai entendu parler par un ami du YCF[1] qui m'a dit que le specta-

1. Yacht-Club de France. Créé en 1867 sous le parrainage de Napoléon III. Cercle réservé à la haute société dont les membres étaient triés sur le volet.

cle de cette espèce de *caloge*[1] de luxe, qui roule et qui tangue, est « hallucinant ».

Clémence et Marcel Pinton piaffaient d'impatience. Elle fixa Jean-Baptiste.

— Tu penses qu'il nous recevrait ?

Jean-Baptiste réfléchit un court instant

— Mais oui, bien sûr, si je lui présente le fils de Louis Martinelles, il ne résistera pas à connaître l'homme qui a le plus beau et grand yacht de la côte normande. S'il a maintenant les pieds sur terre, il a toujours le cœur sur mer.

Léon se renversa dans son fauteuil et se mit à rire.

— Il a mal au cœur ? Le mal de mer en souvenir de sa charmante épouse qui s'est fait bouffer par les crevettes ? Mais bien sûr, chère Clémence, qu'il te recevra, car ton nom seul lui fera ouvrir son écoutille.

— … ou la fermer à double tour, car il connaît sûrement les exploits de Clémence de Rosmadec en matière criminelle, fit remarquer Gilles. Il sera prudent de t'inventer une autre identité.

Le journaliste les regarda avec surprise.

— Parce que vous pensez vous y rendre ?

— Et dès demain encore ! s'exclama la jeune femme.

— Mais moi aussi, je vais y aller !

Marcel Pinton n'y tenait plus.

— Mais non, demain, vous aurez mieux à faire, cher ami.

Le journaliste la regarda finement.

— Ah, parce que vous venez de vous attribuer le titre de rédactrice en chef ?

1. Terme par lequel les Étretatais désignaient les bateaux de pêcheurs hors d'usage. Ils les plantaient dans la falaise en haut de plage, les recouvraient de chaume et y rangeaient leurs engins de pêche. Maupassant en avait « implanté » une dans son parc, qui servait de logement à son domestique.

— Si vous voulez, mais quand je vous aurai dit ce qui va se passer demain dans la capitale, je vous promets que vous serez heureux d'être sur place en tant que témoin, et non dans un train, pour écrire un article dont je vais vous donner les éléments, ici, sur-le-champ…

Au moment du dessert, le plan de campagne était arrêté : Clémence avait remis à Marcel Pinton les croquis exécutés par Pierre Martinelles, la bottine et le sachet de poudre blanche. Antoine et Bouboule, qu'elle devait retrouver et qu'elle lui présenterait, une heure plus tard, au *Rat mort*[1], au 7 de la place Pigalle, l'épauleraient dans ses recherches. Dès qu'en fin de journée le journaliste aurait la certitude que le joueur d'orgue, complice des assassins, et l'ancien professeur de Louis-le-Grand étaient une seule et même personne, il se rendrait avec Clémence à la préfecture de police. Il livrerait ses renseignements à l'ancien collègue d'André Kerlutu et celui-ci organiserait une rafle de grande envergure pour le lendemain à la première heure. Comme ce serait un dimanche, la surprise des bandits n'en serait que plus vive. Clémence n'assisterait pas à l'opération car au moment où une trentaine de policiers barreraient la rue Sainte-Marguerite et investiraient brutalement la maison close et le repaire du sieur Mercator, elle roulerait en train vers Rouen encadrée par ses deux amis : Gilles Martinelles et Jean-Baptiste Charcot. Elle ne serait pas aux premières loges pour assister à l'arrestation des truands. Mais que lui importait ! Elle n'avait pas l'âme d'une revancharde, ni d'une *justicière*, même si certains journaux n'allaient pas manquer de la présenter ainsi.

1. Cabaret fréquenté en leur temps par Courbet, Manet, Coppée…

CHAPITRE XX

— Et c'est alors que la sœur brandit un pistolet…

Le suisse était exalté. Encore sous le choc des événements de la veille dans *sa* cathédrale Notre-Dame de Rouen, il relatait à Clémence la tragédie dont il n'avait pas été le témoin, mais l'acteur. C'était lui qui avait mis en fuite les malfaiteurs et qui avait blessé l'un d'eux : « le petit curé », comme il appelait celui qu'il avait atteint de sa hallebarde. Il revivait la scène avec passion et émotion, entouré de quelques paroissiennes qui entendaient son récit pour la vingtième fois et mimaient les étapes de l'aventure en poussant des exclamations peureuses, voire exaltées : le suisse était leur héros.

Clémence pensait à sa tante Eugénie qui avait elle aussi, et plus que ces bigotes, ressenti, et elle dans sa propre chair, la violence d'une telle agression.

— Gaspar et moi étions aux aguets. Depuis les tueries de Paris, nous nous étions promis de surveiller notre édifice jour et nuit. Aussi mon malheureux confrère et moi-même avions depuis quelques jours aménagé des lits de fortune dans la sacristie afin de la défendre aussi la nuit…

Clémence était exaspérée par ces prolégomènes et le fit abréger :

— Pensiez-vous réellement qu'il s'agissait de vrais gens de Dieu, cette bonne sœur et ce petit abbé ?

— Disons que j'étais dans le doute. Ces deux personnages s'étaient présentés à M. le curé comme étant frère et sœur et lui avaient demandé de leur montrer les trésors de son église. Moi, dès le premier coup d'œil, je me suis dit que ces quidams-là n'avaient pas un air très catholique. L'abbé avait une petite mine chafouine qui ne m'inspirait guère confiance. La religieuse était d'une taille hors du commun et semblait un peu moustachue. Je m'en confiai à Gaspar, notre malheureux Gaspar, que Dieu ait son âme ! qui me dit en rigolant : « Toutes les bonnes sœurs ont de la moustache, t'as jamais remarqué ?... »

Clémence coupa court à l'entretien. L'homme ne lui avait pas appris grand-chose. Comme lui, cependant, elle était à peu près certaine que ces deux personnages étaient deux hommes déguisés en ecclésiastiques et des voleurs sans foi ni loi, décidés à tuer s'il le fallait, plutôt que de se faire prendre.

Elle rejoignit Gilles et Jean-Baptiste au *Café de l'Univers*, place de la Cathédrale. Selon ses instructions, ils étaient allés interroger discrètement deux antiquaires jouissant, de père en fils, d'une excellente réputation. C'est du moins ce que leur avait affirmé un groom de l'*Hôtel de la Côte-de-Baleine*, rue du Bac, en leur donnant les noms et adresses de M. A. Le François, rue Thiers, en face du musée et aussi au 46 de la rue d'Amiens, et de Langlois, au 83 de la rue Jeanne-d'Arc.

— L'été, ils sont ouverts, même le dimanche. Les affaires sont les affaires, comprenez-vous... Et il y a tant de touristes ! Mais n'oubliez pas de leur dire que c'est moi, Pierrot, qui vous envoie ! leur avait jeté le gamin qui avait sans doute des accointances avec ces commerçants.

Les deux étudiants en médecine, qui parlaient couramment la langue de Shakespeare, se firent passer pour deux Anglais ahuris, n'ayant pas suivi l'actualité française de ces derniers jours. Après avoir acheté une babiole pour Clémence, ils dirent avec l'air le plus innocent du monde qu'ils étaient à la recherche de calices en or ou en argent. Aussitôt, les deux commerçants avaient pris un air indigné et affirmé qu'ils n'avaient pas ce genre d'articles chez eux. Gilles et Jean-Baptiste avaient insisté et, les lèvres pincées et le regard fuyant, les antiquaires leur avaient communiqué le nom et l'adresse d'un collègue de la place Saint-Marc qui connaissait « parfaitement » ce genre d'articles.

— Oh, M. Gulminac'h est un très grand connaisseur de l'art sacré breton et normand ! avait dit, avec un fin sourire, l'honnête M. Langlois.

— Comment as-tu dit ? Ce ne serait pas plutôt Guilvinac'h ?

Les deux amis approuvèrent et Gilles fit semblant d'être jaloux.

— Pourquoi ? Tu le connais ?

— Pas précisément. Il s'agit d'un ancien prêtre breton grand détrousseur des chapelles et églises du Finistère. Je savais par l'inspecteur Guillou de Quimper que ce lascar tenait boutique à Rouen, mais je ne pensais pas qu'il avait conservé son nom. Si j'ai retenu son patronyme, c'est parce qu'il ressemble un peu à Guilvinec, un port situé avant la pointe de Penmarc'h que nous prenons parfois comme but de balade en mer. Bon, allons chez lui.

En suivant la rue Alsace-Lorraine, ils discutèrent de la meilleure stratégie à suivre pour ne pas indisposer l'antiquaire. Clémence décida, cette fois, d'y aller franc jeu.

Le bonhomme était vêtu avec une rare élégance. Il paraissait préoccupé et, tandis que Clémence et ses acolytes faisaient le tour du magasin en jetant ici et là des regards intéressés et en se parlant à voix basse, lui, de ses mains fines et bien soignées toujours en mouvement, prenait un objet sur une console, le mettait ailleurs avant de le réinstaller au même endroit.

Après avoir laissé aux trois éventuels chalands le temps nécessaire pour survoler ses richesses, il s'enquit de leurs désirs.

— Je n'irai pas par quatre chemins, avec vous, monsieur Guilvinac'h, je me nomme Clémence de Rosmadec. Ma tante Eugénie a été la victime d'une agression sauvage dans la basilique Saint-Corentin de Quimper. Vous en avez entendu parler ?

L'homme s'immobilisa, tenant dans ses mains un vase de Sèvres.

— Bien évidemment, mais je ne vois pas en quoi je puis vous être utile pour élucider ce drame.

— Celui de Quimper, peut-être pas, mais pour celui survenu hier ici à Rouen, à la cathédrale, peut-être avez-vous une petite idée sur l'identité des voleurs et tueurs ?

L'homme posa avec délicatesse le vase précieux et releva la tête, les sourcils froncés.

— Et pourquoi donc ?

Clémence s'impatientait.

— Parce que vous êtes un grand connaisseur des objets sacrés, de la chasuble brodée d'argent à la moindre custode…

— Et des calices en or, intervint Jean-Baptiste avec brutalité.

Le commerçant se retourna vivement vers lui.

— Qu'est-ce à dire ?

— Je me présente : Jean-Baptiste Charcot. Oui, le fils du professeur Jean-Martin Charcot, aliéniste à Paris. Il se trouve que j'ai navigué il y a quelques années sur le yacht d'un certain M. Chippenham et que cet Anglais avait pour originalité de boire et de faire boire le champagne dans des calices en or…

Cette fois, l'antiquaire ne se sentait pas dans son assiette.

— Et alors, pourquoi me racontez-vous tout cela ?

— Tout simplement parce que cet original, qui vit comme vous le savez sur un étrange bateau ancré en terre, a laissé entendre tout dernièrement à mon père que vous étiez toujours un grand amateur d'objets de culte, que vous en faisiez commerce, voire, excusez-moi du mot : trafic !

— Monsieur !

Jean-Baptiste ne se départait pas de son calme et continuait de bluffer avec une assurance dont Clémence ne l'aurait pas cru capable. Il ne semblait pas s'apercevoir de la colère ou de la crainte que suscitaient ses affirmations. Et il continuait de mentir presque avec entrain.

— Je suis passé ce matin au Yacht-Club pour saluer le président de la part de mon père et ai été stupéfait d'apprendre que ce cher M. Chippenham avait laissé entendre à M. Charleville que vous pourriez être, je ne fais que rapporter ce que j'ai entendu, sinon directement impliqué dans la tragédie qui s'est déroulée hier à la cathédrale, du moins mêlé à elle.

L'ancien abbé se laissa tomber dans un fauteuil tant son émotion était grande.

— Ah, le forban ! Le truand ! C'était donc lui, j'en étais sûr. Afin que la police ne puisse soupçonner un si respectable personnage d'avoir organisé ce cambriolage et bien d'autres sans doute, il veut m'en faire porter la responsabilité à moi, le voleur bien connu, moi, l'ancien prêtre kleptomane, gibier de potence, comprenez-vous ! Ainsi, tout s'explique à présent.

— Que voulez-vous dire ? fit Clémence d'une voix neutre.

— Tout s'explique en effet. La descente de police d'hier soir, par exemple. Le commissaire et trois inspecteurs déboulent ici. Je leur montre tout ce que je possède. Ils fouillent ma cave, pensent me confondre en découvrant une dizaine de calices, mais je leur présente mes livres de comptes. Ils constatent la provenance de ces objets et de tout autre que j'ai en magasin. Pour chacun sont indiqués le prix, la date d'acquisition et le nom du fournisseur. Le commissaire est sur le point de partir en s'excusant de sa démarche, quand un de ses inspecteurs, qui avait fait le tour de mon jardin, revient en courant et, très excité, l'entraîne au bout de la pelouse. Je les suis, intrigué. Par terre, au pied du mur qui donne dans une ruelle, il y a une soutane rouge de sang et une robe de religieuse avec sa cornette. Le policier exulte et se retourne vers moi, en me saisissant fermement par le bras. Il ricane, il est heureux, il croit avoir découvert le pot aux roses. Il me dit sournoisement :

« — Alors, monsieur l'abbé, on n'a pas encore pris le temps de les enterrer ?

« — … Je le regarde hébété et comprends qu'en jetant ces habits sacerdotaux par-dessus mon mur, on a voulu me confondre dans cette sale affaire.

Clémence et les deux jeunes hommes écoutaient dans la fièvre le récit de l'antiquaire.

— Ils m'ont embarqué pour me mettre en garde-à-vue. Je n'y suis pas resté longtemps, croyez-moi ! Je leur ai montré en premier lieu que j'étais beaucoup trop fort pour entrer dans la soutane maculée de sang et que la robe de religieuse, en revanche, était beaucoup trop vaste. Quant à la cornette, elle me tombait sur les yeux… Quelle mascarade ! Mais je n'avais pas le cœur à rire. Aussi ai-je fourni un alibi irréfutable. À l'heure du crime, j'étais dans mon magasin en compagnie d'une sommité de l'hôpital, le professeur Urbain accompagné de son épouse. Nous avions déjeuné au *Restaurant de Paris*, rue du Gros-Horloge. Ils voulaient m'acheter, ce qu'ils ont fait d'ailleurs, une charmante table de toilette Premier Empire, en loupe d'orme, que j'avais ici en vitrine. Un sergent est allé à l'hôpital pour vérifier mes dires auprès du professeur.

— Et ils vous ont relâché sur-le-champ…

— Oui, mademoiselle, avec quelques excuses. Mais avouez que de voir un commerçant se faire embarquer dans un fourgon de police est du plus mauvais effet et nuit beaucoup à son commerce. Ah, le saligaud de Chippenham !

Gilles comprenait le désarroi de l'antiquaire et était prêt à en découdre.

— Nous allons chez lui de ce pas pour lui faire vider son sac.

L'ancien abbé les mit en garde.

— Vous allez vous faire étriper ! Vous ne savez pas de quoi ce monstre est capable ! Vous tuer, tout simplement.

— Nous verrons bien, lança Clémence en gagnant la porte avec un aplomb qui laissa leur hôte pantois.

Ils longèrent Saint-Maclou, laissèrent le cloître à main droite et gagnèrent, par la rue de la République, le 19 de la place de l'Hôtel-de-Ville où ils louèrent une voiture chez Boulard. Ils redescendirent vers la Seine, la passèrent au pont Corneille sans oublier de saluer la statue du grand auteur et ils filèrent vers La Bouille.

Les dix-huit kilomètres furent avalés en une heure et quart, ce qui leur donna le temps de revenir sur le mensonge de Jean-Baptiste que Clémence félicita et sur le paradoxe presque risible pour un abbé qui a jeté sa soutane aux orties d'en retrouver une dans celles de son jardin.

Ils traversèrent le bourg et, un kilomètre plus loin, ils découvrirent l'invraisemblable demeure terrienne et prétendue nautique de Sir Chippenham. On la voyait peu de la route, enfouie qu'elle était dans un talus en bordure de Seine.

Une corne de brume tenait lieu de sonnette et un porte-voix de moyen de communication.

Gilles s'empara de la trompe et souffla de toutes ses forces de longs coups réguliers. Sir Chippenham répondit.

— *Who is blowing ? What do you want, stranger ?*

Jean-Baptiste se saisit du cornet au pavillon évasé.

— Je suis Jean-Baptiste Charcot, que vous avez eu l'obligeance de prendre à bord de votre yacht comme mousse pour une journée au large de Ouistreham, il y a de cela quelque dix ans. Je suis avec une amie, et Gilles Martinelles m'accompagne. Vous avez dû rencontrer son père, M. Louis Martinelles, au Yacht-Club de France. Étant dans la région, nous aurions eu plaisir à vous saluer et à découvrir votre prodigieux navire.

Nul doute que l'évocation des noms de leurs pères joua en la faveur des visiteurs. Le yachtman connaissait fort bien la célébrité de l'aliéniste et n'ignorait rien du richissime homme d'affaires qui possédait le plus grand et le plus racé des bateaux à voiles de la côte normande.

— Soyez les bienvenus à bord, jeunes gens ! cracha le porte-voix. Entrez donc, mais gare à la passerelle ! Elle est un peu branlante ces temps-ci, la dernière tempête l'a endommagée.

Ils poussèrent le portail et aperçurent cette construction digne de l'imagination d'un Jules Verne. Ce qu'ils dirent au capitaine qui tendait la main à Clémence pour monter à bord. Elle s'aperçut qu'un léger roulis faisait vaciller de droite à gauche le « bâtiment ». Un bruit de clapotis courait le long de la coque.

— Oui, mais Jules Verne n'a fait qu'imaginer. Il n'a jamais construit ses étonnantes machines. Le capitaine Nemo et son *Nautilus* n'ont jamais existé que sur du papier. J'espère que vous avez le pied marin…

Tout en jouant les fanfarons et en faisant des ronds de jambe à sa belle passagère, il fit passer ses hôtes dans un immense poste de pilotage qui servait en même temps de salon. Tout ici était en acajou ou en cuivre.

Il commença par abaisser un levier qui accentua progressivement le roulis, puis un autre qui commandait le tangage. Il actionna plusieurs manettes et des vagues vinrent déferler sur les hublots.

Ses hôtes se seraient crus en pleine tempête.

S'amusait-il comme un enfant ? Il ne semblait pas. Il demeurait imperturbable, derrière la roue qu'il faisait tourner, suivant des yeux un horizon imaginaire. De temps en temps, il prévenait de l'arrivée d'une forte vague.

— Attention, une déferlante !

Au bout d'un certain temps, il déclara :

— Plus un poil de vent, mes agneaux ! Calme plat ! « Buvons un coup, buvons-en deux, à la santé des amoureux », chantonna-t-il avant d'appuyer sur un bouton.

Tout un ensemble d'instruments de marine encombrait des étagères. Sextants, longues-vues, cordages miniatures enroulés, modèles réduits de canons en bronze… Mais c'est de sa collection de bateaux en bouteilles que le capitaine semblait particulièrement satisfait. Des répliques de trois-mâts, de goélettes, d'embarcations de pêche aussi étaient enfermées dans des bouteilles de toutes tailles.

— Tiens, un chasse-marée ! s'étonna Clémence avant d'admirer une bouteille particulièrement grande et lourde qu'elle reposa sur le poste de pilotage sans prendre soin de la remettre à sa place dans sa vitrine.

Chippenham était ravi de l'étonnement de ses visiteurs. Un garçon tout habillé de blanc avec un béret de matelot brodé au nom de *Lisbeth* déposa une bouteille de champagne et des coupes… des coupes de cristal sur un guéridon vissé dans le sol.

Clémence décida de provoquer le bonhomme.

Alors qu'il lui tendait une coupe, elle la regarda et joua la surprise.

— Tiens, Jean-Baptiste m'avait pourtant affirmé que vous ne buviez le champagne que dans des coupes en or, des sortes de calices, il me semble.

Il parut décontenancé, mais se reprit vite.

— C'est vrai, mais je m'en suis débarrassé. Elles étaient devenues trop lourdes pour mes vieilles mains rhumatisantes. Et puis, comme je bois le plus souvent du whisky, ce n'étaient pas des récipients adaptés à mon vice.

Il eut un gros rire et Clémence salua son talent de menteur.

Gilles se montrait curieux de tout.

— Pourrions-nous visiter la salle des machines ?

— Bien entendu, c'est ce dont je suis le plus fier.

Il les fit descendre un étage qu'il désigna comme celui des cabines ; puis un autre où de formidables machines ronronnaient doucement.

Jean-Baptiste posait question sur question et le capitaine, emporté par sa passion, expliquait. Il désigna ici tout un système hydraulique actionné par des pompes et des machines à vapeur.

— Pour celles-ci je me suis fourni chez Boulet, rue Boinod, à Paris. Celle que vous voyez là est une machine horizontale de 50 chevaux, celle-ci une horizontale de 300 chevaux…

Jean-Baptiste, s'étant aperçu que Clémence et Gilles s'étaient éclipsés, sans doute pour visiter le bateau à leur gré, n'en finissait pas de poser des questions et de dire son admiration par des exclamations de surprise.

Clémence, suivie par son amant, avait décidé de faire à l'étage au-dessus le tour des cabines. Ils ouvraient des portes et les refermaient avec précaution.

Soudain, la jeune peintre saisit son ami par le bras et lui fit signe d'écouter. D'une pièce située à l'arrière du bateau venait une plainte, un gémissement de douleur.

Ils s'en approchèrent, ouvrirent la porte pour apercevoir un homme étendu sur un lit dont le drap était ensanglanté. Il respirait avec difficulté, souffrait à l'évidence et râlait. Gilles s'agenouilla à côté du blessé et découvrit un pansement qui ne comprimait pas le point d'où le sang s'échappait. Autant dire qu'il ne servait à rien. Tant bien que mal il tenta d'y remédier en nouant serré un drap, mais il était trop tard. L'homme était vidé de son sang. Il lui prit le pouls. Il était à peine perceptible.

Le malheureux ouvrit les yeux et les regarda.

— Je suis foutu… c'est à la cathé…

Clémence voulait recueillir ses dernières paroles :

— Oui, à la cathédrale. Vous étiez déguisé en abbé, n'est-ce pas ?

L'homme baissa les paupières en signe d'assentiment.

— C'est Chippenham qui vous y avait envoyé ? Il a des bandes qui forcent les églises pour les piller ?

L'homme approuva.

— Mais où est sa cache ? Sur le bateau ? Non, pas sur le bateau…

Il fit un effort surhumain.

— Grotte… Cari… carrière… Ali Baba…

— Où ?

— Cau… mont.

Sa tête s'inclina sur le côté, il ne bougeait plus ; ses yeux étaient fixes.

Le jeune médecin passa sa main sur les paupières du mort et se releva.

— C'est fini.

Ils se consultèrent sur l'attitude à avoir face au capitaine et regagnèrent l'escalier de la coursive comme Chippenham et Jean-Baptiste y parvenaient, montant de l'étage inférieur.

Ils se retrouvèrent tous les quatre dans le salon.

— Mais où étiez-vous donc passés ? s'enquit le maître des lieux.

Glaciale, Clémence lui fit face.

— Nous avons recueilli le dernier soupir d'un homme qui vient de mourir chez vous et sans que vous appeliez un médecin.

Le géant blêmit, se saisit d'une bouteille de whisky et en but une large rasade au goulot. Il regarda l'un après l'autre Jean-Baptiste et Gilles.

— Vous êtes médecins, n'est-ce pas ?

— Apprentis, oui, mais cela ne change rien : cet homme est mort.

— Cependant, peut-être allons-nous pouvoir nous entendre.

Les deux jeunes hommes, bras croisés sur leur poitrine, attendaient.

— Allons, allons, que je vous explique. Cet homme, mon cuisinier, a été la victime d'un rival. Il y a eu une rixe la nuit dernière sur le quai Saint-Sever, place

Carnot. Il avait pour maîtresse la femme de son agresseur. Et après avoir reçu ce coup de couteau du cocu, il a demandé de l'aide à un matelot qui l'a ramené ici et non chez sa femme comme il l'aurait dû faire. Mais il ne voulait pas que son épouse apprenne le fin mot de l'histoire. C'est pourquoi j'ai fait dire à celle-ci que j'avais besoin de son mari plusieurs jours et qu'il dormirait ici.

— De son dernier sommeil ! persifla Clémence.

Elle alla à reculons vers le poste de pilotage.

Jean-Baptiste et Gilles, scandalisés par cette histoire inventée, serrèrent les poings de rage.

— Et vous n'avez pas appelé de médecin, vous avez laissé votre faux curé crever comme un chien !

— Quoi, curé ? C'est mon cuisinier !

Gilles s'efforça de rire.

— Un cuisinier qui avec un autre de vos sbires déguisé en bonne sœur… est allé prier pour piller la cathédrale Notre-Dame !

— Et vous n'avez pas appelé de médecin au chevet de ce moribond ! Il aurait pu être sauvé ! s'indigna Jean-Baptiste.

Imperceptiblement, l'homme ouvrit un tiroir. Il se tourna ver les deux jeunes gens.

— Et maintenant, que comptez-vous faire ?

— Notre devoir de citoyens : aller prévenir la police.

Chippenham devint écarlate. La fureur lui montait au cerveau. Il sortit des lingots d'or mal fondus qu'il jeta à leurs pieds.

— Pour votre silence. Je ferai disparaître cet homme. Personne n'en parlera plus jamais.

Gilles repoussa les lingots du pied.

— Vous êtes un assassin, Sir Henry.

— Votre épouse…

Jean-Baptiste ne poursuivit pas sa phrase. Le bonhomme, tournant le dos à Clémence qu'il semblait avoir oubliée, sortit d'un autre tiroir un pistolet qu'il braqua sur les étudiants.

— Une ou deux victimes de plus… ricana-t-il. Mon devoir de criminel à moi est de vous faire taire à jamais.

Ils virent Clémence poser la main sur un levier et leur faire signe que, dès qu'elle l'abaisserait, ils devraient plonger à terre. Elle tenait dans la main droite la lourde bouteille contenant un bateau, et elle la brandit au-dessus de la tête de l'homme qui lui tournait le dos.

Gilles vit l'index du dément devenir blanc sur la queue de détente de son arme.

Clémence abaissa à fond le levier qui commandait le roulis. Ses deux amis se jetèrent sur le plancher, chacun de son côté. Le colosse, déséquilibré par le mouvement brusque de son navire, chancela. Il tira un coup de feu qui n'atteignit personne et reçut dans le même temps sur sa nuque épaisse de taureau le formidable choc de la bouteille maniée par Clémence.

Le géant gisait à terre. Il avait perdu connaissance.

Clémence, accrochée au banc du poste de commande, réussit à atteindre le levier actionnant le roulis. Le *bateau* s'immobilisa. Le calme revint. Gilles et Jean-Baptiste se levèrent et se précipitèrent sur l'Anglais pour le saucissonner de la tête aux pieds en utilisant tous les cordages qu'ils purent trouver dans la pièce.

Les rôles furent vite distribués. Les deux hommes demeuraient à bord pour surveiller le capitaine. Clémence, elle, galopait à La Bouille prévenir les gendarmes. En montant dans le cabriolet de louage, elle vit deux hommes de Chippenham, habillés en matelots, sauter dans une barque et descendre le courant en ramant de toutes leurs forces. « Les rats quittent le navire quand il va sombrer », se dit-elle.

Les gendarmes n'en revenaient pas de tout ce que la jeune peintre leur apprenait. Ils prévinrent aussitôt la préfecture de Rouen qu'ils allaient chercher le cadavre et mettre l'Anglais en lieu sûr.

Clémence et ses deux amis décidèrent, avant de regagner Rouen, d'aller jeter un coup d'œil aux carrières de Caumont, un kilomètre en aval.

Elles valaient le coup d'œil et la jeune peintre rêva en regardant cet ensemble de grottes et de galeries dont les hautes parois blanchâtres donnaient à la Seine de lumineux et étranges reflets. Elle se promit d'y revenir un jour pour les peindre.

Ils descendirent du cabriolet, firent quelques pas sous la première arche, s'amusèrent à écouter l'écho de leurs voix, mais se limitèrent à ce début de visite.

Ils n'avaient pas le temps de jouer les explorateurs en compagnie des représentants de la force publique qui, dès qu'ils le pourraient, viendraient chercher le trésor d'Ali Baba. Clémence leur avait conseillé d'agir très vite et de mettre en planque, sans tarder, quelques hommes pour pincer des complices du capitaine qui ne manqueraient pas de venir s'octroyer leur part du butin. Déjà les deux matelots qu'elle avait vus déguerpir pouvaient être venus se servir…

Il était deux heures quand ils regagnèrent Rouen et ils s'aperçurent qu'ils avaient faim. Clémence se fit déposer à la poste de la rue Jeanne-d'Arc. Les deux jeunes hommes allèrent rendre la voiture place de l'Hôtel-de-Ville.

Clémence se souvint, devant la porte close, que c'était dimanche. Il lui était donc impossible d'envoyer ses dépêches à Marcel Pinton au *Figaro*. Elle devrait attendre son retour à Paris pour lui communiquer une infinité de détails que n'obtiendraient jamais ses confrères régionaux. Elle lui conterait les événements qu'elle venait de connaître avec ses deux amis à la minute près. Elle décrirait les personnages ; comment elle avait été mise sur la piste de l'Anglais, la soutane ensanglantée, la robe de religieuse. Elle ne lui cacherait rien de ses prouesses comme si elles n'avaient rien d'extraordinaire. Le journaliste se chargerait de les décrire avec fougue et ferait, une nouvelle fois, de Clémence une héroïne, ce dont elle se serait bien passé.

Grâce à elle, il pourrait ainsi, après avoir assisté à l'arrestation des bandits de la rue Sainte-Marguerite survenue le matin même à Paris, décrire celle, ô combien mouvementée, de Sir Henry Chippenham à La Bouille.

L'*Hôtel de la Poste*, dans cette même rue Jeanne-d'Arc, accepta de les servir malgré l'heure tardive.

À la fin d'un repas rapide, ils consultèrent les horaires des trains.

— On a une heure à perdre, déclara Jean-Baptiste.

— À perdre ? Jamais ! Surtout quand on a la chance de se promener dans une ville telle que Rouen ! fit semblant de s'indigner Clémence. Venez, il faut que je vous montre un curieux phénomène.

Elle les entraîna dans la rue du Gros-Horloge et la remontèrent jusqu'à la place de la Cathédrale. Là elle lança ses recommandations.

— Si vous n'avez pas le vertige, accrochez-vous !

Elle se mit entre les deux médecins et leur saisit une main.

— Maintenant nous allons marcher vers la façade mais sans jamais regarder nos pieds. Bon, maintenant fixez le haut du porche et avancez doucement en *montant* votre regard le long de Notre-Dame : vous allez avoir l'impression que vous marchez sur elle et vers son sommet, sans pour autant avoir peur de tomber. Si vous êtes courageux, vous pourrez poursuivre votre ascension en choisissant la flèche centrale ou l'un des clochetons.

Fascinés par ce qu'ils voyaient et ressentaient, les deux étudiants *montèrent* ainsi à l'assaut de la façade plusieurs fois.

Clémence aperçut un homme d'une cinquantaine d'années qui, assis sur un pliant au coin de la rue du Gros-Horloge, dessinait avec ferveur. Elle le reconnut aussitôt.

— Monsieur Monet !

Claude Monet se leva pour l'embrasser.

— Mais que venez-vous faire dans mon vieux Rouen[1] où je fus si jeune, chère Clémence ?

— Et vous ? Vous peignez « la cathédrale sanglante » ?

— Quelle horreur en effet ! Non, je ne peins pas *encore*. Je ne fais que dessiner. Je me prépare pour une grande série de la cathédrale peinte à différentes heures du jour. En ce moment, je n'ai pas le temps de m'y attaquer, mais il viendra, ce foutu temps[2] !

Il prit un air suspicieux en désignant de son fusain Jean-Baptiste et Gilles qui avançaient et reculaient sans cesse en ne lâchant pas des yeux la façade de l'édifice.

— Dites-moi, belle amie, ils ne sont pas un peu toqués ces animaux-là, vous les connaissez ?

— Eh bien oui, ils escaladent la cathédrale en terrain plat.

Il la regarda, incrédule, voire inquiet.

— Tout va bien, Clémence ? Alors, expliquez-moi !

1. C'est à Rouen que Claude Monet fit sa première exposition au côté d'Eugène Boudin en 1856. Il avait tout juste seize ans.

2. Il vint, « ce foutu temps », quatre ans après cette scène. C'est de 1894 que date sa fameuse série de la *Cathédrale de Rouen*.

Elle prit le peintre par le bras et l'initia à son jeu, marchant et reculant face au lieu saint.

Après quelques marches sur ce « tapis de pierre », comme il dit, il était conquis.

— Ah ben ça alors ! Mais où avez-vous appris ça ?

— À Quimper. Depuis que je suis petite, j'ai bien dû escalader une bonne centaine de fois Saint-Corentin grâce à cette méthode. C'est mon père, l'inventeur de cette technique.

Il était l'heure de rejoindre la gare. Elle embrassa le peintre et s'éloigna pour se retourner cent mètres plus loin avec ses deux compagnons : le maître avançait et reculait, seul sur la place de la cathédrale, la tête en l'air.

CHAPITRE XXI

Clémence ne s'attarda pas à Paris après son retour de Rouen. Elle rassembla à son atelier de Neuilly tout son monde, y compris le journaliste du *Figaro* qui se confondait en remerciements. Sa direction l'avait félicité pour ses articles si riches en anecdotes et l'avait fait monter en grade. Il se retrouvait rédacteur en chef adjoint.

À propos de journaliste, Clémence n'avait pas oublié d'informer Hubert Roscoff de tout ce qui pouvait l'intéresser. Afin qu'il soit au fait de la tournure des événements avant ses collègues de la presse de Bretagne.

Chacun, d'Antoine à Bébert, de Libellule à Bouboule, lui avait fait un rapport circonstancié de tout ce qu'il avait appris, lu et vu du coup de filet d'envergure que la police avait effectué dans cette rue Sainte-Marguerite où Clémence n'avait jamais mis les pieds.

Elle parcourut les gros titres qui disaient qu'elle était celle par laquelle la paix était revenue dans les lieux de culte de France. La plupart des pièces de valeur avaient été retrouvées soit dans la caverne d'Ali Baba des grottes de Caumont, soit dans les caves et les endroits les plus invraisemblables du repaire de M.M. Ce dernier, son cocher et Loïc, l'agresseur d'Eugénie de Rosmadec, et le gros Riri s'étaient battus comme des lions pour échapper à la rafle. Le Professeur, lui, dès les premières escarmouches s'était mis au piano pour y jouer du Wagner. Un sergent l'avait saisi par le col et emporté sans qu'il profère le moindre cri de protestation.

Bébert et Bouboule racontaient avec une verve incomparable la descente de police chez ces demoiselles de la maison. Ils ne se lassaient pas de décrire les corps dénudés, les jambes *divines* aperçues et Libellule bourrait de coups de poing son homme qu'elle soupçonnait, et elle ne se trompait pas, de s'être rincé l'œil gratis.

La mère maquerelle, paraît-il, était demeurée très calme, assise dans un fauteuil capitonné de velours rouge, portant tranquillement à ses lèvres le fin fume-cigarette d'ivoire dont elle tirait de petites bouffées rapides. Sans doute en avait-elle vu d'autres dans sa vie de tenancière et supputait-elle déjà un avenir similaire pour elle et ses *filles*.

Antoine, lui, s'était contenté de faire croquis sur croquis, n'oubliant pas de mettre sur la silhouette d'un commissaire, comme sur celle d'une pensionnaire, une tête d'animal hâtivement tracée.

Pour fêter la mise à l'écart de ces voleurs et assassins, Clémence avait convié à Neuilly, outre Gilles bien sûr, Jean-Baptiste Charcot, qui s'était montré efficace pour dévoiler la noirceur de Sir Henry Chippenham, et un Léon Daudet qui se promettait d'écrire un texte littéraire sur l'aventure à laquelle il avait à dire vrai bien peu participé. Et cela amusait la jeune peintre de voir se mêler dans son atelier artistes, bohèmes, jeune gaude remise dans le droit chemin par un cocher de fiacre amateur de bouts rimés, journaliste et futurs médecins aux noms prestigieux.

À nouveau, elle aspirait à deux choses : travailler le jour devant son chevalet et, la nuit, se glisser dans les bras de Gilles.

Lors de ce petit raout de la fin août, elle se mit en tête de réunir tous ces amis à La Josselière pour le Pardon de Pont-Aven, le 15 septembre. Elle riait déjà de la confrontation entre Libellule et la tante Eugénie et d'imaginer Bouboule en maillot de bain. Elle en était sûre, ce mélange des genres amuserait plus qu'il ne choquerait Madame Mère.

Clémence retrouva La Josselière avec joie. Seule l'absence de Gilles retenu à Paris pour prendre des tours de garde à la Salpê[1] la tourmentait, plus qu'elle n'aurait cru.

Il y avait aussi « l'affaire Pommart » qui la poursuivait toujours. Elle savait qu'elle n'aurait l'esprit libre pour travailler que lorsque les vols des statues de Trémalo et du Faouët seraient éclaircis, car, plus elle y pensait, moins elle voyait le juge coupable. Et comme Albertine ne croyait nullement en la complicité du magistrat, cette question demeurait à élucider.

Heureusement, sa famille et ses amis peintres étaient là pour la distraire et lui faire fête.

Quand elle fit sa réapparition à Pont-Aven, avec son chevalet et sa boîte à peintures, tous ses jeunes confrères lui firent une haie d'honneur, brandissant leurs pinceaux à l'entrée de la *Pension Gloanec* et, après l'avoir applaudie, Émile Jourdan, Émile Bernard, Henry Moret, Henri Delavallée et Charles Laval la portèrent en triomphe, tout autour de la place. Puis, l'un la prenant par les pieds, l'autre par les poignets,

1. Abréviation estudiantine pour désigner l'hôpital de la Salpêtrière, à Paris.

ils la balancèrent au-dessus de la balustrade du pont en faisant mine de la jeter dans l'Aven. Heureusement la rivière était trop peu profonde à cet endroit pour la recevoir sans risque. Ils la déposèrent à terre et elle dut pendant une heure répondre aux questions qui fusaient de toutes parts.

— Vous allez me laisser travailler oui ou non ? dit-elle gaiement en caressant le nez d'Émile Bernard du bout d'un pinceau. Allez, hop ! Bossez, bande de fainéants !

Tous s'éparpillèrent vers leurs lieux de prédilection.

Clémence, restée seule, fixait son chevalet sur son dos et se demandait si elle allait peindre sur le port ou aller au Bois d'amour. Brusquement elle eut envie de monter à la chapelle de Trémalo pour la dessiner sous un nouvel angle. Et plus elle s'en approchait, plus elle sentait des bouffées de rage monter en elle en pensant à l'acte de vandalisme commis dans ses murs. Elle avait été si fière de faire connaître à Gauguin l'intérieur de ce lieu saint datant du XVIe siècle. Elle le voyait encore dans la pénombre, découvrant les sablières l'une après l'autre, les animaux sculptés… Et soudain, il s'était arrêté fasciné par ce christ du XVIIe, en bois polychrome. Il ne voulait pas le lâcher des yeux. Elle se souvenait qu'il lui avait serré l'avant-bras à lui faire mal tant il était ému. Elle l'entendait encore alors qu'ils redescendaient vers la ferme Furic où il louait un atelier depuis la veille :

— J'en ferai quelque chose de grand, Clémence, de très grand.

Et son *Christ jaune* était né ce jour-là, en pensée du moins, car ce n'est que plus tard qu'il l'avait *sorti* en rêve de la chapelle pour le *planter*, tel un calvaire en plein champ, et le peindre ainsi, la tête penchée vers la droite. Au pied de la croix, trois Bretonnes recueillies priaient. *Le Christ jaune*[1], une des toiles que Clémence préférait, était né.

La jeune peintre hésita à pousser la porte latérale de la chapelle. Elle s'y décida. Elle était verrouillée. Clémence haussa les épaules, triste et désabusée.

Elle chercha où mettre son chevalet, essaya plusieurs endroits, en choisit un. Elle sortit crayons et pinceaux, mais au bout d'une demi-heure elle renonça. Ça ne *venait* pas. Elle gribouilla sa toile, prête à pleurer.

— Trémalo est mort, dit-elle à haute voix.

Elle remballa son matériel et se fit le serment de n'y plus toucher avant que le christ ait retrouvé sa place ainsi que celui du Faouët.

En fermant sa boîte de couleurs inutile, son œil fut attiré par une bille d'agate entre deux brins d'herbe. Elle la ramassa et, songeuse, elle la regarda longuement dans le creux de sa main avant de repartir à grandes enjambées vers le bourg.

Elle souhaitait rejoindre La Josselière au plus vite. Elle ne voulait pas que ses amis peintres lui demandent de voir son travail.

Sans s'arrêter chez Marie-Jeanne, elle se rendit directement chez le père Maturin auquel elle avait confié sa jument. Juste avant d'arriver chez le maréchal-ferrant qui était aussi loueur de chevaux et de voitures, elle aperçut deux gamins qui jouaient aux billes dans le caniveau.

— Vous jouez avec des billes en terre ? Combien en échange d'une agate ?

— Cinq.

— Et combien d'agates pour faire un calot ?

— Ben, cinq aussi.

1. *Le Christ jaune*, 1889. Huile sur toile (H. 92 cm, L. 73 cm). Est aujourd'hui la propriété de l'Albright-Knox Art Gallery, Buffalo, États-Unis.

— Où les achetez-vous ?

Le plus jeune, un petit blond aux grands yeux clairs, lui fit un signe du pouce.

— Là-bas, au bazar de Mme Gaillotte. Mais comme on n'a plus de sous et plus d'agates, ben on joue avec des comme ça, voilà tout !

— Et moi, si j'allais acheter des agates et des calots, vous accepteriez de m'apprendre ? Je n'y ai jamais joué. « C'est pas un jeu pour les filles », on me disait quand j'étais petite. J'en avais drôlement envie, mais les garçons ne voulaient pas m'apprendre… Et vous ?

Le petit blond regarda son camarade : un garçon plus vieux que lui, un échalas de douze, treize ans qui prit un petit air malin.

— On essaie, on n'a rien à perdre, plutôt à gagner. *A-du, me zo a-du*[1].

Deux minutes plus tard, Clémence revenait avec quatre sacs de billes et des calots en terre et en agate.

Les deux gosses, éberlués, ouvraient des yeux ronds.

— *Gast de gast*[2] *!* Mais si vous savez pas jouer, et qu'on vous les rafle toutes ?

— Ben, elles seront à vous ! Seulement, vous me promettez de m'apprendre pour de vrai ?

— *Evel-just*[3] *!*

Ils commencèrent à jouer. Ils formaient un curieux trio : cette grande jeune fille rousse avec son chevalet sanglé sur le dos et ces deux garnements qui sautaient en l'air de joie à chaque bille gagnée. Mais les autochtones avaient cessé de s'étonner du comportement des peintres depuis longtemps.

Clémence n'était pas maladroite, jouait de mieux en mieux et se mit à gagner et regagner sous l'œil

1. D'accord, moi je suis d'accord !
2. Putain de putain !
3. Bien sûr !

inquiet des joueurs qui voyaient la fortune leur échapper. Alors, elle manqua de nombreux coups pour leur redonner confiance.

Ils se retrouvèrent sur le port et un calot lancé par Clémence alla s'arrêter au milieu d'une plaque d'herbe. Elle prit un air candide et éclata de rire.

— Tiens, ça me rappelle, il n'y a pas si longtemps, j'ai trouvé cinq ou six agates et un calot sur la pelouse de Saint-Fiacre, au Faouët.

Le blondinet regarda son partenaire.

— C'est p'têt' bien le grand Gurvan qui les a semés là-bas, il les gagne toutes et elles débordent de ses poches. Y a qu'à le suivre pour en ramasser. Il les sème comme le Petit Poucet ses cailloux. Il a dû perdre ces billes dont vous parlez le jour où…

Son aîné lui donna un grand coup de coude dans les côtes et le gamin devint tout rouge.

Clémence faisait semblant de n'avoir rien entendu. Mais dix minutes plus tard, elle recommençait son interrogatoire.

— Vous êtes d'où, de Pont-Aven ? J'aimerais bien reprendre une leçon un de ces jours.

— Non, on habite Quimperlé, mais moi, je viens une fois par semaine avec mon père pour voir ma *mamm-gozh*[1], dit le plus jeune, alors, Hervé y vient avec nous pour la journée. Si vous voulez, on pourrait se revoir, *neketa*[2], Hervé ?

— Pourquoi pas ? Mais, dites-moi, à Quimperlé, vous ne connaissez pas Mme Pommart ?

— C'est notre maîtresse. Une grosse *buoc'h*[3] qui meugle tout le temps…

— Et qui vous confisque vos billes ? J'en ai vu un plein bocal chez elle.

1. Grand-mère.
2. N'est-ce pas ?
3. Vache.

Les gamins ne se méfiaient plus des questions pourtant sournoises de leur amie. Ils lui avaient gagné presque toutes ses billes et rayonnaient de joie, bien décidés à lui en choper d'autres encore.

— Si je vous donnais trois sacs de calots, vous accepteriez de m'aider ?

— À quoi ?

— À me dire quels sont les champions aux billes de votre école ?

Hervé, à nouveau, se renfrogna.

— Et pourquoi donc ?

— Parce que, grâce à vous, je vais pouvoir progresser. J'aimerais que vous m'appreniez en cachette vos meilleurs coups. Quand je me sentirai prête, je distribuerai quelques sacs de billes à mes amis peintres. Ils sont toujours prêts à s'amuser, alors, je les connais, ils vont se mettre à jouer comme des fous. Quand ils seront mûrs, j'organiserai un grand tournoi avec des lots importants pour les gagnants. Mais, je veux que les plus grands joueurs s'affrontent et battent mes amis à plates coutures.

— Et pourquoi donc ? répéta l'échalas.

— Parce que ça les fera redescendre sur terre. Ils croient être les plus forts dans tous les domaines… Et puis, pour être franche, je me verrais bien terminer parmi les premiers. Mais avant la date du concours, il faudra, pour les stimuler, que les meilleurs joueurs du coin de Quimperlé, de Nizon, de Nevez, du Faouët, de Clohars, de Trégunc et pourquoi pas de Concarneau, à vous de me les signaler, viennent les battre. Ils sont très orgueilleux et se prendront au jeu. Il faut que les peintres prennent quelques raclées de temps en temps !

— Mais comment ça se passera, faut qu'on parte tous égaux ?

— Oui, c'est pourquoi tous les concurrents, au départ, auront chacun le même nombre de billes et de calots, en terre ou en agate. Après, à la grâce de Dieu : que le meilleur gagne !

Les choses allèrent très vite alors. Les deux garçons, se voyant déjà à la tête d'une brouette de billes fauchées aux rapins, étaient à cent lieues de penser que Clémence était en train de leur tendre un piège.

— Je vous laisse libre de fixer les règles du jeu : comment on décidera des équipes, est-ce que tout le monde jouera en même temps ? Il faudra déterminer les terrains où les adversaires se rencontreront : trois, quatre ou plus, à vous de voir. Évidemment, vous ferez aussi partie avec moi du jury de la dernière manche.

Excités et flattés, les garçons ne pensèrent plus qu'à ce grand jour et répondirent à la dernière question de Clémence sans se douter qu'ils dénonçaient alors les auteurs d'une mauvaise plaisanterie passible de prison.

— Alors, à part Gurvan, il y a des partenaires sérieux ?

Ils se regardèrent et lâchèrent quelques noms :

— Y a, parmi les grands, ses deux copains, les frères Jocelin, Germain et Gérard ; et puis de Pont-Aven, le p'tit Thomaz Le Vigan, un sacré filou, celui-ci…

Clémence se contint.

— Le frère de Maël, le matelot ?

— Oui, c'est lui… Mais ça fait un bout de temps qu'on le voit plus ici sur la place. Paraît qu'il serait malade. On joue souvent avec lui, mais il nous ruine…

Clémence en savait assez. Elle était certaine de détenir la vérité.

Elle embrassa ses deux *maîtres* et leur laissa toutes les billes qui lui restaient.

Ils la suivirent des yeux en répétant des « *arsa*[1] » admiratifs et reconnaissants.

La mer était haute. Clémence, Albertine et Pierre passèrent à la ferme cueillir Hélène pour aller se baigner.

Clémence s'étonna.

— Tiens, Maël n'est pas avec toi, Hélène ? J'ai cru voir Gildas dans la cour, il n'y a pas une heure, et la *Louisette*, le chasse-marée de Philibert, à quai. Tout était rangé. Il n'y avait plus personne à bord.

On eût dit que la toute jeune fille attendait la première occasion pour se confier.

Albertine prit Pierre par la main et l'entraîna en courant vers la cale pour laisser son amie seule avec Clémence.

— Non, Maël est inquiet pour Thomaz, son jeune frère de treize ans. Il a de la fièvre et garde le lit depuis quelque temps. Ils ont fait venir le docteur mais il n'a rien compris. Il ne lui a rien trouvé, à part qu'il a dit que ça devait être nerveux. Il lui a donné des calmants. Mais la nuit dernière il a eu un délire dans son sommeil.

— Comment ça ?

— Il paraît qu'il s'est assis brusquement dans son lit clos et sa mère l'a entendu répéter : « Le juge Pommart est innocent, il est innocent ! » et puis, il est retombé dans un sommeil agité. Il ruisselait de sueur. Sa mère lui a passé un linge mouillé sur le front…

Clémence n'avait pas besoin d'en savoir davantage. Le garçon souffrait à l'évidence d'une crise de conscience et se sentait complice d'une grosse plai-

1. Eh bien ! Ça alors !

santerie qui avait dégénéré. Jamais en prenant part à cette blague de potaches, il n'avait imaginé que cela pût mettre un homme en prison et sa femme au bord de la démence. Le poids du remords était trop lourd à porter.

Clémence expliqua à Hélène ce qui s'était sans doute passé. Voulant se venger de « la grosse vache » d'institutrice, les grands avaient réuni une petite bande de galopins et s'étaient scindés en deux groupes pour agir, l'un à Trémalo, l'autre à Saint-Fiacre. Et tout s'était déroulé selon leur plan. Sauf qu'ils avaient opéré la nuit où le crime avait eu lieu à Nizon, ce qui avait brouillé les pistes. Bien sûr, gendarmes, policiers et magistrats s'étaient demandé comment le petit homme, même secondé par sa femme, avait pu faire tout cela en une seule nuit. Mais le doute s'était installé.

Hélène l'écoutait, les yeux brillants d'excitation.

— Ah, voilà ! Albertine me disait encore hier soir que le mal de Thomaz n'était pas étranger à la disparition des statues. Mais elle ne pouvait *voir* plus loin. Qu'est-ce qu'on peut faire maintenant ? On ne va pas aller les dénoncer aux gendarmes ?

— Non, ce sont eux qui vont aller ensemble à la gendarmerie. C'est leur seule chance de se tirer de ce faux pas. Je vais leur trouver un bon avocat. Je lui expliquerai que depuis des années, ces gamins ont vu les rapins faire de grosses farces, sans être pour autant inquiétés. Je lui rappellerai qu'ils ont saoulé et peint les oies en bleu blanc rouge pour les voir tituber et qu'ils trouvaient ça drôle. Je lui donnerai d'autres exemples. Et il comprendra que ces gamins ont eux aussi voulu faire une blague, rien qu'une blague, comme les « grands », sans que cela tire à conséquence. Aucun d'eux, j'en suis sûr, n'a voulu voler quoi que ce soit.

« Enfin, je l'espère, ils obtiendront l'indulgence du jury, voire le pardon du juge Pommart et de son épouse, pourvu qu'elle reprenne ses esprits.

Hélène sauta sur ses pieds.

— Alors, dis-moi ce que je dois faire.

— Eh bien, va chercher dare-dare ton Maël et dis-lui qu'on va le sauver, son frérot. Tu lui racontes ce que je t'ai dit. Et tu me le ramènes. On se retrouve au *Pin foudroyé* dans une demi-heure.

ÉPILOGUE

Dimanche 7 septembre 1890.

Comme chaque premier dimanche de septembre, le pardon de Trémalo avait réuni une foule de fidèles, du plus riche au plus pauvre, en costumes traditionnels ou seulement en habits fraîchement lavés et repassés pour assister à la messe dite par M. le recteur de Nizon.

Au cours de son sermon, il rendit bien sûr hommage à son jeune vicaire François de Chavagnac, mort sur les dalles de l'église, seize jours auparavant. Il fit aussi la louange d'Eugénie de Rosmadec. Elle eut alors son heure de grand bonheur, sinon de gloire, lorsque, au cours de son homélie, il la félicita pour le courage « comparable à celui de son jeune prêtre » qu'elle avait montré lors de son agression à Saint-Corentin.

Elle n'en reçut l'eucharistie qu'avec plus d'amour si toutefois il lui était possible de monter d'un degré supplémentaire dans l'exercice de sa foi.

La messe solennelle, où les paroissiens chantaient avec ferveur leurs vieux cantiques en breton, laissa la place aux Pater et Ave Maria dits par les fidèles venus aussi de tout le voisinage.

La procession, grande croix en tête, suivie par les bannières, précédait la foule bigarrée des pèlerins.

Les coiffes en fine dentelle des femmes côtoyaient les chapeaux ronds des hommes dont les rubans flottaient au vent. Robes et costumes en velours brodés de fils d'or ou d'argent se mêlaient en un ballet mouvant derrière le recteur.

La distance à parcourir entre l'église de Nizon et la chapelle de Trémalo, but du cortège, était de deux kilomètres. Une marche bien trop longue pour Eulalie, le général de Montreuil, le beau-père de François, et son ami Léon Martinelles, grand-père de Gilles et de Pierre. Aussi, ces personnes s'étaient-elles autorisées à fermer la marche dans le cabriolet conduit par le vieux Louis.

Durant le trajet, la vieille dame expliquait à son entourage combien elle préférait ce pardon si simple à celui qui avait lieu le troisième dimanche de septembre à Pont-Aven.

Madame Mère avoua la sainte horreur qu'elle avait pour la nouvelle église du bourg, édifiée depuis douze ans déjà. Elle la jugeait sévère, froide et sans cachet (« la vieille chapelle Saint-Joseph, aujourd'hui détruite, avait tant de charme ! »).

— À Pont-Aven, cette fête est avant tout profane, expliquait-elle à ses passagers. Une simple messe et c'est tout pour la religion. Pas de procession : rien ! Juste après l'office, les festivités commencent. Et, entendez-moi bien, elles vont durer trois jours. Trois jours de jeux et d'excès. On danse gavotte sur gavotte au son des binious, des violons et de la bombarde. On fait honneur au repas campagnard composé de crêpes, d'andouilles, de volailles. On s'empiffre et on boit plus qu'il n'est raisonnable. Du cidre, du vin et de la gnole : « Tout fait ventre », selon l'expression de ma vieille Maria.

Madame Mère interrompit son exposé pour chanter avec la foule le *Parce Domine* composé par André Theuriet.

Lorsque le cantique prit fin, le général, soit par politesse, soit par curiosité, interrogea la châtelaine.

— Mais quelles sont les distractions de ces trois jours ?

— Le lundi, la fête se poursuit par des courses de chevaux, des jeux de force, des lancers de boules de fer… Et puis, il y a bien sûr le tournoi de *guren*, la lutte bretonne, qui attire bien des jeunes spectatrices en mal d'époux que ces combats entre hommes émeuvent. Le soir, après une gavotte d'honneur fort bien dansée d'ailleurs, place au bal dans la grande salle de l'école. Et ce n'est pas fini !

Léon Martinelles se fit la réflexion que pour une dame qui boudait ce genre de distraction populaire, elle aimait en conter le déroulement. Cela devait lui rappeler sa jeunesse…

— Enfin, le mardi, la fête s'achève par des grimpées au mât de cocagne sur la place aux cochons, des régates à l'aviron dans le port, des courses au canard et, le soir, l'inévitable retraite aux flambeaux. Avouons que c'est une drôle de façon de fêter Joseph, le saint patron de Pont-Aven…

Ce fut au tour de Léon Martinelles de poser, par courtoisie, une question dont il connaissait la réponse.

— Sauriez-vous d'où vient ce nom de pardon ?

Madame Mère hocha la tête, heureuse de montrer son savoir.

— Il faut remonter au Moyen Âge quand les fidèles recevaient des *indulgences*[1] en échange d'une

1. Il y a deux sortes d'indulgences : l'indulgence *plénière* est celle qui remet toute la peine due au péché. L'indulgence *partielle* est celle qui n'en remet qu'une partie.

offrande le jour de cette grande fête. C'est de là que vient ce nom de « pardon » qui évoque la pénitence.

Une fois la procession finie à Trémalo, la châtelaine et sa suite rejoignirent La Josselière où devait se tenir un véritable banquet, comme elle en avait établi la coutume depuis des lustres à l'occasion de cette fête de l'été.

Les parents Martinelles et Rosmadec montèrent dans le char à banc avec les jeunes enfants Charlotte et Adolphe. Le petit garçon auquel son père François avait confié les rênes n'avait qu'une envie : mettre le cheval au galop, mais il avait pour mission d'escorter le cabriolet de Madame Mère qui allait au pas.

Clémence, Gilles, Albertine et Pierre regagnèrent Pont-Aven à pied, à travers le Bois d'amour, pour y retrouver ces mécréants de Bouboule, Antoine et Libellule à la terrasse de Marie-Jeanne en compagnie de peintres que, pour la plupart, ils connaissaient de Paris. Tous proposaient à Libellule de la prendre pour modèle, ce qui agaçait au plus haut point le cocher.

Clémence reçut les félicitations de ceux qui ne l'avaient pas vue depuis huit jours, mais savaient la part qu'elle avait jouée dans l'arrestation des criminels qui avaient endeuillé la Bretagne et la Normandie.

Une heure plus tard, elle rassemblait son monde, Gauguin en tête, pour le guider à La Josselière par le sentier qui courait le long de la rive droite de l'Aven. Un Aven que Libellule, depuis son arrivée l'avant-veille, persistait à nommer *la Seine*, comme si chaque fleuve ou rivière portait ce nom-là.

Et c'est une véritable troupe qui se laissa mener par Clémence et sa sœur vers la demeure familiale.

Dès le début de cette fête campagnarde, des discussions enflammées sur l'art et la navigation à voile s'étaient engagées entre Jean-Baptiste Charcot et Louis Martinelles.

Arrivé à leur hauteur, Alexis eut son petit succès en lâchant, comme une chose sans importance, qu'il avait vu l'avant-veille à Concarneau Paul Signac[1] et son *Mage*. Le peintre était en compagnie de son inséparable ami Seurat.

— Il m'a convié à monter à bord. C'est une belle bête ce bateau à étrave verticale et voûte arrière…

— Signac à Concarneau ! s'exclamèrent les navigateurs et les peintres présents.

L'industriel parisien, étretatais l'été, et le fils du célèbre aliéniste, tous deux passionnés de voile, rivalisèrent de savoir pour donner les caractéristiques du premier voilier de mer que Signac avait acheté l'année précédente.

— Je connais très bien ce *yacht*, se vanta Louis. Je l'ai croisé en mer l'été dernier, alors qu'il se nommait encore le *Roscovite*. C'était Jacques de Thésac[2] qui l'avait fait construire au chantier Kerenfors de Roscoff, deux ans plus tôt, d'où son nom. Ce yawl jauge six tonneaux, je crois.

— Il a 8,85 mètres de long et 2,64 mètres de large, poursuivit Jean-Baptiste.

— Bravo jeune homme. Et combien cale-t-il ?

— 1,50 mètre, répondit l'étudiant en médecine, imperturbable.

— Exact.

Ils tombèrent d'accord sur l'élégance de sa ligne.

1. Clémence de Rosmadec avait fait la connaissance en 1887 de Paul Signac (1863-1935) et de Georges Seurat (1859-1891). Ce dernier avait montré à la jeune artiste, dans son atelier au 130 du boulevard de Clichy, sa toile *Les Poseuses*, sabotée par un vandale que la jeune femme recherchait.

2. Passionné de bateaux, Jacques de Thésac est le fondateur des *Abris du marin*.

Gauguin, qui lui aussi s'y connaissait en navigation, rappela un petit tour qu'il avait fait sur la Seine, avec Berthe Morisot, sur la yole de ce même Signac.

— Savez-vous comment il avait baptisé son esquif ? *Le Hareng saur épileptique*, en hommage au fameux poème du regretté Charles Cros[1].

On rit et le peintre, se sentant en compagnie de gens de mer comme lui, conta ses traversées entre Le Havre et Rio de Janeiro sur le *Lusitano* à l'âge de dix-sept ans, son voyage de treize mois autour du monde sur le *Chili*. Enfin il évoqua son entrée dans la marine de guerre à vingt ans, – il avait servi pendant le conflit avec la Prusse sur le *Jérôme-Napoléon* en 1870 et 1871.

Louis Martinelles avait acheté la veille à Gauguin deux toiles au prix fort et savoir le peintre ancien matelot le rendit à ses yeux encore plus digne d'estime.

Le maître avait baptisé l'une de ces deux œuvres *La Laitière et le pot au lait*, ce que Pierre avait aussitôt dessiné en rébus pour amuser Albertine : *L'allée Thiers et le poteau laid*.

Et en cette belle journée de septembre, toutes ces personnes, venues d'horizons bien différents, se mélangeaient et s'appréciaient dans la joie et la bonne humeur.

Assis sur un banc de pierre, Bouboule, contre lequel se pressait une Libellule très décolletée comme à son habitude, formait un groupe avec Pierre Martinelles, Albertine et quelques jeunes peintres fascinés par le charme et la gouaille de la gamine de Montmartre. Le cocher, agacé par l'intérêt que les rapins portaient à sa fiancée, prit le parti d'en rire en composant un bout rimé qu'il montra à Antoine et à sa femme Mathilde

1. Poète et savant français (1842-1888).

dont on voyait le petit garçon de deux ans pour la première fois :

Qui touche à ma Libellule,
Je le brûle.
Qui s'approche trop de ma dame,
Je le damne.

Ce à quoi Antoine répondit sur-le-champ :

Le Finistère t'inspire guère,
Gros Pépère.
Laisse donc ton crayon tranquille,
Vieux débile.

Bouboule fit mine de vouloir frapper Antoine, qui esquiva sous l'œil amusé de Pierre, d'Albertine et de ses jeunes cousins. Libellule lança quelques expressions de son cru pour défendre la prose de son homme.

Pierre demanda au cocher si, outre Verlaine, il lui arrivait de voir monter dans son fiacre d'autres célébrités des arts et des lettres. Bouboule se rengorgea et répondit avec aplomb que, d'Anatole France à Octave Mirbeau, de Zola à Léon Bloy – « Celui-ci, dont je connais la misère, je le prends gratis » –, de Jules Verne à Émile Verhaeren, ils les avait tous transportés.

Antoine alla dans son sens en affirmant que Molière, Chateaubriand, Chrétien de Troyes et Dante Alighieri comptaient parmi ses clients habituels. Il s'attira les rires, mais une fois lancé, le cocher était intarissable. Personne ne pouvait l'arrêter.

La présence de Seurat et de Signac à Concarneau étant venue jusqu'à ce petit groupe, il se forma aussitôt parmi les artistes deux clans sur les talents respectifs de ces *divisionnistes*, les si jeunes fondateurs du Salon des indépendants, en 1884.

Une immense table était dressée côté parc.

On s'installa selon un plan établi par Madame Mère et Clémence.

À une extrémité, à l'ombre de la tonnelle, trônait la châtelaine, et à l'autre bout Clémence resplendissait au milieu de ses amis parisiens et peintres mêlés.

Face à tous ces hommes, Gilles tentait de faire bonne figure et d'accepter tout sourire les familiarités des jeunes rapins que Clémence repoussait en riant mais qui, lui, l'exaspéraient.

Eugénie tenait le centre de la table avec en face d'elle Ernestine Keroulas, la fermière et amie de toujours.

Un petit discours de Madame Mère précéda le repas, louant la perspicacité et l'acharnement de Clémence, mais aussi le courage de sa fille aînée. Celle-ci l'approuva en relevant la tête avec fierté mais en haussant les épaules pour bien montrer qu'elle estimait ces compliments trop élogieux.

— Je n'ai fait que mon devoir, que mon devoir ! commentait-elle avant de se mettre à chanter de sa voix de fausset des cantiques bretons et de répéter inlassablement la même oraison jaculatoire : *Mon Dieu, mon unique bien, vous êtes tout pour moi ; que je sois tout pour vous !*

Julien fut obligé de la faire asseoir alors qu'elle clamait à tue-tête *Nous voulons Dieu, catholiques et bretons !*, étonnée de ne pas se voir accompagnée par l'assistance.

Maintenant que tout le monde était assis, Eugénie entreprit, tout en jetant devant elle, selon sa manie, des boulettes de pain, d'établir le nombre de convives attablés autour d'elle. Il lui aurait été plus simple de le demander à Ernestine, son vis-à-vis, qui avait elle-même dressé le couvert avec la vieille Maria. Mais non, ce petit jeu l'occupait et elle ne cessait de le recommencer, persuadée d'avoir oublié celui-ci ou compté deux fois celle-là : « Voyons, à droite de maman, voici le général Montreuil, père de ma belle-sœur Isabelle. À la gauche de *la Présidente*, Léon Martinelles, son ami d'Étretat, grand-père de ce Gilles que je verrais bien, ma foi, épouser notre Clémence, quel beau couple cela ferait ! Lui, le médecin et elle… l'épouse du médecin, pardi ! Bon, à combien en suis-je, cinq, six ? Calculons autrement : partons du juge Pommart et de son épouse, c'est un bon point de repère, même si je ne les ai pas vus au pardon, ces impies. Ah, ça, on peut dire qu'ils doivent une fière chandelle à Clémence, ces deux-là ! Sans elle, lui croupirait toujours en prison et elle en maison de repos… Bon, à combien en étais-je ? Trente-deux ou trente-sept avec ce groupe de voyous parisiens et cette épouvantable créature vulgaire qui montre sa poitrine à qui veut… Mais vaut-elle d'entrer dans mes comptes ? Cette fois, je suis perdue, il faut que je recommence. »

Ce monologue avec son comptage sans cesse répété conduisit Eugénie jusqu'à la fin du repas. C'est qu'elle avait aussi à surveiller son cher chanoine de frère qui se servait et se resservait de son breuvage préféré, sans oublier le vieux Louis placé à son côté. Elle tenta de mettre un nom sur les deux journalistes, celui de Quimperlé et celui de Paris. Les deux hommes ne se quittaient plus, échangeant les petits ou grands secrets du métier et de leurs enquêtes. Quant au groupe de peintres de Pont-Aven, elle aurait été bien incapable de distinguer entre Moret, Delavallée, Laval, Sérusier ou Bernard dont elle avait si souvent entendu parler et que Clémence lui avait présentés deux heures plus tôt.

Alors qu'on servait les desserts, elle se tourna vers son frère Julien.

— J'aimerais bien dire quelque chose pour remercier toutes ces personnes d'être venues m'honorer de leur présence, mais je ne sais pas m'exprimer en public : je vais bafouiller…

— Eh bien, contente-toi de frapper sur la table en répétant : « Clémence, un discours ! »

Elle s'exécuta, aussitôt secondée par Julien et bientôt toute la tablée.

Clémence, après s'être fait prier, consentit à prendre la parole. Elle remercia tous ceux et celles qui l'avaient aidée à remonter jusqu'aux assassins et à leurs commanditaires. Elle apprit ou rappela que les agresseurs et voleurs de Quimper, que les tueurs de Nizon, de Kergoat et enfin de Saint-Étienne-du-Mont étaient sous les ordres du fameux M.M. alias Marcel Mercator de la rue Sainte-Marguerite, à Paris. Qu'en revanche, les voleurs du Mont-Saint-Michel, d'Avranches et de Rouen étaient sous les ordres de ce fou de Sir Henry Chippenham.

Elle confirma, pour le plus grand plaisir de sa tante Eugénie, que dans la maison close de Paris, comme dans la caverne d'Ali Baba des grottes de Caumont, gendarmes et policiers avaient retrouvé non seulement l'ensemble des objets sacrés dérobés au mois d'août, mais aussi de véritables trésors disparus depuis des années dans les lieux de culte de toute la France. L'inventaire d'ailleurs n'était pas achevé et les spécialistes étaient à l'ouvrage pour en connaître la provenance. Enfin, elle conta la rocambolesque et déplorable aventure qu'avaient connue le juge Pommart et son épouse institutrice. Elle rappela que, grâce à l'intervention et à l'indulgence du magistrat, les adolescents auteurs de cette sinistre plaisanterie, dont ils n'avaient pas imaginé les conséquences, avaient déjà regagné leurs familles avant un jugement que l'on souhaitait clément. De s'être livrés spontanément aux gendarmes avait plaidé en leur faveur.

On applaudit Clémence à tout rompre et le juge Pommart se leva à son tour pour remercier « Mademoiselle de Rosmadec » de l'avoir arraché à la prison. Il promit en souriant (c'était la première fois qu'il quittait sa mine austère) que, dorénavant, il réfléchirait à deux fois, et même peut-être à mille, avant d'accuser et de faire incarcérer un individu, même s'il existait autour de lui un tissu de prétendues preuves accablantes.

Son épouse se leva à son tour, pour jurer solennellement qu'elle allait s'efforcer d'être moins sévère et de punir plus légèrement les incartades de ses turbulents élèves.

La grande Berthe fit rire son auditoire en saisissant dans la poche de sa robe un calot et deux billes d'agate qu'elle montra alentour.

— Pour moi, ce ne sont plus des billes porte-malheur mais de véritables porte-bonheur. Merci, mademoiselle de Rosmadec, de les avoir trouvées et d'en avoir fait un si bon usage.

Julien se leva, déroula une sorte de parchemin et le lut en se tournant vers sa sœur :

— Tu avais juré devant Dieu, il y a peu, Eugénie, que si les objets de culte dérobés à Saint-Corentin revenaient intacts en son sein, tu irais t'agenouiller au cours d'un interminable pèlerinage au pied des trois mille et cent dix croix et calvaires du Finistère, ce qui était une entreprise déraisonnable à ton âge…

Alexis ne put s'empêcher d'interrompre son frère et de se moquer de ce beau projet.

— J'espère que tu envisageais de le faire à cloche-pied et en marche arrière ! Sinon…

Madame Mère brandit sa canne en fusillant du regard son fils aîné.

— Eh bien, poursuivit Julien, imperturbable, Mgr Lamarche, évêque de Quimper, te dispense ici solennellement de ton vœu. Quant à moi, en guise de consolation, je propose de t'accompagner, mais en voiture cette fois, pour un Tro Breizh[1] rien que pour nous deux !

Eugénie joignit les mains et se mit à trembler.

— Un Tro Breizh, mon Dieu, mon Dieu, un Tro Breizh, enfin ! C'est trop beau, je n'en suis pas digne ! Mgr Lamarche, quelle bonté ! Sa devise : *Ama et confide !* Aime et aie confiance ! Magnifique, n'est-ce pas ?

— Te souvient-il des noms des sept saints et de leur cathédrale que nous devrons visiter lors de ce Tro Breizh ?

Elle était si émue qu'elle ne pouvait répondre. Elle trouva la force néanmoins de crier plusieurs fois *Doué hag ar Vro*[2] ! avant de se laisser tomber sur sa chaise, épuisée.

Heureusement Albertine, qui allait chercher du cidre et du vin pour les peintres, passait devant eux. Son oncle la pria de répondre à la place de sa tante.

— Mais enfin, oncle Julien ! J'ai honte, c'est si simple. Il s'agit de :

Samson à Dol
Malo à Saint-Malo
Brieuc à Saint-Brieuc
Tugdual à Tréguier
Paul-Aurélien à Saint-Pol de Léon
Corentin à Quimper
Saint Patern à Vannes

Les convives s'étaient tus pour écouter Albertine dire sa litanie avec l'air de penser à autre chose en regardant le ciel.

1. Mot à mot : tour de Bretagne. Nom donné aux visites que les pèlerins rendaient aux reliques des sept saints fondateurs des évêchés armoricains au VIe siècle.

2. Dieu et Patrie !

On l'applaudit, mais elle alla son chemin sans montrer la moindre émotion.

— Pas étonnant, c'est ma fille, dit Alexis pour cacher, par une plaisanterie, l'inquiétude qui le tenaillait désormais quand il était le témoin d'une telle performance spontanée de sa benjamine.

Le repas se termina en chansons. Alexis montra aux jeunes peintres assez étonnés l'étendue de son répertoire en refrains de Montmartre.

Clémence, pressée poliment par Gauguin et ses disciples, alla présenter dans l'atelier de sa tour ses travaux en cours. Depuis que l'affaire était réglée, elle s'était remise à travailler d'arrache-pied. Elle reçut les encouragements du maître et des commentaires pas toujours agréables de ses jeunes condisciples.

Alexis avait disparu depuis quelques minutes quand il revint, les bras chargés d'un paquet tenu par un ruban rose qu'il posa sur la table devant sa sœur.

— Mais qu'est-ce que c'est que ça ?

— Ouvre, tu verras bien.

Elle le défit avec maladresse et découvrit quatre volumes identiques reliés du même cuir fauve.

— Mais qu'est-ce que…

Elle n'acheva pas sa phrase. Elle venait de découvrir le premier tome de *La Bible et les découvertes modernes* par F. Vigouroux, prêtre de Saint-Sulpice.

Mais ce qui la bouleversa fut de lire : « Avec cent soixante cartes, plans et illustrations d'après les monuments, par M. l'abbé Douillard, architecte. »

C'en était trop pour elle. Elle fondit en larmes et, entre deux sanglots, interrogea sa mère :

— Mais enfin, maman, s'agirait-il de notre oncle abbé Douillard de Nantes, le cousin germain de père ?

— Mais oui, ma fille. Montre-moi un peu ces recueils.

Eugénie ne voulait pas lâcher son volume. Elle le fermait, le rouvrait, le portait à ses lèvres, l'appliquait à son sein.

Alexis dut se saisir du deuxième tome pour le tendre à Madame Mère qui l'ouvrit et lut la suite de la première page : « Cinquième édition, revue et augmentée. Paris, Berche et Tralin, éditeurs. 69 rue de Rennes. 1889. »

— Hé, il ne s'est pas moqué de toi, pour une fois, ton frère ! Tu pourrais le remercier.

— Oh, oui ! Oh, mais oui ! Où ai-je donc la tête ?

Elle se leva d'un bond, renversa le verre de son frère Julien, qui par le plus grand hasard était vide, et courut vers Alexis qui la prit dans ses bras, la souleva de terre et la fit tourner, tourner, à en perdre la tête.

Le chanoine se pencha vers son frère François.

— C'est bien la première fois que je vois notre sœur danser !

— Je pense que c'est ce qui lui a le plus manqué dans la vie, répondit le médecin avec conviction.

Un coup de cloche signala à tous qu'il fallait rejoindre la demeure. On y obéit. On allait finir traditionnellement la soirée en écoutant Lysandre exécuter au piano une partie de son récital qu'elle répétait depuis plusieurs semaines.

Tous, peintres, juge, amis de Paris prirent place dans le salon de musique ou à ses alentours pour entendre *L'Alouette*, de Glinka[1] qui se répandit dans les pièces de la grande demeure.

Chacun se tut quand Lysandre commença à interpréter la mélodie dont le début était si doux, si mélancolique et sans effets, pour s'envoler bientôt dans un battement d'ailes d'une étonnante allégresse.

1. Mikhail Glinka (1804-1857).

Clémence était contente de voir tous ces amis autour d'elle. Pourtant, il lui manquait quelque chose pour être tout à fait heureuse. Elle ne savait trop quoi, mais c'était ainsi, elle ressentait comme un fond de tristesse incertaine…

Elle s'écarta à pas lents du salon de musique et alla s'asseoir à l'écart sur le banc de la roseraie. Elle se laissa aller en arrière et regarda les nuages, ces merveilleux nuages…

Elle ne le vit qu'au dernier moment déposer une enveloppe sur ses genoux et disparaître aussitôt.

Elle sortit la lettre et lut et relut le texte tracé d'une écriture décidée. Les mots se brouillaient devant ses yeux :

Monsieur Gilles Martinelles, brillant étudiant en médecine, a le culot et l'honneur de demander à Mademoiselle Clémence de Rosmadec, artiste peintre reconnue et reconnaissable à sa beauté et à son intelligence, dont il est amoureux fou, si elle accepterait de devenir son épouse, pour le meilleur et jamais pour le pire.

Je t'aime, Clémence. Gilles.

Clémence ne comprenait pas ce qui se passait en elle. Elle se sentait seulement les joues rouges, les mains moites, sans force tout à coup. Elle regarda alentour et aperçut Gilles qui revenait vers elle dans l'allée de hêtres pourpres. Elle s'enfouit la tête dans les mains, chiffonna sa lettre, la redéploya, la fourra entre ses seins.

« S'il me rejoint, nous irons dans ma tour, nous nous aimerons et, dans ma folie, je lui dirai “oui”. »

Elle se leva d'un coup et, tournant le dos à son amant qui s'approchait, elle courut dans l'allée de la roseraie, se répétant mi-émue, mi-furieuse : « Je ne sais pas, je ne sais pas ! Je suis peintre, moi, le peintre

Clémence de Rosmadec et non Mme Gilles Martinet, ou Martinelles, je ne sais plus ! »

Elle eut un petit rire nerveux et dévala le sentier de pins qui menait à la cale.

Elle arracha ses vêtements et entra dans l'eau.

Elle n'avait plus qu'une idée en tête : nager.

Et elle nagea vers le château de Poulguin, vers celui du Hénan.

Elle voulait descendre l'Aven jusqu'à Port-Manec'h, atteindre Groix.

Nager encore et encore en ne pensant à rien.

Se fondre dans l'Océan.

Composé par Nord Compo Multimédia
7, rue de Fives, 59650 Villeneuve-d'Ascq

Impression réalisée par

CPi
BRODARD & TAUPIN

La Flèche (Sarthe), 58533
N° d'édition : 4285
Dépôt légal : juillet 2010

Imprimé en France